AF652305

अनुक्रम

जंगली फूलों सी लड़की

स्लो इंप्रिंट की अन्य किताबें

मैं अक्सर सोचता हूँ

गाँव से बीस पोस्टकार्ड

कालजयी: कहानियां वेदों पुराणों से

मैजिक बॉक्स

नीलेश मिसरा की दुनिया से जुड़ने के लिए स्कैन करें
नीचे दिया गया QR कोड

नीलेश मिसरा की प्रस्तुति

जंगली फूलों सी लड़की

अनुलता राज नायर

eka | SLOW IMPRINT

eka | SLOW IMPRINT

Published in Hindi as *Junglee Phoolon Si Ladki* in 2024 by Eka, an imprint of Westland Books, a division of Nasadiya Technologies Private Limited, in collaboration with Gaon Connection Pvt. Ltd

No. 269/2B, First Floor, 'Irai Arul', Vimalraj Street, Nethaji Nagar, Alapakkam Main Road, Maduravoyal, Chennai 600095

B-36, First Floor, Flat No. 2, Panchsheel Vihar, Malviya Nagar, Behind Community Centre, New Delhi 110017

Westland, the Westland logo, Eka and the Eka logo are the trademarks of Nasadiya Technologies Private Limited, or its affiliates.

The Slow Imprint is a publishing initiative by Gaon Connection Pvt. Ltd

Copyright © Gaon Connection Pvt. Ltd, 2024

Anulata Raj Nair asserts the moral right to be identified as the author of this work.

ISBN: 9789360457075

10 9 8 7 6 5 4 3 2 1

This is a work of fiction. Names, characters, organisations, places, events and incidents are either products of the author's imagination or used fictitiously.

All rights reserved

Typeset by Digiultrabooks Pvt. Ltd

Printed at Thomson Press (India) Ltd

No part of this book may be reproduced, or stored in a retrieval system, or transmitted in any form or by any means, electronic, mechanical, photocopying, recording, or otherwise, without express written permission of the publisher.

1

क से कबीरा

रेशम... ह्म्म्म... ये नाम सही रहेगा। मेरी हथेलियों के बीच सरकता फिसलता, कहीं उंगलियों में जा अटकता, रंगीन धागा, नाज़ुक सा... जिसे मैं अपनी मर्ज़ी से एक नई, ख़ूबसूरत शक्ल दे सकूं।

मुझे अपनी सोच पर हंसी आ गई। कितना भी पक्का आशिक़ हो जा, जुलाहा तो बात करेगा धागों की, रेशम की, जैसे शायद सुनार गहनों की और रंगरेज़ रंगों की!

और मैंने उसे वाक़ई रेशम नाम दे दिया था। वो मेरे इश्क़ के ख़याली पुलाव पकाने के दिन थे और उन्हीं दिनों वो... यानी नाहिद मेरी पलकों पर ख़्वाब बन कर अटक गई थी। मैं बनारस की तंग गलियों में साइकिल दौड़ाती, दो चोटियां कसे, स्कूल जाती उस लड़की पर मर मिटा था। उसकी चांदी की महीन पायल का घुंघरू बन जाना चाहता था... रहना चाहता था उसके एकदम क़रीब, रुनझुन सा बजते संगीत जैसा, या उसके लहराते दुपट्टे में टंका कोई सलमा-सितारा बनना चाहता था या उसके लंबे बालों से आती मोगरे की ख़ुशबू।

यार-दोस्तों से पता चला था कि नाहिद बारहवीं में पढ़ती है और आगे कॉलेज भी करना चाहती है। इश्क़ बिना यार दोस्तों के कहां मुकम्मल हुआ है। मुझे भी गली का कोई लड़का उसकी एक न एक ख़बर दे जाता।

"अरे नौशाद तू यहां क्या खटर-पटर में लगा है, वहां नाहिद गंगा घाट की सीढ़ियों पर छोटे बच्चों को दो का पहाड़ा रटा रही है।"

दस मिनट में मैं भी साइकिल दौड़ाता हुआ घाट पर पहुंच जाता।

दो एकम दो, दो दूनी चार।

उफ़्फ़... ये प्यार का बुख़ार।

जिस रोज़ नाहिद मेरी तरफ़ देखकर मुस्कुराई थी, उस रोज़ दिल किया बग़ल में बहती गंगा में कूद जाऊं या बहते हुए समंदर में जा मिलूं।

मैंने लपक कर उसका हाथ पकड़ लिया था। वो अचकचा गई थी... बच्चे खीं-खीं करके हंसने लगे थे।

उन फटे गालों वाले बच्चों को मैंने हुड़क कर भगा दिया था और वहीं सीढ़ी पर उसके सामने बैठ गया था... घुटनों पर।

उसने मेरी तरफ़ देख कर आहिस्ता से पूछा था, "कौन गली रहते हैं?"

मेरे कानों में उसके शब्द बिस्मिल्ला खान की शहनाई जैसे गूंज गए थे। दिल किया अपनी खरखराती आवाज़ में ही सही, पर गा दूं वो गाना कि *तू बन जा गली बनारस की, मैं शाम तलक भटकूं तुझमें।*

पर मैं इतना बेवक़ूफ़ भी नहीं था कि पहली मुलाक़ात को ऐसी अहमकाना बात करके आख़री बना दूं।

मैंने आवाज़ में अदब घोलते हुए कहा, "देलू शाह की गली। हमारा पुश्तैनी घर है वहां... हम बनारसी साड़ियां बुनते हैं।"

थोड़ी देर वो चुप रही, फिर शरारत से बोली, "तो फिर बुन लाओ ना एक बनारसी साड़ी हमारे लिए!"

उसका इतना कहना था और मेरा दिल उछाल मार कर रेशम के मुलायम ढेर पर जा गिरा था।

मैं कुछ कहता उसके पहले ही वो दौड़ती हुई घाट की सीढ़ियां चढ़ती चली गई।

मैं पीछे से ज़ोर से चिल्लाया था, "वादा... पक्का वादा।"

चार साल हो गए, वो वादा आज भी अधूरा है।

शादी की एक और सालगिरह निकल गई।

मोगरे का मोटा गजरा और मीठे पत्ते का बनारसी पान, बस इतना ही तोहफ़ा दे पाया मैं अपनी बीवी को।

"हाय... क्या मीठा पान है... तुम ना एक साथ दो-चार गिलौरियां ले आया करो। एक में तो हमारा जी ही नहीं भरता।" रसीले पान को गटकते हुए नाहिद बोली तो मुझे हंसी आ गई।

मैंने उसके बालों में गजरा लपेटते हुए कहा, "मास्टरनी जी, पान पेट भरने के लिए कौन खाता है?"

"हम खाते हैं... और कौन? सोचो कि हम महारानी हैं बनारस की... जो चांदी के वर्क में लिपटे पान की शौक़ीन हैं," कहते हुए नाहिद ने पास ही रखी एक बनारसी साड़ी उठा कर अपने सिर पर ओढ़ ली, वो साड़ी जो मैंने पिछली रात ही पूरी की थी और आज उसे एजेंट को देने जाना था ताकि उन पैसों से घर का राशन-पानी भर सकूं।

चटक गुलाबी साड़ी में लिपटी नाहिद कितनी ख़ूबसूरत लग रही थी। मेरी आंखें उसके नूरानी चेहरे पर अटक गईं। उस चेहरे में मुझे वही स्कूल जाने वाली खिलंदड़ी, ख़ुशमिज़ाज लड़की नज़र आई जिसने मुझसे कभी बनारसी साड़ी की मांग की थी।

नाहिद की आंखें जुगनू की तरह चमक रही थीं। वो वाक़ई किसी रानी-महारानी से कम नहीं लग रही थी। काश कि ये साड़ी वो यूं ही लपेटे रहती, काश कि ये साड़ी मैं उसे दे पाता।

उसने मुझसे कभी कुछ नहीं मांगा... बस पहली बार हुई बातचीत में जो वो कह गई थी, मेरे ज़ेहन में वो अब तक अटका हुआ था, "तो फिर बुन लाओ ना एक बनारसी साड़ी हमारे लिए।"

उस रोज़ मैं साइकिल दौड़ाता हुआ सीधे घर चला आया था।

एक कमरे में दो-दो करघे लगे थे, जिन पर दिन-रात बाबूजी और कुछ कारीगर काम किया करते थे। मैंने सबसे पहले कमरे का मुआयना किया था और चुपके से ढेर में से एक दुपट्टा उठा लिया था।

नाहिद का तोहफ़ा मेरे हाथ में था... अब बस इसे किसी तरह उसे देने की हिम्मत जुटानी थी।

वो बीते दिन मेरी आंखों के सामने किसी तारों भरी शाम की तरह झिलमिल करने लगे।

"क्या सोचने लगे?"

मुझे चुप देख कर नाहिद ने साड़ी वहीं करघे पर लटका दी और मुझसे सट कर बैठ गई। मोगरे के फूल और गुलुकंद की मिली-जुली ख़ुशबू मैंने अपने भीतर भर ली।

"सोच रहा था पता नहीं कब तुम्हारे लिए एक बनारसी साड़ी बुन सकूंगा?"

मैंने उसके कंधों के आस-पास अपनी बांहें कसते हुए कहा।

"इतनी मेहनत से एक-एक धागा जोड़ कर बुनता हूं, दिन-रात आंखें फोड़ता हूं, फिर उसे बाज़ार में बेच आता हूं। कितना अच्छा हो कि अपना बुना तुम्हें पहना सकूं!"

नाहिद मेरे बालों में अपनी उंगलियां घुमाते हुए बोली, "तुम इतना सोचते क्यों हो? वो पुरानी बात है... भूल जाओ। मैंने तो यूं ही मज़ाक़ में कह दिया था। शुक्र करो उस दिन ताजमहल नहीं मांग लिया तुमसे!"

मैं चुप रहा... लेकिन मेरे भीतर उसके लिए बनारसी साड़ी बुनने की इच्छा और ज़ोर मारने लगी, उस पर और ज़्यादा प्यार आया।

तीन बरस पहले इस लड़की के लिए मैंने अपने बाबूजी का बनाया बनारसी दुपट्टा चुराया था। साड़ी नहीं चुरा सकता था इसलिए दुपट्टे पर समझौता कर लिया था।

अपनी शर्ट के अंदर उस मुलायम गुदगुदाते कपड़े को छिपाए मैं फर्राटे से साइकिल दौड़ाता गंगा घाट पहुंच गया था। वहां एक ओर सीढ़ियों पर खड़ी नाहिद रोज़ की तरह सामने बैठे आठ-दस बच्चों को पढ़ा रही थी।

"क से कमल, ख से ख़रबूज़ा, ग से गमला..."

मैं चुपके से उसके पीछे पहुंच गया था और फुसफुसाते हुए उसके कान में कहा था, "न से नौशाद।"

सामने बैठे बच्चे मुंह दबाए हंसने लगे थे। वो चौंक कर पलटी तो मैंने झट से शर्ट का एक बटन खोला और वहां छिपे दुपट्टे का एक सिरा पकड़ कर बाहर खींचा और उसके नाज़ुक हाथों में पकड़ा दिया।

हम दोनों को आपस में मशग़ूल देख बच्चे यहां-वहां भाग गए। उनमें से शायद ही कोई होगा जो सचमुच पढ़ना चाहता हो, सब अपने बाप-दादाओं के जमे-जमाए काम को करने की प्लानिंग किए बैठे थे और ख़ुश थे। यानी सबकुछ पहले से तय था कि नाव चलाने वाले का बेटा नाव चलाएगा, हलवाई का बेटा मिठाई बनाएगा और घाट पर कर्मकांड कराते पंडित का बेटा पंडिताई ही करेगा और एक बुनकर, एक जुलाहे का बेटा जुलाहा बनेगा।

"नौशाद? ये दुपट्टा तुमने बुना है?" नाहिद ने दुपट्टे को अपने गाल पर रगड़ते हुए पूछा। पता नहीं वो हैरान क्यों हुई थी। क्या इसलिए कि दुपट्टा इतना ख़ूबसूरत था या इसलिए कि उसे मैंने बनाया था!

मैं कुछ कहता उसके पहले ही उसने सवाल पूछने शुरू कर दिए, "बताओ ना, ये कौन सा काम है? जंगला? या जामदानी? और ये रेशम है या कपास? कितना मुलायम है ये?"

"और ये भी बताओ कि वक़्त कितना लगा था इसे बनाने में? पूरे सात दिन? है ना?"

मैं उसे देखता रहा। 'दिल चाह रहा था जो भी मन में आए कह दूं पर... पर कह नहीं पाया।'

मैंने झिझकते हुए कहा, "ये मैंने नहीं बनाया, बाबूजी ने बनाया है। मैं... मैं अभी बस सीख ही रहा हूं।"

नाहिद ने धीरे से दुपट्टा मेरी गर्दन पर लपेट दिया और चल दी।

नहीं... वो नाराज़ नहीं थी... उसे गुस्सा कभी आता ही नहीं... तब भी नहीं आया था।

ज़रा दूर जाकर पलट कर बोली थी, "मैं तो साड़ी ही लूंगी... वो भी तुम्हारे हाथ की बुनी।"

मैंने गर्दन झुका ली। दुपट्टा तह करके वापस रख लिया।

मैंने घर लौट कर उस दिन पहली बार ध्यान से बाबूजी को साड़ी बुनते देखा। पहली बार मुझे उस ठक-ठक की आवाज़ में सचमुच संगीत सुनाई दिया था।

मैं पूरा दिन उनके साथ बैठा ये समझता रहा कि एक बुनकर के लिए धागे से लेकर कपड़ा बनने तक का सफ़र किसी इबादत से कम नहीं होता। "पांचों वक़्त की नमाज़ जैसा सुख है एक सुंदर बनारसी साड़ी का बनना..." बाबूजी ने गला खखारते हुए जब कहा तो मुझे नाहिद की सूरत याद आ गई।

पांचों वक़्त की नमाज़ का सुख... मेरे लिए तो वही थी।

हर एक साड़ी बनाने और फिर उसे बेच देने के बाद मेरी तकलीफ़ ज़्यादा बढ़ जाती, क्योंकि नाहिद को तोहफ़ा देने की तारीख़ और पीछे सरक जाती।

मैं दिन भर में कोई आठ घंटे करघे पर काम करता था। रात को रोशनी कम रहती, ज़ोर आंखों पर पड़ता, और तब रेशम के ताने-बाने पर मेरे लिए बारीक़ काम उकेरना मुश्किल हो जाता। तब उस समय मैं तरह-तरह के डिज़ाइन काग़ज़ पर बनाता रहता। मेरे बनाए बेल-बूटे और नक़्क़ाशीदार जाल का काम देख कर नाहिद उछल पड़ती, और मेरी उंगलियां चूम लेती। वो मुझे दिलासा देती, "एक दिन देखना तुम्हारे बनाए डिज़ाइन वाली साड़ी की ऐसी क़ीमत मिलेगी कि फिर तुम्हें दो-चार महीने काम नहीं करना पड़ेगा।"

उसकी बात सुन कर मैं ख़ुश हो जाता और उसकी बात पर यक़ीन कर लेता पर... मन ही मन दुआ पढ़ता कि ऐसा ही हो, ताकि मैं उन महीनों में अपनी नाहिद के लिए एक अदद साड़ी बना पाऊं।

"कौन सा रंग तुम्हें सबसे अच्छा लगता है बताओ तो?" ख़्वाब में डूबे हुए ही मैंने एक दिन उससे पूछा था।

"ह्म्म्म... चटक गुलाबी। नहीं-नहीं... सुआपंखी या शायद फ़िरोज़ी? मुझे नहीं पता... तुम बताओ ना? कौन सा रंग मुझ पर अच्छा दिखेगा?" उसने मुझसे लिपटते हुए पूछा।

"कोई भी... हर रंग," मैं आंखें मूंदकर उसे अलग-अलग रंगों की साड़ी लपेटे तसव्वुर करने लगा। चमकदार कमख़ाब वाली साड़ी या बारीक़ तनचोई या... या अवधी जामदानी!

"बताओ न कौन सा रंग?" वो मेरे सीने में अपनी नाक रगड़ते हुए बोली।

मैंने ख़ुद को उससे अलग किया और पास पड़े रेशम के गुच्छे को सुलझाने लगा। "क्या रंग, क्या डिज़ाइन... पता नहीं तेरा ये अरमान कब पूरा कर पाऊंगा," कहते हुए मेरा गला भर्रा गया, लगा टूट जाऊंगा, रो पड़ूंगा।

नाहिद ने मेरे हाथ से धागा लेकर दूर रख दिया और अपनी महीन सी आवाज़ में कबीर का दोहा गुनगुनाने लगी:

धीरे-धीरे रे मना, धीरे सब कुछ होय,
माली सींचे सौ घड़ा, ऋतु आए फल होय।

"तुम्हारे जैसे किसी जुलाहे ने कहा है," वो हंस दी और बोली, "अरे मियां तुम 'नौशाद' हो कि क्या हो? ख़ुश रहने की जगह उदासियां ओढ़े फिरते हो। सही समय आने पर सब हो जाता है, सब्र रखो!"

ऐसे ही, नाहिद मुझे तब भी समझाया करती थी, जब उसके अब्बा ने हमारी शादी के लिए साफ़ मना कर दिया था। वो भन्नाकर मेरे सामने ही बोले थे, "छह घंटे में चार इंच कपड़ा बनाने वाला बुनकर मेरी बेटी को कहां से ख़ुश रख पाएगा? क्या खिलाएगा? क्या पहनाएगा और क्या ही ओढ़ाएगा?"

उस वक़्त मुझे बहुत तेज़ ग़ुस्सा आया था। दिल किया था कह दूं, "जनाब वो चार इंच प्योर रेशम और ख़ालिस चांदी के तार से बने होते हैं, उनकी

कीमत कम न आंकिये।" लेकिन कहा नहीं, चुप रहा। शायद सच मैं भी जानता था।

उस शाम गंगा घाट में बैठे हुए नाहिद मुझे समझाती रही थी, "मेरी परीक्षा हो जाने दो, फिर भी अब्बा न माने, तो हम उनकी मर्ज़ी के ख़िलाफ़ शादी कर लेंगे। बस तुम न ऐसे मुंह मत लटकाया करो। पॉवरलूम की किसी पॉलिएस्टर साड़ी की तरह सूरत लगने लगती है तुम्हारी।"

मैं उसकी बात पर कितनी देर तक हंसता रहा था। उसकी नर्म हथेलियां अपनी खुरदुरी हथेली में कस ली थीं, "मैं भी तो चाहता हूं कि ऐसा कुछ करूं कि तू ख़ुश रहे, एकदम ख़ुश! सच्ची वाली ख़ुश और तेरी सूरत हैंडलूम की प्योर रेशमी साड़ी जैसी लगे, गुलाब की बूटियों वाली!"

उस शाम गंगा के पानी ने सुनी होगी मेरी बात, दूर आसमान में डूबते सूरज ने भी ज़रूर ध्यान दिया होगा और घरों को लौटते पंछी भी गवाह बने होंगे मेरे वादे के। पर ये नाहिद? ये जाने कौन सी मिट्टी की बनी थी जो मेरा कहा हवा में उड़ा देती थी, कभी मेरा वादा याद नहीं दिलाती, कभी किसी बात का तगादा नहीं, शिकायत नहीं और यही बात मुझे और ज़्यादा बेचैन करती। शायद अगर वो झगड़ा करती, उलाहने देती मुझे, तो मैं ज़्यादा सुखी रहता। मगर नहीं... वो तो सब्र-सुकून वाली थी। पक्की भक्त थी कबीर की, *मन मस्त हुआ फिर क्या बोले... मन मगन हुआ फिर क्या बोले।*

वो दिन भर कॉलेज की परीक्षा के लिए पढ़ाई करती या फिर मेरी खट-पट सुनती रहती। कभी पास बैठी सवाल करती, "नौशाद ये बताओ, सुनहरे तार क्या सचमुच सोने के होते हैं?" और मैं उसे तसल्ली से समझाता, "तार चांदी के या तांबे के होते हैं, सोने का अब सिर्फ़ पानी चढ़ता है... पहले हुआ करते थे शुद्ध सोने के तार। राजा-महाराजाओं के ज़माने में।"

"हम्मम..." वो अपनी इतिहास की किताब के पन्ने पलटने लगती, और मैं मगन हो जाता अपनी बुनाई में। घर का राशन-पानी ख़त्म होने से पहले एक साड़ी का बनना ज़रूरी था।

होली, ईद, दीवाली सब एक-एक करके निकलते जा रहे थे और मैं नाहिद के लिए साड़ी बुनने का समय ही नहीं निकाल पा रहा था। बेचैन होकर मैं देर रात तक नक्शबंदों पर काम करता। कुछ अलग सा, कुछ जादुई बनाने की जुगत में जुट जाता। एक साड़ी तक पहुंचने में कितनी तो सीढ़ियां चढ़नी होती थीं। रेशम जुटाना, रंगरेज़ के पास जाकर उसकी रंगाई, डिज़ाइन बनाना, फिर पंचिंग कार्ड बनाना, जिनमें ये डिज़ाइन पोशीदा रहते, फिर उसे जैक्वार्ड पर चढ़ाना और फिर करघे पर ताना-बाना बुनना।

"इतनी चिंता में क्यों रहते हो नौशाद?" नाहिद ने यूं ही अचानक एक रोज़ पूछ लिया तो मैं अचकचा गया।

"नहीं तो... काहे की चिंता... अरे हां... मैं सोच रहा था कब से तुम्हें लस्सी नहीं पिलाई, आज चलते हैं।" मैं अपने अंदर की उलझन उस पर ज़ाहिर नहीं होने देना चाहता था। नहीं कहना चाहता था कि मुझे अब लगने लगा है कि करघे पर साड़ी बनाकर मैं उसको एक अच्छी ज़िंदगी तो क्या एक अच्छी साड़ी तक नहीं दे सकता, मैं नहीं कहना चाहता था कि मुझे इस पुश्तैनी काम को छोड़कर कुछ और करना है।

"तुम एजेंट से बेहतर दाम देने को क्यों नहीं कहते? इतनी मेहनत करते हो! सब जानते हैं, वो भी जानता है कि महीनों दिन-रात एक करके छह मीटर की कताई होती है... और तब जाकर तुम इतनी सुंदर साड़ियां बनाते हो।" नाहिद मुझे तसल्ली दे रही थी और मैं किसी अनोखे डिज़ाइन की कल्पना में डूबा था, एक ऐसा डिज़ाइन जो बस मुझे दुगने-तिगने दाम दिला दे!

रसोई से चाय की महक बाहर आ रही थी और साथ में नाहिद के गुनगुनाने की आवाज़ भी।

झीनी-झीनी बीनी चदरिया
काहे कै ताना काहे कै भरनी,
कौन तार से बीनी चदरिया

मैंने अलसाकर सिरहाने रखे डिज़ाइन पर नज़र डाली, रात भर जागकर कच्ची-पक्की सी तैयार की थी। इतने दिनों से सीले पड़े मन में जैसे धूप पड़ गई!

'इसको उतारूंगा साड़ी में, चौगुने दाम मिलेंगे... ज़रूर मिलेंगे,' मैं बुदबुदाया!

"क्या मिलेंगे? कौन मिलेंगे? काहे बड़बड़ा रहा मेरा कबीरा?" नाहिद भाप उठती प्यालियां लेकर मेरे पास आकर बैठ गई।

चाय की चुस्की लेते हुए उसकी नज़र मेरी कॉपी पर पड़ी और वहीं अटकी रह गई...।

"ये? ये किसने बनाया? तुमने? कब?" उसका गला रुंधने लगा।

वो पेंसिल से खींची महीन लाइनों पर अपनी उंगलियां फिराने लगी।

और धीरे से बोली, "ये गंगा घाट बनाया है तुमने? ये सीढ़ियां? फूल मालाएं, पीछे पुरानी इमारतें, मंदिर, मस्जिद आसमान में उड़ती पतंगें... और... और सीढ़ियों पर पढ़ते बच्चे... और..." नाहिद ने मेरे हाथ को अपने गालों से टिका लिया। वो हौले-हौले सिसकने लगी। मेरी उंगलियां भीग रही थीं।

"ये सब? ये सब क्या बुना जा सकेगा? इतना महीन काम?" वो हिचकियों के बीच बोली।

"मैं कोशिश करूंगा... ऐसी नायाब साड़ी बनाऊंगा जिसके इतने अच्छे दाम मिल जाएं कि चार महीने बाज़ार के लिए काम न करना पड़े," कहते हुए मेरी आवाज़ डगमगा गई।

आने वाले दिन बहुत मुश्किल भरे थे।

मैं सारा दिन आंखें गड़ाए करघे पर बैठा रहता। इतने सारे रंग, इतने धागे, इतना बारीक़ डिज़ाइन कि ज़रा भी ध्यान हटता तो गड़बड़ हो जाती।

नाहिद सारा दिन मेरे आस-पास बेचैन टहलती रहती।

"क्यों कर रहे हो इतना मुश्किल काम... अच्छा-भला चल रहा है सब। ख़ुद को जैसे कठिन इम्तेहान में बैठा लिए हो," वो उदास होकर कहती।

मुझे उसकी पेशानी पर पड़ी सिलवटें देख कर हंसी आ जाती।

"मास्टरनी जी आप अपनी बी.एड की तैयारी करिए, घाट हो आइए, बच्चे इंतज़ार करते होंगे। सिखाइए उन्हें क से कबीर।"

मैं उसे जाने को कह देता और फिर दुआ करता कि वो न जाए, ठहरी रहे यहीं, मेरे आस-पास।

आख़िर महीनों की मेहनत के बाद साड़ी बनकर तैयार हो गई। बात-बात पर हंसने वाली नाहिद उसे देख कर रो पड़ी थी। हौले से बोली, "जैसे धागे से कोई नज़्म लिखी हो शायर ने।"

जैसी मैंने उम्मीद की थी, मुझे उस साड़ी की मनचाही क़ीमत मिली। एजेंट उसे देखकर बावरा हो गया था। मुझे अगले कई महीनों के एडवांस देने को तैयार था। मेरी साड़ी को विदेश भेजने की बातें बता रहा था।

और मैं... मैं तो मुट्ठी में पैसे दबाए बनारस की संकरी गलियों में मस्तमौला सा दौड़ता चला जा रहा था।

घर पहुंचकर मैंने सारे पैसे नाहिद के हाथ में धर दिए।

"अब थोड़े दिन आराम करना। उंगलियां छील ली हैं... आंखों के डोरे लाल हुए जा रहे हैं," वो फ़िक्र जता कर बोली।

"इसी दिन का तो इंतज़ार था मुझे..." मैंने पास रखी रेशम की लच्छी उठाकर उसके गले में डाल दी।

"अभी आराम नहीं, करघे पर एक चटक रंग का रेशम चढ़ाना है। एक साड़ी बुननी है, जिसमें सुनहरा काम होगा।"

नाहिद ने अंजान बन कर पूछा, "अच्छा? किसके लिए?"

मैंने रेशम की लच्छी उसके गले से उतार ली, "है एक फ़क़ीरन... उसके लिए।"

नाहिद मुस्कुराते हुए चाय बनाने चल दी।

रसोई से उसकी आवाज़ आ रही थी, "मन लागो मेरो यार फ़क़ीरी में..."

***

2

प्यार के इंतज़ार में

आज उसने मुझे गले से लगा लिया और उसके बिना कुछ कहे मुझे महसूस हुआ कि मैं उसे सचमुच चाहती हूं। अच्छा लग रहा है, ख़ुश हूं। मैं नहीं जानती थी कि प्यार मेरी ज़िंदगी में इस तरह दस्तक देगा... चोर दरवाज़े से।

पर इतना जान गई हूं कि मोहब्बत में हमेशा जन्म-जन्मांतर की, क़समें-वादे की और अटूट रिश्तों जैसी कोई बात नहीं होती है।

ये कभी-कभी एक छोटा सा टुकड़ा होता है वक़्त का, कुछ सैकंड, जिसमें एहसास सिमटा होता है किसी तारे के टूटते समय दुआ मांगने के जैसा, जो गुदगुदाकर ग़ायब हो जाता है।

दिसंबर 16, 2010

मैंने डायरी बंद करके छत की मुंडेर पर रख दी और हाथ में पकड़ी कॉफ़ी का एक बड़ा सा घूंट भर लिया। गर्माहट गले से नीचे उतरी तो आराम लगा वरना ठंडी हवा से कंपकंपी छूट रही थी। पचमढ़ी में टेम्परेचर आज दस डिग्री था। मैंने शॉल को अपने चारों तरफ़ और कस लिया। सामने सागौन के ऊंचे पेड़ों से ढंकी सतपुड़ा की पहाड़ियों के पीछे कहीं सूरज ढलने की तैयारी कर रहा था। मेरा मन थोड़ा उदास हो गया। हमेशा हो जाता है। जब भी मैं अपनी डायरी के पुराने पन्ने पलटती हूं, कुछ घंटों के लिए बेचैन हो जाती हूं। मन दस-पंद्रह बरस पीछे पहुंच जाता है, जब मैं, नैना और मनीष कॉलेज में साथ पढ़ रहे थे।

वो मेरी ज़िंदगी के सबसे अच्छे दिन थे। कॉलेज के बाद देर रात तक इंदौर के सराफा में खाते-पीते हम दोस्ती के साथ ज़िंदगी का हर स्वाद चख रहे थे। मनीष तो एक नंबर का चटोरा था, "शेफ़ाली ये ट्राय करें, भुट्टे का ब्रेड रोल? चल कुल्फी खाते हैं स्ट्रॉबेरी के साथ...।"

मैं भी खाने की शौक़ीन थी, पर नैना? वो हर चीज़ में बैलेंस बना कर रखती, क्योंकि उसका सपना एयर होस्टेस बनने का था। वो अपने आपको फिट रखना चाहती थी।

नैना की तरह मनीष ने भी अपना सपना तय कर रखा था। अपने पापा की कंस्ट्रक्शन कंपनी को नई ऊंचाइयों तक ले जाने का।

हम तीनों दोस्तों में एक मैं ही थी, जो अब तक तय नहीं कर पाई थी कि क्या करना है। कभी-कभी मेरे पढ़ने के शौक़ और डायरी लिखने की आदत को देखकर सबको लगता मैं लेखिका बन जाऊंगी, लेकिन मुझे नहीं लगा कि ये मेरा सपना है क्योंकि डायरियां तो मेरा एकदम अपना कोना थीं, मेरा पर्सनल हाईड आउट।

और मैंने जब कभी सपना देखा भी तो उसमें मुझे मनीष ही नज़र आया। हल्के घुंघराले बाल और चमकती बच्चों जैसी आंखों वाला वो लड़का जो मुझे पता नहीं कब से बहुत अच्छा लगता था। मैं तब शायद उसकी हो जाना चाहती थी... बस! मेरी डायरी उसी के ज़िक्र से भरने लगी थी।

फिर एक दिन रात के दस बजे उसने मुझे गर्ल्स हॉस्टल के नीचे बुलाया। हॉस्टल में आठ बजे के बाद किसी से मिलने की इजाज़त नहीं थी, पर उससे क्या?

छिपते-छिपाते मैं चार मंज़िल सीढ़ियां उतरती हुई बाहर आई तो सांस ऊपर-नीचे हो रही थी।

मनीष ने मुझे देखते ही मेरी कलाई पकड़कर वहीं पड़ी बेंच पर बैठा दिया और फिर अगले ही पल एक बड़ा सा गुलाबी रंग का ग्रीटिंग कार्ड मेरे हाथों में पकड़ा दिया। मैं भौचक्की सी उसका मुंह देखती रही।

और वही हुआ जो कई-कई कहानियों, फ़िल्मों और टीवी सीरियलों में हो चुका था।

"यार शेफाली तू मेरी तरफ़ से नैना के लिए ऐसी बात लिख दे कि वो मेरे प्यार को मना न कर पाए, और झट से 'हां' कह दे।"

वो मुझसे उस कार्ड पर नैना के लिए कोई बहुत ख़ूबसूरत लाइनें लिखवाने आया था।

अठारह साल की उम्र में उस दिन पहली बार मेरा दिल बेआवाज़ टूट गया था।

'नैना वेड्स मनीष ये तीन शब्द मेरे लिए दुनिया के सबसे बुरे शब्द हैं।' मैंने उस दिन अपनी डायरी में लिखा था। हालांकि अब सोचती हूं तो हंसी आती है अपने आप पर।

बचपना था वो मेरा। अठारह-उन्नीस की उम्र भी कोई प्यार-मोहब्बत समझने की होती है भला? तब तो मुझ में इतनी भी अक्ल नहीं थी कि ये समझ पाऊं कि मैं ज़िंदगी से चाहती क्या हूं। दोस्त के रूप में मनीष क़रीब था इसलिए उसी को हर ख़ाके में फिट करने लगी थी। और नैना... वो ख़ुद से मोहब्बत करने वाली लड़की थी।

हर छुट्टी वाला दिन अपनी ग्रूमिंग पर ख़र्च करती थी। उसने इंग्लिश स्पीकिंग क्लास भी जॉइन कर ली थी, ब्रिटिश और अमेरिकन एक्सेंट में बोलना सीख रही थी। और मैं... मैं अकेले में मनीष का नाम बोल-बोल कर ही ख़ुश हो जाती थी।

"दीदी... खाने में क्या लेंगी?"

मैं चौंक गई... आसमान गहरा गया था, पता ही नहीं चला कब शाम बीत गई।

सारा क़ुसूर इस डायरी का है, इसके दो पन्नों के बीच न जाने कितना सारा वक़्त छिपा रहता है जो लम्हा-लम्हा अक्सर मेरे आज को ढंक लेता है।

"सादी सी खिचड़ी बना लो उमा," मैंने ज़ोर से आवाज़ लगा कर कहा और भीतर चली आई।

पचमढ़ी आकर कॉलेज लेक्चरर की नौकरी कर लेने के बाद मेरी ज़िंदगी बड़ी सादा हो गई है। इस छोटे से पहाड़ी क़स्बे में ज़्यादातर तो टूरिस्ट ही होते हैं। और जो बाक़ी हैं वो होटल या रेस्टोरेंट चला रहे हैं। पर फिर भी मुझे यहां रहने के अपने फैसले पर कभी अफ़सोस नहीं हुआ। अकेलापन यहां मुझे ज़िंदगी की सबसे बड़ी नेमत की तरह मिला।

उस रोज़ मेरी लिखी चिट्ठी पढ़ने के बाद नैना ने मनीष का प्रस्ताव झट से क़ुबूल कर लिया था। वो मेरी दाहिनी कलाई पकड़े-पकड़े कहती जा रही थी, "सुन ना शेफ़ाली... देख तो कितना अच्छा लिखा है मनीष ने..." मैं नहीं सुनना चाहती थी, लेकिन उसकी पकड़ मेरी कलाई पर कस रही थी और मैं अपनी बाईं कलाई देख रही थी, जिन पर पिछली रात मनीष की उंगलियां छप गई थीं, जब वो मुझसे ज़िद्द कर रहा था, "शेफ़ाली लिख न कुछ अच्छा... यार तू एकदम पोएट टाइप लिखती है, और भी थोड़ा लिख दे न, कि नैना ख़ुश हो जाए।"

उस रात मैं सोई नहीं थी। रात भर यूनिवर्सिटी का प्रॉस्पेक्टस पलटती रही कि ग्रेजुएशन के बाद मुझे पीजी किस विषय में करनी चाहिए। लिटरेचर में या साइकोलॉजी में? उस रात मैंने पहली दफ़ा मनीष का सपना नहीं देखा था।

पहाड़ों की सुबह बड़ी ताज़ी और नर्म होती है। मैं हल्का महसूस कर रही थी। तैयार होकर ठीक दस बजे कॉलेज पहुंच गई। कक्षाएं बस दोपहर तक होती हैं। उसके बाद का सारा समय मेरा अपना, जिसे मैं किसी के साथ बांटना नहीं चाहती।

"शादी कर ले शेफाली, कब तक ऐसे रहेगी। तेरे सारे दोस्त अपना परिवार बसा चुके हैं," मां के उलाहने अनसुने करके पांच साल पहले मैं यहां चली आई थी, यहां यानी सतपुड़ा की रानी पचमढ़ी में। छोटा सा हिल स्टेशन, छोटी सी नौकरी, ठीक-ठाक तनख़्वाह और ढेर सारा सुकून।

लेकिन ये सुकून मेरे पास हमेशा से नहीं था। उन्नीस साल की उम्र में जो एक बार खोया तो फिर किताबों में सिर घुसा लिया था। नैना और

मनीष की शादी में भी परीक्षा का बहाना करके नहीं गई थी। सारे दोस्त ताने देते रहे, नैना और मनीष ने तो जी भरकर कोसा। उन्हें कैसे बताती कि प्यार में पड़ जाना आसान था, पर प्यार को भीतर दबाकर रखना, ज़ाहिर न करना कितना मुश्किल... वो भी जब आंखें उसे देख रही हों, कान सुन रहे हों। तो सबसे आसान तरीक़ा था कि पर्दा गिराकर फिर सीन ही बदल दिया जाए।

मैंने एमए में यूनिवर्सिटी में टॉप किया फिर रिसर्च के लिए अप्लाई कर दिया। अब मैं ज़्यादातर इंदौर में ही रहने लगी थी। होशंगाबाद में घर पर रह कर पढ़ना मुश्किल था। शादी-शादी की गुहार लगाती मां, बुआ, मौसियों से कौन जूझता!

मनीष और नैना अपने-अपने सपनों के साथ भोपाल में सेटल हो गए थे। मनीष बिज़नेसमैन और नैना डोमेस्टिक एयरलाइन में एयरहोस्टेस। मैं आते-जाते उस शहर से गुज़रती थी, मगर स्टेशन से बाहर निकलने का कभी मन ही नहीं किया। मिलने न जाने के बहुत सारे कारण थे।

एक तो नैना व्यस्त रहती थी। उसके महीने के बीस-पच्चीस दिन तो फ़्लाइट में गुज़रते। मनीष ज़रूर ज़िद्द करता, "कभी तो रुक जाया कर यार... फ़ॉर ओल्ड टाइम सेक... कितने अच्छे दोस्त थे हम।"

मैं बस हंसकर टाल देती, "हां-हां-हां... आऊंगी कभी, ज़रूर।" और फिर मन में सोचती, 'नहीं, कभी नहीं...'

मेरा रिसर्च वर्क बस ख़त्म होने को था। सारा दिन मेरी आंखों के सामने अक्षर नाचते रहते थे। किताबों की महक नाक में भरी रहती। हॉस्टल की स्टडी टेबल पर किताबों, रिसर्च पेपर्स और डॉक्यूमेंट्स का पहाड़ बनता जा रहा था।

उन्हीं दिनों मुझे किसी काम से भोपाल जाना पड़ा... वहां मुझे कोई एक-डेढ़ महीना रहना था। यूनिवर्सिटी में रहने का कोई जुगाड़ नहीं हुआ। कुछ दिनों की ही तो बात है सोचकर, किसी सस्ते से होटल में ठिकाना बना लेने का ख़्याल लिए मैं इंदौर से भोपाल चल पड़ी।

स्टेशन पर सामान उतारकर कुली खोज रही थी कि एक हल्की सी आवाज़ आई... जैसे किसी ने एकदम क़रीब से पुकारा हो, "शेफाली!"

मैं चौंककर पलटी। पांच साल बाद मनीष फिर मेरे सामने था।

ये उन्हीं सर्दियों की एक शाम थी... नवंबर 2010
मनीष और नैना मुझे खींचकर, ज़िद्द करके अपने घर ले आए हैं। उनके दो मंज़िले घर के ऊपर की मंज़िल का एक कमरा मेरे लिए सजा दिया गया है। पढ़ने के लिए तेज़ रोशनी, छोटा सा फ्रिज, एक बड़ी सी टेबल और नर्म सा बिस्तर। नैना ख़ुश है, बार-बार मुझे गले लगा रही है। मेरे दिमाग़ की नसें फट रही हैं। मुझे नहीं रहना यहां, मनीष के इतने क़रीब।

ये मेरे डायरी का वो पन्ना था जिसे मैं कई-कई बार एडिट करना चाहती थी, इस उम्मीद से कि इसमें लिखा एडिट करने से शायद बीते दिन भी बदल जाएं।

नैना और मनीष के घर में रहना मेरे लिए किसी सज़ा से कम नहीं था। दिन तो मैं ज़्यादातर यूनिवर्सिटी में ही बिता देती थी। काम न भी हो तो भी वहां की लाइब्रेरी में नोट्स बनाने बैठ जाती, लेकिन शाम को तो लौटना ही पड़ता।

शुरू के कुछ दिन तो नैना ने छुट्टी ली हुई थी। वो मेरा इंतज़ार करती, हम साथ खाना खाते।

मनीष पुराने कॉलेज के दिन याद दिलाता रहता। मैं असहज हो जाती क्योंकि उसकी यादों में मेरे ही क़िस्से होते।

"शेफाली तेरे हाथ में हमेशा एक डायरी और पेन होता था याद है?"

"और सबके ग्रीटिंग कार्ड्स तुझसे ही लिखवाए जाते थे... न जाने कितनों को प्रपोज़ किया होगा तूने," वो हंस-हंस कर बोलता जाता।

पता नहीं क्यों मैं अकेले में मनीष का सामना करने से कतरा रही थी, लेकिन अपने आप का सामना तो मुझे करना ही था।

उन दिनों किसी रोज़ मैंने डायरी में लिखा—

मुझे लगा था मनीष मेरी डायरी में पलने वाला एक चुप शख़्स है। पर नहीं... वो कितना बोलता है। और मुझे अब भी उससे कितना प्यार है... मैं ख़ुद को अपराधी समझ रही हूं। दिमाग़ सही-ग़लत, ऊंच-नीच के पैने तर्क कर रहा है।

11 नवंबर 2010

"आज कल अपनी डायरी में कुछ अच्छा लिख रही हो या बस रिसर्च पेपर्स काले करने में लगी हो?" मनीष पता नहीं कब से वहां खड़ा था। मैं अचकचा गई थी। डर गई कि कहीं उसने पढ़ तो नहीं लिया या कहीं मेरी आंखें... मेरा चेहरा भेद तो नहीं खोल रहा?

नहीं, वो नहीं जानता... कुछ नहीं!

लेकिन उन्हीं दिनों मैं नैना की आंखें पढ़ रही थी। एक अजनबीपन तारी था उनमें, एक अनमना सा भाव। उस शाम हम तीनों तालाब के किनारे बैठे थे... बीच में बनी मज़ार पर लहरें टकरा-टकरा कर लौट रही थीं। मनीष हमारे लिए भुट्टा सिंकवाने चला गया।

नैना ने मेरी कलाई थाम ली और बोली, "मनीष बदल गया है... शायद मैं भी... हमारे बीच अब पहले जैसा कुछ नहीं रहा शेफाली। उसका बिज़नेस और मेरी फ़्लाइट की ड्यूटी ही बाक़ी है बस।"

"बदल गए यानी? कब? आई मीन कब से?" मैं घबरा गई कि कहीं मेरे आने से तो नहीं आया ये बदलाव? पर मुझे आए तो अभी दस दिन ही हुए हैं।

नैना ने मेरी कलाई छोड़ दी। दूर से दोनों हाथों में दो-दो भुट्टे लाते मनीष को देखकर मुस्कुराई और बोली, "हम दो बिलकुल अलग तरह के लोग हैं शेफाली। वो सेटल्ड लाइफ़ चाहता है और मैं बादलों में उड़ना चाहती हूं। और भी बहुत कुछ है जो अलग है... बल्कि शायद सब कुछ।"

"बट यू लव ईच अदर?" मैंने हिचकते हुए सवाल किया।

पता नहीं मैं जवाब में क्या सुनना चाहती थी... याद नहीं नैना ने क्या कहा था।

नैना और मनीष के घर में रहते हुए मुझे रात के सन्नाटों में कई बार दोनों की तल्ख़ आवाज़ें सुनाई देतीं, मैं कान में रूई ठूंस लेती। कई बार रिश्तों का सच हमको हिला देता है, कई बार सच पर पर्दा पड़े रहना ही बेहतर विकल्प होता है।

कभी-कभी मनीष ऊपर चला आता, दो कप कॉफ़ी लेकर। हम ज़्यादा कुछ कहते-सुनते नहीं, पर होता है ना ऐसा कि किसी का क़रीब होना ही मन पर ठंडे फ़ाहे की तरह महसूस होता है? बस वैसा ही...।

पूरे पैंतालिस दिन उन दोनों के साथ रहने के बाद वो मेरे लौट जाने का दिन था। मैं ऊपर अपने कमरे में बिखरा सामान समेट रही थी। बार-बार लगता जैसे कुछ छूट रहा है।

"शेफाली," दरवाज़े पर हल्की दस्तक हुई। मनीष खड़ा था।

मैं पलटी तो वो मेरे एकदम क़रीब था। मैं एक क़दम पीछे हट गई थी।

वो मेरी आंखों में देखता रहा, जिन्हें मैंने किसी तरह बह जाने से रोक रखा था।

वो और आगे बढ़ा और मुझे कसकर अपने गले से भींच लिया। मैं ज़रा सा कसमसाई फिर छोड़ दिया ख़ुद को।

मुझे लगा जैसे मैं उसका नाम बुदबुदा रही थी... मैं हैरान थी।

सोचा था कि जो अठारह बरस की कच्ची उम्र में महसूस किया था वो प्यार नहीं था... लेकिन जो अब महसूस हुआ उसे क्या कहूं।

प्यार दुनिया का सबसे ख़ूबसूरत एहसास है, माना... लेकिन सबसे उलझा हुआ भी, जैसे एक गुत्थम-गुत्था पुलिंदा।

नैना के घर, यानी मनीष के इतना क़रीब रहने के बाद, मुझे अपने भीतर के कुछ छिपे रंग नज़र आए

और उन्हीं रंगों को मैं मनीष के सामने बिखेर आई हूं।

नहीं...ऐसा नहीं होना चाहिए...मुझे हट जाना होगा यहां से।

एक बार फिर पर्दा गिरा कर सीन चेंज करने का वक़्त शायद आ गया है।

18 मार्च 2010

"दीदी ये क्या पुराना कबाड़ खोलकर बैठी हैं आप?

कितना पढ़ाई करेंगी?"

उमा की आवाज़ सुनकर मैंने घड़ी की तरफ़ देखा और हाथ में पकड़ी डायरी परे सरका दी।

दो घंटे बीत गए थे। आज अरसे बाद छोड़ आए वक़्त को पुकारने का मन कर रहा था, जैसे कोई कटी हुई पतंग को बड़ी उम्मीद से पेड़ों की शाख़ों से उतारता है।

मैंने उमा को सब समेटने को कहकर अपना फ़ोन उठाया। कॉलेज के किसी दोस्त का फ़ोन आता ही होगा।

मेरे बैच के दस-पंद्रह लोगों का एक ग्रुप पचमढ़ी घूमने आना चाहता है और इंतज़ाम की बाग़डोर मुझे सौंप दी है। मैंने टालने की बड़ी कोशिश की थी, "पचमढ़ी क्यों भई? कहीं शिमला, मसूरी, गोवा वग़ैरह जाओ न... ये छोटी सी जगह है और ना यहां समंदर है, ना बर्फ़।"

लेकिन मेरी कौन सुन रहा था, वो सब तो पहले ही तय कर चुके थे।

"ठीक है... कर दूंगी सारे इंतज़ाम। अपनी ज़रूरतें बताओ," मैंने हारकर हथियार डाल दिए थे। और आज मेरे पास नामों की एक लंबी सी लिस्ट आई थी।

नैना... मनीष,... दो नामों पर जाकर मन उलझ गया था।

उस शाम भोपाल में, नैना और मनीष के घर से निकलते हुए मैंने उनसे कभी ना मिलने की क़सम खाई थी। अपनी पोस्टिंग पचमढ़ी करवा ली, पुराने फ़ोन नंबर बदल डाले, सोशल मीडिया से दूरी बनाए रखी।

हम नहीं मिले... पिछले सालों में... एक बार भी नहीं। शाम को मैं एक होटल के बुकिंग काउंटर पर खड़ी थी। बारह रूम चाहिए थे। सारे कपल्स

थे। मिसिज़ एंड मिस्टर अंकित शर्मा, मिसिज़ एंड मिस्टर विनीत अग्रवाल, मिसिज़ एंड मिस्टर सोहेल खान, मिसिज़ एंड मिस्टर मेरे गले में कुछ अटकता हुआ महसूस हुआ—मनीष एंड नैना।

बुकिंग करवाकर मैंने नाम और कमरों के नंबर की लिस्ट सबको मेल कर दी। होटल से निकलकर मेरा घर जाने का मन नहीं हुआ। मैं दिशाहीन यहां-वहां टहलती रही। पाइन की पत्तियों की महक आई तो एहसास हुआ कि मैं कितनी दूर जंगल के अंदर चली आई थी।

मनीष को फिर से देखने का ख़्याल मुझे डरा रहा था। पिछली मुलाक़ात में उसका मेरे क़रीब आना कई सवाल खड़े कर रहा था। बरसों से पेपर वेट के नीचे दबाकर रखे काग़ज़ के पुर्ज़े जैसे अचानक हवा में उड़ने लगे थे।

अंधेरा होने लगा तो मैं वापस जाने के लिए पलट गई, तभी मेरा फ़ोन बजा।

कोई अननोन नंबर था।

"शेफाली? मैं नैना," दूसरी तरफ़ से आवाज़ आई।

"नैना!कैसी हो?" मैंने आवाज़ में एक चम्मच ख़ुशी घोली।

"मैं ठीक हूं... मिलते हैं अगले हफ़्ते... पर फ़ोन इसलिए किया कि तुमने जो रूम्स बुक किए हैं, उनमें एक चेंज कर दो। मेरे और मनीष के लिए अलग रूम्स चाहिए।"

"व्हॉट?" मैं चौंक गई। "आई मीन व्हाय?"

"अब हम साथ नहीं रहते शेफाली... हमें अलग हुए कई साल हो गए।"

बांस, शीशम और साल के पत्तों की जंगली ख़ुशबू अपने में समेटे मैं घर लौट आई। पर आज जंगल ने मुझे हमेशा की तरह सुकून नहीं दिया। दिमाग़ बार-बार नैना की बात पर अटक रहा था—वो और मनीष अब साथ नहीं।

मन के किसी कोने ने छुप-छुप कर जो दुआ की थी वो जब पूरी हो गई तो मैं ख़ुश क्यों नहीं थी? मैं तो उसको हमेशा से पाना चाहती थी...

अठारह की उम्र में जब उसने नैना से प्यार किया तब, फिर उससे शादी की तब, फिर उसके घर डेढ़ महीना बिताने के बाद आख़री दिन जब उसने मुझे अपने सीने से लगाया तब भी।

इतने बरस मैंने उससे प्यार करना कभी बंद नहीं किया बल्कि उसकी तरफ़ से भी ख़ुद को प्यार करती रही थी। घर पहुंचकर मैं चुपचाप कमरे की बत्तियां बुझा कर सो गई।

कॉलेज के दोस्तों का ग्रुप पचमढ़ी पहुंच गया था। मैं भी नाश्ते के समय वहीं होटल पहुंच गई। मुझे सबने ख़ूब उलाहने दिए क्योंकि एक मैं ही थी जो सबसे कटी हुई थी। इसलिए चुपचाप सबके ताने सुनती रही।

नैना देर तक मेरे गले लगी रही। मैं उसकी तकलीफ़ सोख लेना चाहती थी। पूछना चाहती थी कि तुम दोनों के अलग होने की वजह कहीं मैं तो नहीं? लेकिन मैंने उसके चेहरे पर न तकलीफ़ देखी, न आंखों में कोई गिला-शिकवा। हमेशा की तरह कड़क पहनावा और टिपटॉप मेकअप।

"मिस्ड यू अ लॉट!" कहते हुए वो मेरे पास बैठ गई।

मैंने थोड़ा हिचकते हुए पूछा, "तुम और मनीष...क्या हुआ नैना?"

"कुछ नहीं हुआ शैफाली यही तो बात है!" वो लापरवाही से हंस दी।

मैंने अपने भीतर की हिम्मत समेटी और पूछा, "जब मैं वहां तुम दोनों के साथ थी तब, या... या उसके बाद?"

मुझे अकुलाहट होने लगी। समझ नहीं आ रहा था कैसे पूछूं? कैसे पता लगाऊं कि उन दोनों के अलग होने की वजह कहीं मैं तो नहीं थी, फिर लगा क्या फ़र्क़ पड़ता है। दो लोगों के साथ होने या अलग होने की वजह अक्सर कोई तीसरा लगता है पर वास्तव में होता नहीं।

मैंने दूर टेबल पर बैठे मनीष को देखा... इतने सालों में वो थोड़ा बदल गया था। उम्र के निशान यहां-वहां झलक रहे थे। मेरे भीतर टीस उठने लगी, उसके पास जाकर बैठने की ललक भी।

बीच में आते कई भूले-बिसरे चेहरों को पार करती उसकी नज़र मुझ पर पड़ी। वो देख रहा था मुझे... जैसे कोई पंछी टोह लेता हो किसी डाल

पर बसेरा करने से पहले... जैसे नाविक परखता है लहरों को, अपनी नाव किनारे लगाने से पहले।

आने वाले एक सप्ताह हम सब पचमढ़ी घूमते रहे पर सब के बीच मैं ख़ुद को और मनीष को तलाशती रही।

मुझे लगा जगह मिलते ही मेरे अंदर दबा प्यार फिर पांव पसारने लगा था... पीठ पर पंख उगने लगे थे।

मनीष और मेरी नज़रें बार-बार टकरा जातीं। वो कुछ पल को देखता रहता मुझे। मैं उन आंखों में एक ख़ालीपन देख लेती। पता नहीं क्या चल रहा था उसके भीतर?

अब वो नैना का नहीं था... पर मेरे लिए शायद इतना काफ़ी नहीं था। मुझे शायद इंतज़ार था, उसका मेरा हो जाने का।

***

3

एक दिन वो मिली

आज की आख़री ट्रेन प्लेटफ़ॉर्म से निकल चुकी थी। चारों तरफ़ घना अंधेरा और नीम ख़ामोशी थी, जैसे सारा शोर उस आख़री ट्रेन के पीछे लगे गार्ड वाले डिब्बे में सवार होकर चल दिया हो।

गिनती की कुछ ही ट्रेनें थीं, जो यहां रुकती थीं, पर फिर भी हर दूसरे स्टेशन की तरह ये स्टेशन भी उतना ही ज़रूरी था जितना कोई बड़ा स्टेशन और यहां पर काम करने वाला स्टेशन मास्टर भी उतना ही ख़ास था, जैसे शायद मुंबई वीटी का या नई दिल्ली स्टेशन का होता है।

यानी मैं... स्टेशन मास्टर अमरदीप गोयल।

और ये स्टेशन था दंतेवाड़ा, जो छत्तीसगढ़ के बस्तर डिवीज़न में था, मतलब ईस्टकोस्ट रेलवे का एक हिस्सा।

स्टेशन मास्टर के इस पद पर मेरी ये दूसरी पोस्टिंग थी। इसके पहले मैं ऐसे ही एक छोटे स्टेशन पर असिस्टेंट स्टेशन मास्टर था।

हमेशा की तरह मुझे ये जगह और अपना काम दोनों बहुत पसंद आ रहे थे। सच तो ये है कि मैंने अपनी ज़िंदगी में ऐसा कोई काम नहीं किया जो मुझे पसंद नहीं था और आगे भी मेरा ऐसा कुछ करने का कोई इरादा नहीं था। यहां रह कर मैं ख़ुद को ज़िंदगी के और क़रीब महसूस कर रहा था। दिन भर स्टेशन में ड्यूटी करना और ख़ाली वक़्त में बस्तर के घने जंगलों के भीतर जाकर भटकना... भटकते-भटकते जहां महुआ, तेंदू और

शहतूत के फलों की ख़ुशबू मेरी सारी थकान और ऊब दोनों को मिटा देती।

बचपन में जब मेरी उम्र के लड़के कंप्यूटर गेम्स खेलते या बाहर फुटबॉल ग्राउंड में दौड़ते पसीना बहाते या लाइब्रेरी में बैठे अपनी क्लास की सबसे ख़ूबसूरत लड़की के लिए नोट्स कॉपी कर रहे होते, तब मैं घर से दूर किसी पार्क के गुलमोहर के नीचे या किसी मंदिर के आंगन में लगे बरगद की घनी छांव में बैठा आसमान ताक रहा होता। चिड़ियों की उड़ानें देख कर मन में ख़्वाहिशें पालता कि ऐसा ही होना है मुझे। मैं कभी कोलंबस बनना चाहता तो कभी बुद्ध हो जाने के सपने देखता।

पर हर पिता की तरह पापा कुछ और चाहते थे। उन्होंने मेरे दसवीं पास करते ही मुझे कोचिंग क्लासेज़ जॉइन करवा दीं। आठ घंटे का स्कूल फिर आठ घंटे की क्लास, वो भी किसी इंजीनियरिंग कॉलेज में दाख़िले के लिए? मेरा दम घुटने लगा था। तब मैंने पहली बार अपना विरोध खुल कर सामने-सामने रखा था। मैंने अपने विषय बदल लिए और वो सब कुछ पढ़ने लगा जिसमें मेरी रुचि थी। मैं दिन-रात किताबों के भीतर सिर घुसाकर पढ़ने वाला स्टूडेंट नहीं था, पर मैं अक्सर अच्छे या कभी ठीक-ठाक नंबर ले आता था। मैंने कभी परीक्षा को नंबरों से या ज़िंदगी को सफलता से नहीं तौला। मैं बस इतना जानता हूं कि मुझे ख़ुश होना आता था।

मेरी सोच घर में पापा को ज़रा भी रास नहीं आई... कैसे आती? यहां तो हर बात के तय पैमाने थे। ख़ुशियों के, सफ़लता के, अच्छाई और बुराई के, सही और ग़लत के भी... और मैं उनमें ज़रा भी फिट नहीं बैठता था। शायद मैं अलग था... उन सबसे अलग।

मेरे कारण घर में रोज़ किचकिच होती, मां और छोटे भाई को भी हर वक़्त तनाव झेलना पड़ता था। पापा बिना बोले रह नहीं पाते थे और मैं बेशर्मी की हद तक उनकी बातें बिना माने, बस सुनता रहता... शायद वक़्त के थोड़ा सा गुज़र जाने के इंतज़ार में, यानी अपनी मर्ज़ी का सफ़र शुरू होने के इंतज़ार में।

ग्रेजुएशन के बाद जब मैंने अपने शहर के बुक स्टोर में नौकरी कर ली तो पापा के सब्र का घड़ा भर गया। सरकारी नौकरियों के लिए इम्तेहान दिलाने के उनके सारे सपने मैंने तोड़ दिए थे। उनकी नज़र में मैं नाकारा साबित हुआ पर जब मैंने छह महीने की अपनी तनख़्वाह गिनी तो मुझे लगा मैंने दुनिया जीत ली है और मैं अपनी ज़िंदगी की पहली यात्रा पर निकल पड़ा। तीस-चालीस हज़ार रुपए हाथ में और मन में बेहिसाब बेफ़िक्री।

उसके बाद मैं कभी घर नहीं लौटा। यानी पूरी तरह नहीं लौटा। कुछ दिन यहां-वहां नौकरियां करता और पैसे हाथ में आते ही मनचाहे रास्तों पर निकल पड़ता।

घर से निकलने के बाद मैंने स्कूल मास्टर से लेकर, ट्रैफ़िक इंस्पेक्टर तक की नौकरी की। मैंने कुछ दिन एक रेस्टोरेंट भी चलाया, एक अस्पताल के रिसेप्शन पर काम भी किया। रेलवे के स्टेशन मास्टर बनने के पहले मैं कभी भी एक जगह ज़्यादा देर नहीं ठहरा।

मैं यात्राएं करना चाहता था... अनजान रास्तों पर लंबी यात्राएं।

मुझे लगता है कि किसी बहुत ही आरामदेह तरीक़े से एक सुंदर सी जगह पहुंच जाना और वहां कुछ दिन ठहर कर लौट आना यात्रा नहीं है। किसी महंगे डी.एस.एल.आर कैमरे से उगते और ढलते सूरज की तस्वीरें खींचना, सूखे पत्ते को इतना ज़ूम करना कि उसके भीतर की दरारें दिखने लगें... ये थोड़ी है यादों का सहेजे जाना!

मन को लगातार चलना पड़ता है किसी ट्रेन की जनरल बोगी में, ठहरना पड़ता है हाईवे की किसी सराय में और सराय ऐसा जिसके बारे में कहा जाता हो कि फलां राजा ने बनवाई थी। या कम से कम इतना रोमांच तो हो कि रात को वहां किसी के सिसकने की आवाज़ आए या किसी की पायलों की रुनझुन।

मुझे लगता है मंज़िल तक कभी भी न पहुंचना ही है सबसे अच्छी यात्रा।

और उस यात्रा को सहेजने के लिए किसी कैमरे, किसी डायरी की ज़रूरत न पड़े। वो अनुभव बरसों बरस बाद भी मन में ताज़ा रह जाए, जंगली फूलों की महक और उस पैने पत्थर का रंग भी जो कभी एड़ियों में चुभ गया था। याद रहे उस अनजान हमसफ़र की आंखें जो भीड़ में बार-बार टकरा रही थीं, ऐसे ही।

मैं अपनी ज़िंदगी भी ऐसी ही किसी यात्रा की तरह बिताना चाहता था।

और चलते-चलते आज मैं बस्तर के घने जंगलों के बीच, इस दंतेवाड़ा स्टेशन के क़रीब बने रेलवे क्वार्टर में रह रहा हूं... नहीं जानता कब तक रहूंगा, कब चल पड़ूंगा।

शाम तेज़ी से ढल रही थी। मैं अपने कैबिन में जाकर बैठ गया। तेज़ भूख लग रही थी। यहां दंतेवाड़ा पोस्टिंग के बाद मेरा नियम बन गया था कि मैं विशाखापट्टनम किरन्दूल पैसेंजर यानी ट्रेन नंबर 58501 के गुज़र जाने के बाद ही रात का खाना खाता था।

रेलवे में काम करने वाले कर्मचारी और पटरियों के आस-पास रहने वाले लोगों की घड़ी अक्सर आने-जाने वाली ट्रेनें बन जाती हैं। 'फलानी एक्सप्रेस निकल गई, पर अभी तक दूध वाला नहीं आया? या जगदलपुर से आने वाली ट्रेन का सिग्नल हो गया और इस अख़बार वाले का पता नहीं?'

मैंने कैबिन, सिग्नल्स, क्रॉसिंग वग़ैरह एक बार चेक करके अपना टिफ़िन बॉक्स खोल लिया... कोई प्लेज़ेन्ट सरप्राइज़ नहीं। वही तीन परांठे और एक सूखी सब्ज़ी और तली हुई मिर्चें।

मैं खाना खाकर बाहर निकल आया। अभी दो घंटे और मेरी ड्यूटी थी फिर असिस्टेंट को चार्ज देकर मैं घर चला जाऊंगा। किसी एक्सप्रेस ट्रेन का टाइम था। मैं ग्रीन सिग्नल लैंप पकड़े प्लेटफ़ॉर्म पर खड़ा था।

ट्रेन की स्पीड थोड़ी कम थी, क्योंकि यहां पिछले कई दिनों से ट्रैक पर काम चल रहा था। ट्रेन का एक-एक डिब्बा मेरे सामने से गुज़रता जा रहा था।

ट्रेन प्लेटफ़ॉर्म छोड़ने लगी, गार्ड का आख़री डिब्बा भी गुज़र गया तो मैं वापस जाने को पलट ही रहा था कि मुझे लगा एक साया मेरी आंखों के सामने से गुज़रा... जैसे झाड़ियों में किसी ने ट्रेन से कुछ फेंका। कोई बहुत बड़ी चीज़।

पर ट्रेन की आवाज़ में मैं कुछ गिरने जैसी कोई आवाज़ सुन नहीं सका। एक पल को मैंने सोचा शायद नज़र का धोखा हो पर फिर लगा कि देख ही लूं।

वैसे भी बस्तर में आजकल नक्सली गतिविधियां तेज़ थीं तो स्टेशन इंचार्ज होने के नाते मैं कुछ भी अनदेखा नहीं कर सकता था।

मैंने अंदर कैबिन से एक बड़ी जीप टॉर्च उठाई और झाड़ियों के क़रीब जाकर उन पर रोशनी फेंकने लगा। कच्ची मिट्टी में मेरे पांव धंस रहे थे। पिछले दो दिन की बारिश के कारण ज़मीन नर्म पड़ गई थी।

मैं अपने हाथ में पकड़ी लाठी से झाड़ियों को सरकाता जा रहा था कि तभी मेरे कान में किसी के कराहने की आवाज़ आई।

मैं हड़बड़ाकर आवाज़ की तरफ़ बढ़ा तो देखा वहां एक लड़की थी, झाड़ियों में उलझी सी।

उसके कपड़े मिट्टी से सने हुए थे।

मैंने जल्दी से उसे कंधे पर उठाया और प्लेटफ़ॉर्म के कोने में लगी बेंच पर लेटा दिया।

मैंने अपना चेहरा उसके क़रीब ले जाकर ध्यान से देखा।

कोई पच्चीस-तीस के आस-पास की उम्र होगी। जींस और टॉप पहने हुए थी। बाल बेतरतीब... कोहनियां बुरी तरह छिली हुईं... माथे से भी एक जगह से ख़ून रिस रहा था।

मैं सोच में पड़ गया कि पुलिस को इत्तला करूं या पहले अस्पताल ले जाऊं। मैं अंदर कैबिन से किसी को बुलाने के लिए मुड़ा तो लड़की की बेहद हल्की आवाज़ सुनाई दी, "नहीं, प्लीस... किसी को मत बुलाइए..."

मैं हैरान रह गया। “क्यों? तुम्हें इलाज की ज़रूरत है? और... और पुलिस की मदद की भी।”

लड़की ने एक अजीब सी नज़रों से मुझे देखा... उसकी आंखों के किनारों से आंसू बहने लगे। मैं परेशान, स्टेशन के सन्नाटे और टॉर्च की हल्की रोशनी में उस लड़की से पूछना चाह रहा था कि क्यों न बुलाऊं किसी को? क्या यूं ही इस वीरान प्लेटफ़ॉर्म पर मरने छोड़ दूं? नहीं-नहीं ऐसा कैसे कर सकता हूं... मैंने उसके गाल थपथपाए... पर उसकी पलकें बोझिल होने लगीं... और उसने आंखें बंद कर लीं।

अपनी कसमसाई हथेलियों में मैं उसकी आंखों का गीलापन महसूस कर रहा था।

रात गहरा रही थी। आज तो बादलों के कारण चांद की रोशनी भी नदारद थी। मैंने हाथ में पकड़े लैंप को एक बार फिर सामने बेहोश पड़ी लड़की की तरफ़ किया और रोशनी उसके ऊपर डाली।

बेहोश ही है ना? ये ख़्याल आते ही मैं घबरा गया। मैंने अपनी उंगलियां उसकी नाक के ऊपर रख कर महसूस करने की कोशिश की... हां सांस तो चल रही थी।

मैं बड़ी उलझन में था कि इसकी बात मानूं या ना मानूं? यानी इसे अस्पताल ले जाऊं या नहीं। क्योंकि अस्पताल का मतलब है पुलिस तक भी बात ज़रूर पहुंचेगी। और न ले जाऊं तो? तो करूं क्या? लड़की के माथे से रिसता ख़ून उसके गालों तक आ गया था। पता नहीं और कहां-कहां चोट लगी हो? मरहम पट्टी न हुई तो कहीं कुछ हो न जाए इसे।

मैं बड़ी उलझन में था।

मैंने अब तक ज़िंदगी के हर फैसले तर्क-वितर्क, सही-ग़लत से परे, अपनी मन की आवाज़ पर किए थे फिर आज कुछ अलग करने की कैसे सोचता?

मैंने उस लड़की को उठा कर अपने कंधे पर लादा और अपने क्वार्टर में ले आया।

रेलवे क्वार्टर यानी मेरा दो कमरों का घर, स्टेशन से कोई सौ क़दम की दूरी पर था पर मैं हांफने लगा था। शायद मैं घबरा रहा था।

मैंने उस लड़की को बिस्तर पर लेटा दिया।

कोई आधे घंटे के अंदर मैं अपनी समझ के हिसाब से उसको सारे फर्स्ट एड ट्रीटमेंट दे चुका था। उसके घावों की ड्रेसिंग करके उन पर एंटीसेप्टिक लगा कर पट्टियां बांध दी थी और एक गिलास गर्म दूध, हल्दी डाल कर उसके सिरहाने रख दिया था।

थोड़ी देर में लड़की कुनमुनाने लगी तो मैंने उसे आवाज़ दी... "ठीक हो?"

उसने आंखें खोल दीं।

मैं मुस्कुरा दिया और उसे सहारा देकर बैठा दिया।

वो चुपचाप दूध का गिलास पकड़े छोटे-छोटे घूंट भरती रही। मैं उसकी तरफ़ देखता रहा कि वो कुछ कहे, बिना मेरे पूछे ही। पर वो चुप रही। शायद किसी सदमे में थी।

पर मेरे भीतर खलबली मची हुई थी। उस लड़की की चुप्पी मुझे परेशान करने लगी। मैंने उसके कंधे पकड़े और अपना सिर उसके क़रीब ले गया, और उसकी आंखों में आंखें गड़ाते हुए पूछा, "कौन हो तुम? तुम्हें ट्रेन से किसने फेंका? क्यों फेंका?"

मेरे सवाल उसकी पथरीली आंखों से टकरा कर बिखर गए।

अब मेरा सब्र टूटने लगा था। मैंने उसके कंधों को धीरे से झकझोर दिया, "बोलती क्यों नहीं हो? कौन था जो तुम्हें मार डालना चाहता था?"

मेरे कमरे का सन्नाटा और गहरा गया था लेकिन भीतर का शोर मेरे कानों के परदे फाड़ रहा था। 'अब क्या करूं? इसके कहने में आकर न पुलिस को इत्तला की, न अस्पताल गया, कहीं इसे कुछ हो गया तो मैं ख़ुद ही जेल चला जाऊंगा। कौन देगा मेरे पक्ष में गवाही?'

मैं क्या करूं, क्या ना करूं की कशमकश में उलझा हुआ था कि लड़की धीमी और कमज़ोर आवाज़ में बोली, "मुझे किसी ने धक्का नहीं दिया... मैं ट्रेन से ख़ुद कूदी थी... "

फिर अगले पंद्रह मिनट मेरे सामने जैसे एक फ़िल्म चलने लगी, वो बोल रही थी, मैं सुन रहा था।

"नंदिनी..." उसने हिचकते हुए अपना नाम बताया और ये भी कि उसके मां-बाप उसकी मर्ज़ी के ख़िलाफ़ उसकी शादी कर रहे थे।

मंगेतर लठैत क़िस्म का है... एकड़ों ज़मीन है पर तमीज़ रत्ती भर भी नहीं। वो नहीं चाहती ऐसे इंसान के साथ ज़िंदगी गुज़ारना...

उसका बोलते-बोलते गला भर्राने लगा था, वो मेरी तरफ़ हसरत से देखने लगी, "क्या आप मुझे कुछ दिन यहीं रहने दे सकते हैं? प्लीज़? कुछ दिन?"

मैंने उसकी तरफ़ ध्यान से देखा। उसकी आंखों में छोटे-छोटे ख़्वाब झिलमिला रहे थे, कुछ टूटे, कुछ साबुत।

इतनी सी उम्र में ऐसी तकलीफ़ें? मेरा मन किया कि उसको दिलासा दूं कि सब ठीक हो जाएगा, पर मैं ख़ुद ही घबरा रहा था कि अगर इसका मंगेतर इसे खोजता हुआ यहां आ गया तो? कैसे सामना करूंगा मैं? अपनी ज़िंदगी में मैंने कभी लड़ाई तो क्या तेज़ आवाज़ में भी किसी से बात नहीं की थी। और फिर मैं इस अनजान लड़की के लिए किसी से क्यों लड़ूंगा? किस हक़ से?

मैंने अपने भीतर के डर को किनारे झटक दिया और नंदिनी के कांपते हाथों पर अपनी हथेली रख दी। कुछ कह कर तसल्ली देने लायक़ शब्द मेरे पास नहीं थे। मुझे बड़ी कोफ़्त हुई कि क्यों लड़कियों पर शादी के फैसले यूं थोप दिए जाते हैं? या किसी से भी मनमर्ज़ी से जीने का अधिकार कोई कैसे छीन सकता है! मुझे अपने बीते दिन और अपना घर से निकल आना याद आने लगा...।

अगली सुबह मैं सोकर उठा तो नंदिनी भी जाग गई थी। वो तकिये से टिकी अधलेटी सी बैठी थी। मैंने उसके लिए तुलसी अदरक डाल कर चाय बनाई और उसके पास आकर बैठ गया। रात की बंधी पट्टी अपनी जगह से खिसक गई थी। उसके ज़ख़्म मेरे सामने खुले पड़े थे। मैंने उसके

चेहरे को ग़ौर से देखा। शरबती गेहूं के दानों जैसी रंगत और आंखों में जो था वो न डर था, न दर्द... फिर क्या था उन आंखों में? मैं समझने की कोशिश करने लगा।

"थैंक यू..." वो बहुत धीरे से बुदबुदाई।

मैं चुप रहा पता नहीं किस बात का शुक्रिया अदा कर रही थी।

पुलिस को ख़बर न करने का या जान बचाने का, या आश्रय देने का या... या इस तुलसी वाली चाय का?

ट्रेन के तेज़ सायरन से मैं चौंक गया। मेरा स्टेशन जाने का समय हो रहा था। किरंदुल विशाखापट्टनम पैसेंजर भी दंतेवाड़ा स्टेशन से निकल गई थी।

मैंने नंदिनी के बग़ल में एक स्टूल रख कर उस पर पानी की बोतल और टोस्ट रख दिया और पूछा, "मैं ड्यूटी पर जाऊं तो तुम्हें डर तो नहीं लगेगा? दरवाज़ा बंद रखना मैं दोपहर के पहले आ जाऊंगा।"

वो हल्के से हंस दी। "आप जाइए... मुझे डर नहीं लगेगा।"

स्टेशन में अपने कैबिन में बैठा मैं नंदिनी के बारे में ही सोचता रहा। कैसी अजीब लड़की है। एक बेमेल शादी से बचने के लिए अपनी जान ख़तरे में डाल दी? शक्ल से इतनी तेज़तर्रार भी तो नहीं दिखती...।

क्या पता... होगी तेज़... मैं जानता कितना हूं उसे?

पर मुझे लगा मैं जानना चाहता हूं।

मैं अनमना हो गया। उस लड़की, मेरा मतलब नंदिनी का मेरे घर में होना मुझे बेचैन कर रहा था।

मैं कैबिन से बाहर आया और अपने असिस्टेंट से तबियत ठीक नहीं लगने का बहाना करके घर आ गया।

अपने ही घर का ताला खोलते हुए मैं झिझक रहा था। मैंने दरवाज़ा खोलने के पहले थोड़ा शोर किया, बेवजह की खटरपटर... फिर अंदर आ गया।

नंदिनी बिस्तर पर नहीं थी। मैंने आवाज़ लगाई।

वो रसोई से बाहर निकली, उसके साथ रोटी सिंकने की सौंधी सी ख़ुशबू भी आई।

मुझे अपने घर में किसी को देखने की आदत नहीं थी, ख़ास तौर पर किसी औरत को तो बिलकुल भी नहीं।

"तुम ये सब क्यों करने लगीं?" मैंने उसके हाथ से चिमटा लेकर रख दिया। उसने बिना बहस किए चिमटा फिर से उठा लिया और रोटी बनाने लगी। मैंने ध्यान दिया कि उसकी कलाई में चूड़ियां नहीं थीं, बस लोहे का एक पतला कड़ा था, जैसा गुरुद्वारे में मिलता है वैसा ही कुछ।

मैं चुपचाप रसोई से बाहर निकल आया और फ्रिज से सब्ज़ियां निकाल कर सलाद काटने लगा।

उस रात हम दोनों ने एक साथ एक टेबल के दोनों ओर बैठ कर खाना खाया, और उसके बाद के कई दिन फिर ऐसे ही गुज़रते रहे।

पहले हम ख़ामोशियों में खाना खाते थे, फिर मैं नंदिनी को अपने बीते दिनों की बातें बताने लगा कि कैसे मैं सारी उम्र बस यहां से वहां चलते जाना चाहता हूं। एक सफ़र के ख़त्म होते ही दूसरा सफ़र...

वो हैरान होकर मेरी बातें सुनती रही। उसकी दुनिया शायद बहुत छोटी थी। पर मैं ऐसा पक्के तौर पर नहीं कह सकता, क्योंकि वो अपने बारे में बहुत कम बात करती थी। मुझे मेरे सवालों के बदले में कोई बहुत छोटा सा जवाब या फिर चुप्पी ही मिलती रही।

उसके ज़ख़्म धीरे-धीरे भर रहे थे।

नंदिनी को मेरे घर में रहते हुए पूरे पंद्रह दिन हो गए थे। इस बीच न उसने जाने की इच्छा ज़ाहिर की न ही मैंने उसे चले जाने को कहा।

अब हमारे बीच हां... हूं... की जगह लंबी-लंबी बातें होने लगीं थी। उसकी मुस्कुराहटें कभी-कभी हंसी का रूप ले लेती थी। बड़ी अच्छी लगती थी हंसती हुई नंदिनी।

वो किसी शायर ने कहा है ना, 'आप से तुम, तुम से तू होने लगी... '

बस वैसा ही कुछ! हमारे बीच के तकल्लुफ़ मिट रहे थे।

शायद दुख के पुलों से होते हुए हम एक-दूसरे के पास जल्दी पहुंच जाते हैं। हम भी क़रीब आने लगे थे।

मुझे, सच कहूं तो कहते हुए बड़ा हिचक रहा हूं, घबरा भी रहा हूं... पर मुझे नंदिनी अच्छी लगने लगी थी।

या और ईमानदारी से कहूं तो... तो मुझे शायद उससे प्यार होने लगा था।

नंदिनी यानी वो लड़की जिससे मैं अभी पंद्रह-बीस दिन पहले मिला था, और जिसके बारे में मैं सिवाय उसके नाम के कुछ नहीं जानता था और ये भी नहीं जानता कि वो नाम भी सही है या नहीं, मगर मैं उससे मोहब्बत करने लगा था।

मेरे दिन बदल गए थे। मैं भी बदल गया था।

मेरे भीतर की यायावरी... यानी हमेशा सफ़र पर रहने की ललक जाने कहां उड़न छू हो गई थी। मैं ठहर जाना चाहता था, नंदिनी का हाथ थामे... हमेशा-हमेशा के लिए।

मैं रसोई से आती रोटी की ख़ुशबू और फिर आमने-सामने बैठ कर खाना खाने जैसी साधारण और छोटी-छोटी बातों में जहान भर का सुख पाने लगा था। मुझे अच्छा लगता था मेरे लौट आने पर किसी की आंखों में इंतज़ार का दिखना।

मैं अपने मन की बात नंदिनी से कहना चाहता था और उसके बदले में जानना चाहता था कि उसके मन में क्या है? मैं उतावला होने लगा था।

कभी-कभी घर में एक कमरे से दूसरे में आते-जाते हमारे कंधे आपस में टकरा जाते या कुछ लेते-देते हुए उंगलियां छू जातीं। मैंने महसूस किया कि नंदिनी मेरे स्पर्श से ज़रा भी असहज नहीं होती। जैसे उसे उसमें कुछ ग़लत नहीं लगता था, जैसे शायद उसे भी मुझसे प्यार होने लगा था।

मेरा अब स्टेशन में बिलकुल मन नहीं लगता था। मैं अपने कैबिन में बैठा सोचता रहता कि ट्रेन निकले और मैं अपनी ड्यूटी पूरी करके घर

भाग जाऊं। मैं एक्सप्रेस ट्रेनों के इंतज़ार में भी ऐसा बावला हुआ रहता कि मुझे लगता कितनी सुस्त चाल से चल रही है ये ट्रेन! मुझे ट्रेनों का लेट होना भी अखरने लगा था।

मैं अपना सारा वक़्त, सारा ध्यान नंदिनी पर लगा देना चाहता था।

मैं नंदिनी के लिए बाज़ार से एक जींस और कुछ टी-शर्ट्स ले आया था, कुछ वैसी ही हल्की और फीके रंग वाली, जैसी उसने उस दिन पहनी थी जब वो मुझे पहली बार स्टेशन के पास झाड़ियों में मिली थी। मैं नहीं जानता कि ये उसका असली पहनावा था या उसने घर से भाग जाने वाले दिन पहना था। मैं पूछना चाहता था उससे कि क्या मैं उसके लिए कोई साड़ी ले आऊं या कुछ और... लेकिन पूछ नहीं सका। उस तक पहुंचने के लिए जैसे मुझे सात ताले खोलने थे... बचपन में पढ़ी परी और शहज़ादे की कहानी की तरह। और मैं तैयार था वो सातों चाबियां खोजने के लिए, मैं उसके लिए पर्वत-पर्वत भटक कर गुल-बकावली के फूल लाने को तैयार था... पर वो कहे तो सही!

नंदिनी कुछ नहीं कहती थी।

एक दिन मैंने उससे वहां के साप्ताहिक हाट में चलने के लिए पूछा।

उसकी आंखें चमक गईं। मैंने यूं ही तसल्ली देने के लिए कहा, "फ़िक्र मत करो यहां तुम्हें खोजते हुए कोई नहीं आएगा।"

एक अजीब सा एहसास उसकी आंखों में आया और चला गया। मैं पढ़ नहीं पाया, हां मुझे वो फ़िज़ूल की बात कहने का अफ़सोस ज़रूर हुआ। आख़िर मैं उसे क्यों याद दिलाऊं कि उसे कभी कोई ढूंढ़ कर मुझसे छीन कर ले जा सकता है?

थोड़ी देर में हम बस्तर के गोंड और मुरिया आदिवासियों के लगाए बाज़ार में थे।

उन लोगों ने सड़क के दोनों ओर कपड़ा बिछा कर, फिर उस पर जंगल से लाई चीज़ें छोटी-छोटी ढेरियों में सजा दी थीं। हर ढेरी का दाम तय था।

मैंने महुआ के सफ़ेद फूल की ढेरी नंदिनी की हथेली में रख दी, उसने किसी क़ीमती तोहफ़े की तरह उन्हें अपनी मुट्ठी में कस लिया।

नंदिनी ने वहां बैठी औरतों से उनके पारंपरिक गहने ख़रीदे। बीजों, हड्डियों और पंखों से बने गहने।

घर लौटते हुए मैं चुप था। नंदिनी के क़रीब होने के एहसास को पूरी तरह जी रहा था।

मुझे चुप देख कर नंदिनी बोली, "कितना अच्छा है यहां सब कुछ...मैं भी कभी ऐसे जंगलों के बीच घूमना चाहती थी। तितलियों और जुगनुओं के बीच..."

मैं हंस दिया... "और भी कई तरह के कीड़े-मकौड़े होते हैं जंगल में... जान जाओगी धीरे-धीरे।"

आधे घंटे में हम वापस घर पहुंच गए। उस दिन तेज़ बारिश हो रही थी। बस्तर की बारिश ऐसी ही होती है, जैसे बादल फट पड़े हों। मोटी-मोटी बूंदें और एकदम से छा जाने वाला अंधेरा।

आस-पास लगे साल के बड़े-बड़े पेड़ों के ऊपर बिजली की कौंध दिखाई दे रही थी।

नंदिनी सहमी सी खिड़की की चौखट पर कोहनियां टिकाए बैठी थी। उसके लंबे बाल उसकी पीठ पर बिखरे हुए थे। उसका चेहरा मुझे नहीं दिख रहा था। बालों में उसके माथे की चोट भी छिप गई थी। मैं बिलकुल भूल गया कि वो यहां सिर्फ़ आसरा पाने को आई है। मैं ये भी भूल गया कि वो किसी एक दिन लौट जाने के लिए आई है।

मैं उसके क़रीब जाकर खड़ा हो गया, ठीक उसके पीछे।

उसने पलट कर मुझे नहीं देखा।

वो बाहर पेड़ों पर गिरती बूंदें देखती रही।

मैंने उसके बाल समेटे और झुक कर उसके कंधे पर हल्के से चूम लिया। मुझे लगा वो ज़रा सा कांप गई, लेकिन वो वहीं बैठी रही,बिना हटे, बिना ज़रा भी हिले-डुले।

पर मैं वहां से हट गया। अपने लैपटॉप पर पुराने फ़िल्मी गाने लगा दिए। आवाज़ों से कमरा भरने लगा।

हम दोनों चुपचाप एक के बाद एक गाने सुनते रहे।

वो शाम मेरी ज़िंदगी की सबसे रूमानी शाम थी।

उस रात मुझे ज़रा भी नींद नहीं आई। मैं अपने कमरे में करवटें बदलता नंदिनी के बारे में सोचता रहा, उसके और अपने बारे में सोचता रहा।

सुबह सो कर उठा तो देखा नंदिनी सो रही थी। उसके कमरे का दरवाज़ा हल्का सा अटका हुआ था। मैंने थोड़ा आहट की ताकि अगर वो जागी है तो उठ कर आ जाए और मैं उसकी सूरत में, बीती शाम के कुछ बचे-खुचे एहसास फिर देख सकूं। लेकिन वो नहीं आई।

मैं मायूस होकर स्टेशन चला गया।

वहां पहुंच कर मैंने अपने रूटीन के तहत हर पॉइंट, सिग्नल और ट्रैक चेक किए, टेबल पर रखी फ़ाइलों को उल्टा-पलटा।

मैं ख़ुद को संभालने की कोशिश कर रहा था।

इस छोटे से स्टेशन पर ट्रेनों की ज़्यादा आवाजाही नहीं थी पर फिर भी, मैं जानता था कि मेरी एक छोटी सी लापरवाही से बड़ी दुर्घटना हो सकती है।

बड़ी-बड़ी रेलगाड़ियों को कंट्रोल करने वाला आज अपने मन को कंट्रोल नहीं कर पा रहा था। ट्रेन की जो सीटी मुझे संगीत की तरह सुनाई पड़ती थी, वो आज कान के परदे फाड़ रही थी। मुझे अपने पापा के कहे शब्द याद आने लगे, वो मां से कहते थे, मुझे सुना कर, "कर लेने तो मनमर्ज़ी, भटकने दो जितना चाहे... ख़ुद ही एक दिन ठहर जाना चाहेगा।"

क्या मैं वाक़ई ज़िंदगी के उस मक़ाम तक पहुंच गया था?

क्या नंदिनी भी उसी मक़ाम पर पहुंच चुकी है? नहीं जानता। उससे पूछा भी तो नहीं।

क्यों नहीं पूछा? पूछना चाहिए था।

कहीं मैं उसकी मजबूरी का फ़ायदा तो नहीं उठा रहा। कहीं उसको आसरा देने की क़ीमत तो नहीं वसूल कर रहा मैं?

ख़ुद से किए सवालों की गिरफ़्त में उलझता जा रहा था।

मैं कैबिन से उठ कर बाहर आ गया। एक कप चाय मंगवाई और वहीं स्टेशन पर लगी सीमेंट की बेंच पर बैठ गया। वहां दूर-दूर तक कोई नहीं दिख रहा था। मैंने ट्रैक पर नज़र डाली। सीधी सपाट पटरियां मीलों दूर एक दूसरे के सामानांतर चली जा रही थीं... बिना एक-दूसरे से मिले, बिना क़रीब आए।

"नमस्कार अमरदीप"

मैं अपना नाम सुन कर चौंक गया। पलट कर देखा तो पीछे विशाल खड़ा था, इंस्पेक्टर विशाल।

मेरे इलाक़े का थाना प्रभारी था और दोस्त भी। दंतेवाड़ा जैसी छोटी जगह में सभी एक-दूसरे को जानते थे, एक-दूसरे को दोस्त कह सकते थे।

मैंने उठ कर अपना दायां हाथ आगे बढ़ा दिया।

एक-दूसरे का हाल-चाल पूछने के बाद इंस्पेक्टर विशाल ने अपने हाथ में पकड़ी हुई फ़ाइल से एक तस्वीर निकाल कर मुझे दी और बोला, "इस लड़की को जानते हो? देखा कहीं इन दिनों शहर में? या प्लेटफ़ॉर्म पर?"

मैंने तस्वीर हाथ में ली तो कांप गया... आंखों के सामने धुंध छा गई।

मैंने जेब से रूमाल निकाल कर आंख और चश्मा दोनों पोंछे और फिर आवाज़ को एकदम सहज बना कर पूछा, "कौन है ये?"

"एक फ्रॉड है। चोर या ठग समझ लो।

ट्रेन में यहां-वहां सफ़र करती है। इसके साथ 2-3 लोग और होते हैं। ये सब मिल कर यात्रियों के साथ घुल-मिल जाते हैं फिर मौक़ा देख कर जो हाथ लगा वो लेकर किसी भी स्टेशन पर उतर जाते हैं।

रेलवे पुलिस ने हमें यहां शहर में तफ़तीश करने के लिए कहा है।" इंस्पेक्टर की बातें मेरे कान के परदे फाड़ रही थीं।

मैंने एक बार फिर तस्वीर को देखा, जैसे दोबारा देखने से शक्ल बदल जाएगी।

नंदिनी... हां नंदिनी की तस्वीर थी।

मुझे लगा जैसे मुझे किसी ने एक लंबी सुरंग के अंदर छोड़ दिया है, दोनों तरफ़ कोई ओर-छोर नहीं... बस एक ट्रेन तेज़ी से मेरी तरफ़ आती सुनाई दे रही है।

मैं तस्वीर हाथ में लिए वापस बेंच पर बैठ गया। कुछ देर तक तो सूझा ही नहीं कि क्या कहूं। नंदिनी चोर है? मुझे हैरानी उसके चोर होने पर नहीं थी, मैं हैरान इस बात पर था कि उसने इतने दिनों बाद भी मुझे कुछ नहीं बताया था, अपना सच नहीं बताया।

मैं समझ नहीं पा रहा था कि मुझे ग़ुस्सा आ रहा है या दुख हो रहा है।

मुझे सोचते देख इंस्पेक्टर विशाल ने टोका, "ध्यान से देखो... शायद तुम्हारी नज़र से कभी गुज़री हो?"

मैंने तस्वीर उसको वापस पकड़ा दी।

"नहीं... लगता तो नहीं कि कहीं देखा है।

पर हां अब कभी दिखेगी तो तुम्हें ज़रूर इत्तला करूंगा।" मैंने उसकी तरफ़ फिर हाथ बढ़ा दिया।

विशाल मुझसे हाथ मिला कर चला गया।

मैं घर लौटने की जगह पता नहीं कितनी देर तक वहीं बैठा रहा।

दूर बैलाडीला की पहाड़ियों के पीछे सूरज ढलने को था... आसमान सिंदूरी होने लगा था, लेकिन मेरे भीतर एक घना स्याह अंधेरा फैलने लगा था जो धीरे-धीरे मेरे वजूद को स्याह कर रहा था।

मैं स्टेशन से निकला तो आधी रात गुज़र चुकी थी।

मेरा मन किया कि लौटूं ही नहीं। इतना अस्थिर मैंने ख़ुद को कभी महसूस नहीं किया था। समझ नहीं आ रहा था क्या करूं? घर जाकर नंदिनी को... नंदिनी? मैं सोचने लगा यही नाम है न उसका? या ये नाम भी झूठा है?

मैंने इंस्पेक्टर से पूछा ही नहीं! पूछ सकता था। लेकिन तब सोचने-समझने की शक्ति अचानक कहीं गुम हो गई थी। मैं अब भी बहुत उलझन महसूस कर रहा था।

क्या करूं? इंस्पेक्टर को फ़ोन कर दूं? कि ये रही तुम्हारी मुजरिम। जो शायद मेरी भी मुजरिम थी।

या घर जाकर उससे सवाल जवाब करूं? झगड़ पडूं? उलाहने दूं? ताने मारूं? क्या करूं मैं?

अपने फ़ैसले एक झटके में लेने वाला मैं आज न जाने किस भूलभुलैया में फंस गया था।

विशाखापट्टनम की ओर जाने वाली एक्सप्रेस ट्रेन धड़धड़ाती हुई आ रही थी। उसका मेरे स्टेशन पर स्टॉपेज नहीं था। मुझे लगा कि मैं सिग्नल डाउन कर दूं, रोक दूं ट्रेन और उसमें बैठ कर चल दूं इस जगह से दूर... किसी लंबी यात्रा पर। या काश कोई ऐसी ट्रेन आ जाए जो मुझे पीछे की तरफ़ ले जाए, उन बीते दिनों तक जब मैं नंदिनी से मिला ही नहीं था।

जब मैं घर पहुंचा तो रात के बारह बज रहे थे। मेरे खटखटाने के पहले ही नंदिनी ने दरवाज़ा खोल दिया। मैंने उसके चेहरे को ग़ौर से देखा, लेकिन उस मुखौटे के भीतर नहीं झांक पाया। मैं बिना कुछ कहे अपने कमरे में चला गया।

थोड़ी देर में मुझे रोटी सिंकने की ख़ुशबू आने लगी पर मुझे बिलकुल भूख नहीं थी। मैंने दरवाज़ा अंदर से बंद किया और बिस्तर पर लेट गया।

बहुत थका हुआ महसूस कर रहा था। ऐसा लग रहा था जैसे किसी बड़ी बीमारी से उठा हूं।

मेरी नींद खुली तो खिड़की के परदे से सुबह की कच्ची धूप मेरी आंखों पर पड़ी। मैं झटके से उठ गया।

बाहर आया तो नंदिनी वहीं बैठी थी। उसके सामने दो कप चाय रखी थी। मैंने एक प्याला उठाया और अख़बार पलटने लगा।

नंदिनी मेरे थोड़ा पास आई और बोली, “कुछ परेशान हो? रात खाना भी नहीं खाया?”

“हूं... तबियत ठीक नहीं लग रही थी,” मैंने बिना उसकी तरफ़ देखे कहा और पेपर पर नज़र गड़ा ली। वहां जगह-जगह चोरी, डकैती और

लूट की ख़बरें थीं और मुझे हर ख़बर में नंदिनी का नाम दिखाई दे रहा था।

मेरा स्टेशन जाने का बिलकुल मन नहीं था। मैंने फ़ोन करके स्टाफ़ को बता दिया और अख़बार परे सरका दिया। नंदिनी अब भी मुझे एकटक देख रही थी। मैं भी उसे देखने लगा।

जैसे हम वो बचपन वाला खेल, खेल रहे थे कि जिसकी पलकें पहले झपकीं, वो हारा।

उसकी सूरत मुझे किसी बच्चे की तरह ही लगी।

सच जान कर भी मुझे न जाने क्यों यक़ीन नहीं आ रहा था। या शायद मेरी आंखों पर मोहब्बत का मोटा पर्दा पड़ गया था।

मैं उठा और नंदिनी का हाथ पकड़ कर बाहर ले आया।

कोई पंद्रह मिनट बाद हम दोनों दंतेवाड़ा के ख़ास दंतेश्वरी मंदिर में थे। वैसे ठीक-ठीक कहूं तो मंदिर में नहीं मंदिर के पीछे बह रही नदी के पास थे।

नंदिनी कभी नदी के बहते पानी को देखती कभी मुझे। मैंने ग़ौर किया कि उसने हाट बाज़ार से ख़रीदे गहने पहन रखे थे। हाथ में मोटे-मोटे कड़े और गले में हंसुली जैसा कुछ। वो आज एकदम अलग लग रही थी।

मैंने उंगली के इशारे से उसको दो नदियों का संगम दिखाया... एक शंखिनी और दूसरी डंकिनी। एक का पानी बिलकुल मटमैला और दूसरी एकदम साफ़।

नंदिनी चुपचाप देखती रही। फिर हौले से बोली, "संगम के बाद तो दोनों नदियां एकदम साफ़ दिखने लगी हैं ना?"

"हम्म..." कहकर मैं वहां से मुड़ गया। मैं नहीं चाहता था कि मैं उससे कुछ बोलूं या पूछूं? मुझे अब भी उम्मीद थी शायद, इंस्पेक्टर को कुछ ग़लतफ़हमी हुई हो।

मैंने थोड़ा हिचकते हुए उससे कहा, "तुम जब जाना चाहो, जहां जाना चाहो मुझे बता देना, मैं तुम्हें ख़ुद छुड़वा दूंगा।"

जवाब में उसने अपना सिर हिला दिया बस...

इंस्पेक्टर से सच पता चलने के बाद मेरी ज़िंदगी बदल गई थी। नंदिनी के साथ शामें अब रूमानी नहीं लगती थीं। मैंने अपने लैपटॉप पर पुराने गाने बजाना भी बंद कर दिया था।

मैं नहीं जानता कि नंदिनी मेरे अंदर आए बदलाव को महसूस कर रही थी कि नहीं।

एक शाम बहुत तेज़ पानी गिर रहा था।

ये वैसी ही शाम थी जब मैं और नंदिनी क़रीब आए थे। वो आज भी खिड़की पर कोहनी टिकाए बाहर देख रही थी। पर मैं उसके पीछे नहीं खड़ा था।

मैं अपने कमरे में बैठ कर निर्मल वर्मा की *चीड़ों पर चांदनी* पढ़ रहा था। ये एक यात्रा वृतांत था। मैं भी कहीं भाग जाने को कुलबुला रहा था। शायद ये नौकरी छोड़ कर, एक ऐसी जगह जहां पटरियां न हों, जहां कोई ट्रेन न पहुंचती हो।

"मैं अंदर आ आऊं?" नंदिनी की आवाज़ से मैं चौंक गया और किताब बंद कर दी। बाहर अब भी तेज़ बारिश हो रही थी। मैंने नंदिनी को आने के लिए हां नहीं किया, पर वो आकर मेरे पास रखे पलंग के कोने में बैठ गई।

वो बड़ी देर तक कभी मुझे, कभी किताब को तो कभी बाहर बारिश को देखती रही... फिर अचानक बोली, "मैं कुछ बताना चाहती हूं।"

मैंने अपनी आंखें उसके चेहरे पर गड़ा लीं। वो बोलने लगी, "मैं उस दिन ट्रेन से कूदी थी, क्योंकि कुछ लोग मेरी जान लेना चाह रहे थे..."

"कौन लोग?" मैंने उसे घूरते हुए पूछा।

"मेरी टीम के साथी," उसने बिना हिचके कहा।

"टीम? कैसी टीम?" मैं अब उसकी झूठी कहानियां झेलने के लिए तैयार नहीं था।

नंदिनी मेरे सामने से उठ कर खिड़की के पास चली गई। उसने अपनी

दोनों हथेलियां चौखट पर टिका दीं, जैसे कटघरे में खड़ी हो या किसी चर्च के कन्फ़ेशन रूम में!

उसने बताया कि वो अपने साथियों के साथ पिछले चार साल से ठगी कर रही थी। वो नौकरी के लिए अप-डाउन करती थी, फिर एक साथ ज़्यादा पैसे कमाने के लालच में चार लोगों के ग्रुप के साथ जुड़ गई।

शुरू में तो ये सब एक खेल था... एक एडवेंचर जैसा कुछ, सोचा था एक-दो बार करके छोड़ देगी, लेकिन फिर वो इस काम में उलझती चली गई।

नंदिनी ने अपने बीते दिनों की पूरी किताब मेरे सामने खोल कर रख दी थी। एक-एक लफ़्ज़ मेरे सामने बेनक़ाब पड़ा हुआ था।

मैं उसका सच जान चुका था, उसके मुंह से।

सच एकदम कड़वा था, मगर सच था। मुझे लगा जैसे अब तक कोई मेरी नाक पर तकिया दबा कर मार डालना चाह रहा था और आज एक झटके से उसे हटा दिया गया हो।

मैंने एक गहरी सांस भीतर खींची। अब मेरा दम नहीं घुट रहा था। मैं ख़ुश था, राहत महसूस कर रहा था।

मैं उठ कर नंदिनी के पास चला गया, उसकी कलाई अपने हाथ में पकड़ ली।

कहना बहुत कुछ चाहता था पर कह नहीं पा रहा था। मैं सिर्फ़ उसको विश्वास दिलाना चाहता था कि सही-ग़लत से परे सिर्फ़ एक सच ये है कि मैं उससे प्यार करता हूं। मैं उसको उम्मीद दिलाना चाहता था कि सब ठीक हो जाएगा।

मुश्किल से मुश्किल रास्ते में भी वापस लौटने की गुंजाइश हमेशा रहती है।

और... और मैं उससे एक ज़रूरी सवाल भी पूछना चाहता था कि क्या वो भी मुझसे मोहब्बत करती है? मेरी तरह? सभी तर्क और सवालों से परे?

नंदिनी की आंखें गीली थीं, उसकी आवाज़ भी भर्रा रही थी। मैं उसके क़रीब चला गया, बहुत क़रीब। मैंने उसे अपने सीने से लगा लिया।

बाहर बारिश थम गई थी। मन के भीतर भी सब धुला-धुला दिखाई पड़ रहा था।

मैंने अपना लैपटॉप खोला और गाने लगा दिए।

रसोई से रोटियों की ख़ुशबू आने लगी तो मैंने टेबल लगा दी।

"परफेक्ट" मैं बुदबुदाया।

उस रात मैं बहुत दिनों के बाद गहरी नींद सोया।

सुबह उठा तो सूरज चढ़ चुका था। मैंने घड़ी पर नज़र डाली, "अरे बाप रे! आठ बज गए," मैं फुर्ती से तैयार होकर बाहर आया। टेबल पर एक कप चाय ढंककर रखी थी। मैंने उठा कर एक घूंट भर लिया... लेकिन चाय एकदम ठंडी थी। मैं गर्म करने रसोई में चला आया।

वहां गैस लाइटर से दबा हुआ एक काग़ज़ रखा था।

मैं डर गया। क्या है ये? और... और नंदिनी कहां गई?

मैंने चश्मा पहना और काग़ज़ पर लिखा पढ़ने लगा।

"तुमसे कई दिनों तक सच छिपाए रखने की माफ़ी मांगना चाहती हूं। पर अब बहुत हल्का महसूस कर रही हूं।

जा रही हूं।

बहुत से हिसाब बराबर करने हैं, न जाने कितना लेन-देन बाक़ी है, पर वादा है, जल्द ही लौटूंगी... तुम्हारे साथ किसी अनजान लंबे सफ़र पर चलने के लिए।"

मैंने काग़ज़ को अपनी मुट्ठी में भींच लिया और तेज़ी से स्टेशन की तरफ़ लपका।

प्लेटफ़ॉर्म सूना पड़ा था।

मैंने बुकिंग क्लर्क से पूछा कि कोई लड़की आई थी क्या टिकट लेने? उसने कुछ देर सोचा फिर ना में सिर हिला दिया।

मुझे लगा वो शायद बस से या टैक्सी से चली गई हो।

ख़ैर क्या फ़र्क़ पड़ता है कैसे गई? कहां गई? सच तो ये था कि आख़िर वो चली गई थी।

नंदिनी के साथ बिताए पिछले कुछ दिनों में मैं मोहब्बत के सारे रंग देख चुका था।

एक इंतज़ार का रंग ही बाक़ी था... वो भी सही!

नंदिनी के सच को सच मान कर, उसके वादे पे ऐतबार करके मैं रोज़ स्टेशन चला आता हूं।

पटरियों को दूर कहीं मिलते देखना मुझे अच्छा लगता है।

***

4

एक दिन वो फिर मिली

ट्रेन अपनी पूरी रफ़्तार से मंज़िल की तरफ़ भाग रही थी।

लगभग सभी यात्री खिड़की के बाहर नज़रें गड़ाए थे। ये बहुत हरा-भरा ट्रैक था, बाहर ख़ूब हरियाली थी, जहां-तहां मौसमी झरने नज़र आ रहे थे और दूर दिखती धुंधली पहाड़ियां।

मैं आंखें बंद किए चुपचाप बैठा हुआ था। मेरे भीतर का हरापन सूख कर मन ज़र्द पत्ते सा हो गया था! जहां अब बारहों महीने बस पतझड़ छाया रहता।

मैं घर जा रहा था क्योंकि मां का बुलावा था और इस बार तो उन्होंने जान की क़सम दे डाली थी। बड़ी क़ीमती होती हैं मांओं की क़समें, तो उसका मान मुझे रखना ही था। और ये पहली बार था, जब उन्होंने इस तरह मुझ पर ज़ोर आज़माया था। जब कई बरस पहले घर छोड़ कर निकल रहा था तब भी उन्होंने क़सम देकर नहीं रोका था,

उसके पहले भी कभी नहीं, जब मैंने पापा की बात का विरोध करके ह्यूमैनिटी पढ़ना शुरू किया, तब भी नहीं जब मैं क़स्बे के बुक स्टोर में छोटी सी नौकरी करने लगा था।

मैं लौट रहा था, लेकिन जैसे हारा हुआ सिपाही लौटता है। या यूं मान लीजिए कि ये मेरा आत्मसमर्पण था।

बचपन से हर बात में मैं मां-पापा का विरोध करता चला आया था, पर अब मां के कहे पर ख़ुद को उनके सुपुर्द कर दिया था।

"हां मां... जैसा आप कहें," मेरे ये पांच शब्द मां की कांपती आवाज़ में जैसे जान फूंक गए थे।

ट्रेन बुरी तरह हिल रही थी, मेरा मन भी दाएं-बाएं लुढ़क रहा था। कभी अपने पुराने नाकाम प्यार की तरफ़ तो कभी आने वाले नए रिश्तों की ओर...।

पहुंचना तो नहीं चाहता था लेकिन रात होते-होते मैं घर पहुंच गया। स्टेशन पर छोटा भाई लेने आया था। घर पर मां ने गीली आंखें और रुंधी आवाज़ से मेरा स्वागत किया। पापा ख़ामोश थे। मुझे एहसास हुआ कि मैं बहुत दिनों बाद लौटा हूं।

ढोल की हल्की थाप घर में यहां-वहां एक कमरे से दूसरे कमरे में फैल रही थी। जैसे कोई डुगडुगी लेकर घूमता है ना... कि सुनो सुनो सुनो या अख़बार वाला हांक लगाता फिरता है, ये लो... आज की ताज़ा ख़बर।

ये ढोल मेरे लौट आने का संदेश था।

देसी गुलाब और गेंदे के फूलों की महक फ़ैली हुई थी। एक तरफ़ आम के पत्तों का ढेर लगा था जिसे कोई धो-पोंछ कर सुतली में पिरोकर बंदनवार बना रहा था। रसोई से ताज़ा घी की महक आ रही थी। चार लोगों के घर में चालीस लोगों का मजमा लगा हुआ था। और इस सारे ताम-झाम के पीछे की वजह था मैं। मैं यानी अमरदीप गोयल, स्टेशन मास्टर दंतेवाड़ा... जो बस्तर डिवीज़न में एक छोटा सा स्टेशन था, ईस्ट कोस्ट रेलवे का हिस्सा।

मैं पिछले कई सालों से वहीं पोस्टेड हूं और उस जगह को छोड़ कर जाने का मेरा बिलकुल मन नहीं करता है। जगह एकदम छोटी है, इतनी कि दिन भर में वहां से चार-छह ट्रेनें ही गुज़रती होंगी बस।

मेरी सुस्त और एक ढर्रे पर चली जा रही दिनचर्या को देखकर स्टेशन में साथ में काम करने वाले कलीग और घर-पड़ोस के लोग भी कभी-कभी समझाते हैं कि वहां से कहीं और ट्रांसफ़र ले लूं, जहां नौकरी में यानी ज़िंदगी में कोई चैलेंज तो हो, कोई एडवेंचर!

लेकिन मैं वहीं ठहरे हुए प्लेटफ़ॉर्म पर चहलकदमी करता हुआ, दूर आती ट्रेन को देख कर अपनी हसरतों को सींचता, पालता-पोसता हुआ ज़िंदगी गुज़ार देना चाहता था। मैंने अपने हिस्से का एडवेंचर शायद भोग लिया था और ज़िंदगी का दिया सबसे बड़ा चैलेंज भी।

घर में रौनक बढ़ती जा रही थी, ढोल-ढमाके की आवाज़ के साथ दादरा सोहर भी गाए जाने लगे थे।

मैं अपने कमरे से निकल कर छत पर आ गया। दोपहर से शाम के बीच का संधिकाल... शायद ऐसा ही कुछ वक़्त मेरा भी चल रहा था। सूरज क्षितिज की तरफ़ धीरे-धीरे झुकने लगा था, जैसे मेरा मन डेढ़ साल पहले धीरे-धीरे नंदिनी की तरफ़ झुकता चला गया था।

आसमान पक्षियों के झुंड से भर रहा था। सब लौट रहे थे अपने-अपने घरौंदों की तरफ़। मेरा मन भी लौटने लगा पीछे, उस वक़्त की ओर जब मेरा अपना घर, वो छोटा सा रेलवे क्वार्टर मेरी मनपसंद जगह थी। जहां नंदिनी मेरा इंतज़ार करती थी।

नंदिनी जिसे मैं सिर्फ़ एक महीने से जानता था।

पता नहीं जानता भी था या नहीं... लेकिन इतना तय है कि उस छोटे से वक़्त में मैं उसको पूरी शिद्दत से चाहने लगा था।

मुझे याद आने लगी वो रात, जब मैं स्टेशन से ड्यूटी ख़त्म करके घर लौट रहा था और मुझे प्लेटफ़ॉर्म के आगे अंधेरी झाड़ियों में नंदिनी मिली थी।

कंटीली झाड़ियों में लहुलुहान उस लड़की को मैं अपने घर ले आया था। जो मुझे ये कहती रही कि उसको अस्पताल न ले जाऊं, पुलिस को ख़बर न करूं।

और मैं? मुझे क्या हुआ था? जैसे मत मारी गई थी मेरी। मैं उसकी बात मान गया था।

इतना ही नहीं, वो पूरे एक महीने मेरे घर में मेरे साथ रही।

नंदिनी... मेरे पूरे वजूद पर अधिकार कर लिया था उसने।

"भैया... कहां हो आप?" छोटे भाई की आवाज़ से मेरा ध्यान टूटा।

अच्छा ही हुआ वरना नंदिनी की यादों के उलझे धागे फिर मेरा दम घोंटने लगते। मैं बार-बार ख़ुद को उस उलझन से निकालता हुआ पता नहीं कैसे वापस वहीं पहुंच जाता हूं।

"शाम को आठ बजे का मुहूर्त है रिंग एक्सचेंज का," वो मेरे पास दीवार से टिक कर खड़ा हो गया।

"उसका भी कोई मुहूर्त होता है... अंगूठी पहनने का?" मैंने पूछा

"हां ... मां के पास हर काम का अच्छा और बुरा मुहूर्त है, जैसे तुम नंदिनी से बुरे मुहूर्त में मिले थे, जैसे अच्छा मुहूर्त था जब नंदिनी चली गई थी, और कभी लौटी नहीं।"

मैं भाई की बात पर चौंक गया। मुझे तेज़ गुस्सा आया उस पर, लेकिन मैं बोला कुछ नहीं। मैंने चुप्पी लगाना सीख लिया था। अब तो मैं अपने भीतर उठते सवालों पर ही चुप लगा जाता हूं।

"तू नीचे जा... मैं आता हूं थोड़ी देर में," मैंने अपनी आवाज़ को नर्म बनाने की कोशिश की और भाई की पीठ थपथपा दी।

वो मेरा इशारा समझ गया और नीचे चला गया।

घर में सब जानते थे कि मैं अपनी मनमर्ज़ी का मालिक हूं। मैंने घर भी ऐसे ही छोड़ दिया था बिना कुछ ज़्यादा सोचे और ऐसे ही नंदिनी को घर ले आया था बिना तर्क-वितर्क किए, फिर उसको एक महीना पनाह दी पहले अपने घर में, फिर दिल में। कहां सोचा था मैंने कुछ भी क़दम उठाने के पहले, कहां सोचा था उससे प्यार करने के पहले।

जब जान गया कि वो एक ठग है, चोरियां करती है, उसका एक छोटा-मोटा ग्रुप है, गिरोह है, तब भी कहां मेरा प्यार कम हुआ था, और जब वो जल्द लौट आने का कह कर भी नहीं लौटी तब भी नहीं।

उसकी ख़ुशबू मेरे साथ चलती जा रही है तबसे, जब मैंने उसे हौले से चूम लिया था, बिना कहे... बिना उससे पूछे। वो स्पर्श भी मेरा पीछा नहीं छोड़ रहा है।

ऐसा नहीं कि मैं कोशिश नहीं कर रहा था, पूरी कोशिश कर रहा था पर बस कामयाब नहीं हो रहा था।

इसी भूलने की कोशिश में ही मैंने मां का दिया प्रस्ताव मान लिया था, मेरी शादी का प्रस्ताव।

मां-पापा उन दिनों मेरे पास दंतेवाड़ा आ गए थे। नंदिनी को गए साल भर होने को आए थे। सब उम्मीद छोड़ चुके थे।

"बेटा वो ठगिनी थी, तू जानता है भूल जा उसे," मां मेरी पीठ सहलाते हुए कहतीं।

"हां अब ना आएगी वो... तू लिख ले," पापा भी उनकी हां में हां मिला देते।

मां-पापा वहां इसलिए आए थे कि उन्हें लगा शायद मुझे किसी के साथ की ज़रूरत है। जबकि मैं उस वक़्त अकेले रहना चाहता था, अपने घावों को ख़ुद सहलाना चाहता था।

वो बारिश का दिन था, वही बस्तर की मूसलादार बारिश। मैं नंदिनी को याद कर रहा था कि मां ने सौम्या की तस्वीर मेरे सामने टेबल पर रख दी थी। उन्होंने मेरा हाथ थाम लिया था। मैं उनके हाथों की झुर्रियां महसूस करता रहा।

मां कुछ बोली नहीं।

मुझे अजीब सी आत्मग्लानि होने लगी।

एहसास हुआ कि अपने बेटे होने का कोई फ़र्ज़ मैंने आज तक नहीं निभाया। ये कह कर मनमर्ज़ी करता रहा कि ये मेरी ज़िंदगी है और आज मां और पापा मेरी उसी ज़िंदगी को लेकर परेशान बैठे थे।

मैं सामने रखी तस्वीर देखने लगा। कंधे तक बिखरे बाल, छोटी-छोटी आंखें और सहज सी मुस्कान।

"नौकरी करती है विशाखापट्टनम में, अच्छा घर है, परिवार है।"

मां कहती जा रही थीं इस उम्मीद से कि कोई बात तो ऐसी बन जाए कि मैं हां कह दूं।

"ठीक है मां, कर दो शादी। जैसा जहां आप लोग ठीक समझो!" मैंने आख़िर अपनी सहमति दे ही दी थी।

"भैया... नीचे आओ"

मुझे नीचे बुलाया जा रहा था, और मैं अनसुना करना चाहता था हर बुलावे को।

मैं वैसा महसूस कर रहा था जैसे किसी रेस के स्टार्टिंग पॉइंट पर बैठा बच्चा करता होगा जिसे खेल में कोई दिलचस्पी नहीं जो रेडी स्टडी गो की आवाज़ के साथ पीछे मुड़ कर भागना चाहता हो।

थोड़ी देर में मैं रिश्तेदारों से घिरा बैठा था। मेरे ठीक बग़ल में गुलाबी साड़ी में सौम्या बैठी थी, वो लड़की जिससे मेरी सगाई हो रही थी, जिसके साथ मेरा ज़िंदगी भर का साथ तय हो गया था।

पांच और मिनट गुज़रे। अब मेरे हाथ की अनामिका में उसकी पहनाई अंगूठी चमक रही थी। मेरा मन बुझा जा रहा था।

मेरी सौम्या के साथ सगाई हो गई।

हम दोनों एक-दूसरे के क़रीब ज़मीन पर बिछे गद्दे पर बैठे थे, जिस पर टेंट हाउस से लाई झक्क सफ़ेद चादर बिछी थी। हम चारों तरफ़ से रिश्तेदारों से घिरे थे। मां, मौसी, बुआ, बहनें। कई सारे ख़ुश-ख़ुश चेहरे।

सगाई की अंगूठी एक-दूसरे को पहनाते ही हमारे ऊपर गुलाब की पंखुड़ियों की बारिश होने लगी। सौम्या मेरी तरफ़ देख कर हल्के से मुस्कुरा दी।

मेरे ज़हन में नंदिनी का चेहरा कौंध गया। कितना कम मुस्कुराती थी वो।

उदास शक्ल वाली वो लड़की मुझे फिर याद आने लगी थी, एकदम ग़लत वक़्त पर।

मैंने सर को हल्का सा झटका और सौम्या की तरफ़ देखकर मुस्कुरा दिया, जो मेरी ज़िंदगी का हिस्सा बनने जा रही थी। और ये सब मेरी मर्ज़ी से हो रहा था।

मेरे अंदर कुछ डगमगाने लगा, जैसे कोई ऊंचा ताश के पत्तों का बना घर, जिसकी नींव गहरी नहीं है... जो कभी भी भरभरा कर गिर सकता है।

अगर प्यार की नींव पर ना टिके हों तो क्या रिश्तों की उम्र भी इतनी कम होगी? मैं उलझने लगा था।

सगाई की रस्म के बाद सभी बड़े बुज़ुर्ग सर से सर टिका कर बैठ गए, जैसे कोई युद्ध मंत्रणा हो रही हो। शादी की तारीख़ तय की जा रही थी।

फलां महीने में छोटे भाई के इम्तेहान हैं, फलां में सौम्या की बहन नहीं आ सकेगी, फलां में मेरा जन्मदिन पड़ता है और फलां में उसका।

ख़ैर सारे कॉम्बिनेशन देख कर तारीख़ निकली, आज से दो महीने बाद की।

मुझे लगा मेरी मुट्ठी नम पड़ने लगी... हां पसीना छूट रहा था मेरा। मैं घबरा रहा था।

शादी यानी नंदिनी को दिल से निकाल फेंकना होगा। शादी यानी सौम्या को मन से स्वीकारना होगा, पर... पर आसान थोड़े ही है ऐसा कर पाना। वक़्त लगेगा।

"मुझे वक़्त चाहिए" मैं ज़ोर से बोला। कई जोड़ी आंखें मुझे देखने लगीं।

मैं सकपका गया। सौम्या ने मेरी तरफ़ देख कर भौहें उचकाईं।

"व्हाट?" वो हौले से बोली

"आई नीड टाइम" मैं बोला

"कोई ख़ास वजह?" उसने बुदबुदा कर पूछा

"हं, हां... नहीं... कोई ख़ास वजह नहीं। मैं इस बीच दंतेवाड़ा से ट्रांसफ़र के लिए अप्लाई करना चाहता हूं।

छोड़ना चाहता हूं वो जगह..." मैंने शब्दों को चाबते हुए कहा।

मुझे यक़ीन था कि यादें किसी जगह से बावस्ता होती हैं। वहां से निकलते ही नंदिनी भी मेरे ज़हन से निकल जाएगी।

"हम्म... ठीक है... इसमें क्या प्रॉब्लम है?" सौम्या ने संभले हुए लहजे में कहा।

और मेरी शादी की तारीख़ छह महीने आगे बढ़ा दी गई।

मैं वापस दंतेवाड़ा लौट आया था।

वही घर, वही स्टेशन और वही मैं! वही मैं? ह्म्म्म... जबकि मुझे बदल जाना चाहिए था, आख़िर मैं एक क़दम अपनी नई ज़िंदगी के नए रास्ते की तरफ़ बढ़ा चुका था।

मैंने अपनी ट्रांसफ़र के लिए एप्लीकेशन भेज दी। दंतेवाड़ा से दूर कहीं, किसी भी और स्टेशन में, जो मेरे बीते दिनों से बार-बार चली आने वाली ट्रेन को लाल सिग्नल दिखा सके।

अब मुझे बस ऑर्डर आने का इंतज़ार था। मेरी दिनचर्या पहले की तरह थी। पहले यानी नंदिनी के आने के पहले जैसी। दस घंटे स्टेशन पर ड्यूटी और बाक़ी वक़्त अपने कमरे में किताबें पढ़ते हुए। ये अलग बात है कि मेरा ध्यान अब क़िस्से-कहानियों में लगता ही नहीं था। हर पात्र की शक्ल नंदिनी की शक्ल ओढ़ लेती। मेरे घर से उसका वजूद जाता नहीं था। रसोई के बंद किवाड़ों से भी मुझे रोटी सेंकने की सौंधी महक आती रहती। सन्नाटे में उसके पैरों की आहट सुनाई पड़ती।

वो एक बारिश की शाम थी। मैं खिड़की के पास टिका खड़ा था। मुझे याद आई वो शाम, जब मैंने पहली दफ़ा नंदिनी को छुआ था, अनजाने नहीं, जानते-बूझते। मैं रोक नहीं सका था ख़ुद को!

पता नहीं मेरा चूमना उसे याद होगा भी कि नहीं?

क्यों याद होने लगा, उसे कौन सी मोहब्बत थी मुझसे। मैं ही जैसे पागल हुआ जा रहा था, बिना उसे जाने-पहचाने...।

मैंने खीझ कर खिड़की बंद कर दी। पलटा तो सामने टीवी की टेबल पर मेरी और सौम्या की तस्वीर रखी थी। मां ने फ्रेम करवाकर मेरे बैग में रख दी थी। वो शायद समझती थीं कि सौम्या को याद करने के लिए अभी मुझे उसकी तस्वीर की ज़रूरत पड़ेगी। हर मां की तरह वो भी सब जानती थी।

मैंने तस्वीर उठा कर ध्यान से देखा। सौम्या बहुत सुंदर थी। उसकी आंखों में एक चमक थी। वो ख़ुश दिख रही थी, और ये ख़ुशी मेरे साथ होने की थी!

सौम्या मेरी ज़िंदगी का सच थी और नंदिनी जैसे कोई भ्रम! कभी-कभी मैं सोच में पड़ जाता हूं कि वो एक महीने जब नंदिनी मेरे घर पर थी वो सच थे कि झूठ?

कोई सुबूत था भी कि वो थी यहां?

मैं उठ कर भीतर चला आया। कमरे में रखी अलमारी खोली। इसी में नंदिनी अपना सामान रखती थी। वहां कुछ नहीं था। मैं सामान यहां-वहां करता रहा और लकड़ी की एक कंघी मेरे हाथ आ गई। उसने दंतेवाड़ा के साप्ताहिक बाज़ार से ख़रीदी थी। वो कंघी यहां की आदिवासी औरतें बालों में खोंस कर छोड़ दिया करती हैं। नंदिनी ने भी ऐसा ही किया था उस दिन।

मैंने कंघी में अटका एक लंबा बाल निकाल कर अपनी उंगली में लपेट लिया। उसी उंगली में जिसमें सौम्या की पहनाई अंगूठी थी।

कमरा फ़ोन की घंटी से गूंज रहा था। मैंने देखा स्क्रीन पर सौम्या का नाम है।

“हैलो सौम्या... कैसी हो?” मैंने आवाज़ में नर्मी घोलने की कोशिश की। मैं उसको एहसास दिलाना चाहता था कि मैं उसका फ़ोन आने से ख़ुश हूं।

“कहां हो? कब से फ़ोन कर रही हूं, दिस इज़ माय थर्ड कॉल,” सौम्या की आवाज़ में थोड़ी फ़िक्र और थोड़ी नाराज़गी थी।

थर्ड कॉल? मैं चुप रहा। कोई झूठी कहानी बनाने का मन नहीं था मेरा।

सौम्या बताती रही कि उसने शादी की ख़रीदारी शुरू भी कर दी है। वो चहक रही थी, बात-बात पर कभी ‘आई मिस यू’ कहती, कभी ‘आई लव यू’ कहती... वो भी इतनी सहजता से कि जैसे वही सबसे बड़ा सच हो... उसका मुझे प्यार करना, याद करना।

तो मैं ऐसा क्यों नहीं कर पा रहा था? और हां, वो बीच-बीच में ये भी पूछ रही थी कि तुम ठीक हो ना अमर? तुम ख़ुश हो ना?

मैं उसकी तसल्ली के लिए हंस रहा था, “हां मैं ख़ुश हूं, बहुत ख़ुश... एंड आई मिस यू टू।”

सौम्या की कॉल के बाद मेरे घर में फिर ख़ामोशी छा गई। दूर से ट्रेनों के आने-जाने की आवाज़ आती रही। कभी-कभी पटरियों की धमक से खिड़की का शीशा खनक जाता, मैं चौंक जाता। कोई है क्या? दस्तक दी क्या किसी ने?

मैं अपने कमरे में आकर लेट गया।

सौम्या मुझे लगातार मैसेज कर रही थी। मुझे अपने आप पर शर्मिंदगी होने लगी। ये मैं क्या कर रहा था? क्यों खिलवाड़ कर रहा था उसके साथ? अगर मैं उससे मोहब्बत नहीं कर सकता तो फिर शादी के लिए हां क्यों की?

और अगर मैं नंदिनी की याद से बाहर आकर आगे बढ़ जाना चाहता हूं तो फिर मुझे इसमें पूरी ईमानदारी बरतनी चाहिए। मुझे लगा मैं सौम्या से अपने बीते कल को छुपाकर ग़लत कर रहा हूं।

मैं उठ कर बैठ गया और सौम्या का नंबर मिला दिया।

"हाय! हैलो! याद आई न तुम्हें मेरी?" वो हंसते हुए बोली

"मैं... मैं तुमसे कुछ बात करना चाहता हूं," मैंने कहा।

"हां... बोलो ना" अचानक उसकी आवाज़ की खनक ग़ायब हो गई।

"मैं आता हूं वहीं... तुम्हारे पास... अगले संडे।" मैंने कहा और फ़ोन रख दिया।

मुझे हल्का महसूस हो रहा था। अब मैं सौम्या को सबकुछ बता दूंगा और तब जाकर शायद मेरा मन हल्का हो जाएगा और आगे की जिंदगी मैं और सौम्या, प्यार न भी सही पर पूरे विश्वास के साथ गुज़ार सकेंगे।

मैंने अपनी टिकट्स बुक करवा लीं।

आज फिर तेज़ बारिश हो रही थी। मैं स्टेशन में अपने कैबिन में बैठा बाहर देख रहा था। कोशिश कर रहा था कि मैं नंदिनी के बारे में न सोचूं। उसको गए दस महीने से ज़्यादा हो गए थे। अब तो उसकी शक्ल भी आंखों के सामने धुंधली पड़ने लगी थी। कोई तस्वीर तो थी नहीं कि देख पाता।

अगले दिन से मैंने जाने की तैयारियां शुरू कर दीं। सूटकेस निकाल कर झाड़-पोंछ लिया, घर का मुआयना किया, ताकि हफ्ता-पंद्रह दिन घर बंद रहे तो कुछ नुक़सान न हो। गमले में लगे पौधों को ऑफ़िस में रखवा दिया ताकि उन्हें बराबर पानी मिलता रहे।

नंदिनी ने भी जंगल से लाकर कुछ पौधे लगाए थे। मैं कहता रहा कि ये जंगली हैं यहां नहीं पनपेंगे लेकिन कहां मानी वो। "प्यार मिले तो कोई भी कहीं भी जड़ पकड़ ले," उसने कितनी संजीदगी से पौध रोपते हुए कहा था।

काश, मैं नंदिनी को और प्यार दे पाता कि वो यहीं रह जाती, गहरी जड़ों वाले किसी पेड़ की तरह।

शाम को मैं साप्ताहिक हाट बाज़ार चला गया। बस्तर के हाट अपने आप में एक मेले जैसी रौनक लिए होते हैं, रंगों से भरे। मैंने ढेर सारे हाथ के बने गहने सौम्या के लिए ख़रीद लिए, जैसे नंदिनी ने ख़रीदे थे।

वैसे ही मोटे-मोटे कड़े और गले की हंसुली और जूड़े में खोंसने वाली लकड़ी की पिन भी!

बस दो दिन बाद मुझे निकलना था। मैंने गहने अपने सामान के साथ रख दिए।

अगले दिन स्टेशन में बैठा मैं सौम्या से मिलने के बारे में ही सोचता रहा। उसकी आवाज़, उसका मुझे कॉल करना, मैसेज करना... लगा उसके साथ ज़िंदगी इतनी बुरी भी नहीं। प्यार आज नहीं तो क्या, हो जाएगा कभी!

मैंने उसे फ़ोन लगाया। शायद पहली बार मैंने ख़ुद कॉल की होगी। वो उछल पड़ी।

मैं भी मुस्कुरा दिया, आख़िर मैंने पहली बार अपनी होने वाली पत्नी को ख़ुश किया था।

स्टेशन से घर लौटा। बग़ीचे का गेट खोलकर अंदर पहुंचा तो चौंक गया। बाहर लटका ताला ग़ायब था, दरवाज़ा आधा टिका था।

मैं घबरा गया। घर में कोई ख़ास क़ीमती सामान नहीं था पर फिर भी मुझे चिंता हो गई कि कौन घुस आया?

अंदर पहुंचा तो रसोई से रोटी सिंकने की सौंधी महक आने लगी।

मेरा दिल ज़ोर-ज़ोर से धड़कने लगा।

मैंने तेज़ आवाज़ से पुकारा। "कौन? कौन है वहां?"

अंदर से कमर में दुपट्टा खोसे नंदिनी बाहर निकल आई।

मैं वही बुत बना खड़ा रह गया।

"नंदिनी? तुम? तुम? यहां? और भीतर कैसे आई?"

"अरे घर की एक चाबी मेरे पास भी तो है," वो मुस्कुरा कर बोली।

"भूल गए थे क्या?" उसने पूछा।

"नहीं... नहीं, बिलकुल नहीं भूला, एक पल को भी नहीं।" शब्द मेरे होंठों से बहे जा रहे थे।

नंदिनी मेरे सामने खड़ी थी। वो लौट आई थी... अपने जाने के साढ़े आठ महीने बाद वो वापस आ गई थी।

आटे में लिपटे हाथ लिए वो रसोई की चौखट पर खड़ी थी। मेरा इंतज़ार ख़त्म हुआ।

वो... वो आंखों में इंतज़ार लिए मेरी तरफ़ देख रही थी। एकटक।

मैं देखता रहा उसे, बहुत देर... जैसे किसी पेंटर का मास्टरपीस हो!

मन किया कि दोनों बांहें फैला दूं, और उसको अपने भीतर भींच लूं। जानता था कि वो भी यही चाहती है। लेकिन मैंने ख़ुद को रोक लिया। मैं ऐसा कैसे कर सकता था? ये ग़लत होगा।

और मैं अब पहले जैसा कहां रह गया था। मैंने तर्क करना सीख लिया था, मुझे सही-ग़लत की परवाह होने लगी थी।

नंदिनी मेरे क़रीब आकर खड़ी हो गई, फिर उसने हौले से अपना सिर मेरे कंधे पर टिका दिया, बिना कुछ कहे! उसके बालों की ख़ुशबू मेरे भीतर उतरने लगी।

मुझे उसके साथ जंगल में बिताई एक सुबह याद आने लगी और वो शाम भी जब मैंने उसके हाथों में महुआ के ताज़े फूल रख दिए थे। उसने हथेलियों में भींच लिया था उन्हें, किसी क़ीमती सौग़ात की तरह।

मैं दो क़दम पीछे सरक गया। शायद नंदिनी मेरी असहजता महसूस नहीं कर पा रही थी, इसलिए वो ख़ुद एकदम सहज थी। मैंने ध्यान से देखा उसका चेहरा पहले से ज़्यादा सुंदर दिख रहा था, ज़्यादा नर्म और उस पर सुकून भरी आंखें। मैं जल्दी से अंदर चला गया। मैंने अपना कमरा बंद कर लिया। सामने सौम्या और मेरी सगाई की तस्वीर रखी थी। मैंने वो फ़ोटो फ्रेम उठा कर अलमारी में कपड़ों के नीचे दबा दिया। मैं नहीं जानता मैं ऐसा क्यों कर रहा था।

मैं बिस्तर के कोने पर सिर टिका कर बैठ गया।

रसोई से आती खटपट अब बंद हो गई थी। मैं कल्पना करने लगा कि अब नंदिनी टेबल पर हम दोनों की थाली लगा रही होगी। बीच में एक कांच का गिलास रख कर उसमें किसी जंगली फूल की टहनी लगाई होगी।

बाहर से हल्की-हल्की आवाज़ आने लगी।

नंदिनी ने मेरे लैपटॉप पर वही एल्बम प्ले कर दिया जो हम पहले सुना करते थे।

पुराने गाने, हेमंत कुमार के।

रेशमी आवाज़ कमरे में फ़ैल रही थी... और धीरे-धीरे मेरे भीतर घुलती जा रही थी।

बेक़रार करके हमें यूं न जाइए... आपको हमारी क़सम लौट आइए।

मुझे लगा मैं पागल हो जाऊंगा।

मैं कमरे से बाहर निकल आया। कब तक छिपा रहता, कायरों की तरह!

जैसा मैंने सोचा था नंदिनी टेबल पर मेरा इंतज़ार कर रही थी। मैं उसके सामने बैठ गया।

कैसी हो? मैंने पहला सवाल किया।

वो मुस्कुरा दी। फिर बताने लगी कि यहां से जाने के बाद क्या हुआ। हर बात, सिलसिलेवार।

मैं उसको बोलने देना चाहता था। क्या पता उसकी बात में मुझे कोई ऐसा ठोस कारण मिल जाए कि मैं उसको मेरी ज़िंदगी से निकल जाने को कह सकूं!

वो बताने लगी कि जिनके साथ लोगों को धोखा देने और ठगने का काम करती थी उन्होंने ही मदद की... अदालतों के चक्कर लगा कर केस ख़त्म कराए।

पास में जो कुछ था सब ज़रूरतमंदों को बांट दिया।

वो धीरे से बुदबुदाई। "पिछले पन्नों में लिखा सब मिटा आई हूं।"

मैं कुछ नहीं कह सका। बस देख रहा था एक बदली हुई लड़की को। पहले तो कैसी चुप-चुप सी रहती थी, अब खुल गई थी। बिना मेरे पूछे मुझे बातें बता रही थी। पहले दस सवाल करने पर नौ के जवाब हां... हूं...में देने वाली लड़की मुझे किसी क़िस्सागो की तरह लग रही थी। उसकी कहानी और उसकी आवाज़ मुझे अपनी तरफ़ खींच रही थी।

शायद मुझे उससे फिर प्यार होने लगा था...

"फ़ोन... आपका फ़ोन बज रहा है," नंदिनी ने मेरे कंधे थपथपाए।

"हूं? हां... हां... हैलो," मैंने सकपकाकर बिना स्क्रीन देखे फ़ोन उठा लिया।

"कहां हो तुम? ऑफ़िस?" सौम्या की आवाज़ ऐसी लगी जैसे बर्फ़ की झील में किसी ने पत्थर मार कर सुराख़ कर दिया हो! मेरे आस-पास सब तड़क कर पिघलने लगा था।

"तुम सुन रहे हो ना?" सौम्या की फिर आवाज़ आई।

"हां बोलो न" मैंने ख़ुद को संभाला।

"मैं इनविटेशन कार्ड का सैंपल भेज रही हूं, तुम एक बार सब स्पेलिंग चेक करके ओके कर दो तो प्रिंट होने के लिए भेज देंगे।"

"कार्ड?? कौन सा कार्ड?" मैं बोला।

"अरे... हमारी शादी का कार्ड, और क्या?" सौम्या की आवाज़ में थोड़ा गुस्सा झलक आया था।

मैं कहना चाहता था कि इतनी जल्दी क्या है? रुक जाओ अभी, पर कह न सका, "ठीक है भेजो... मैं बाद में कॉल करता हूं।" कह कर मैंने फ़ोन काट दिया।

नंदिनी मेरे लैपटॉप पर झुकी गानों की लिस्ट स्क्रॉल कर रही थी। उसे जैसे दुनिया की कोई परवाह नहीं थी। लेकिन मुझे थी।

नंदिनी के जाने के बाद या ये कहूं कि उसके बहुत लंबे इंतज़ार के बाद और फिर भी उसके ना लौटने के बाद मैंने अपने लिए एक अलग दुनिया का दरवाज़ा खोल दिया था। मैंने अपने आपको, अपनी सोच को बदल डाला था।

मैं अब जंगलों में तितलियों और जुगनुओं के बीच भटकना नहीं चाहता था।

कमरे में दूसरा गाना बजने लगा था—*ना ये चांद होगा, न तारे रहेंगे, मगर हम हमेशा।*

मुझे अजीब सी अकुलाहट महसूस होने लगी।

मैं उठ कर बाहर चला आया। रात गहरा रही थी। मुझे भी सब तरफ़ अंधेरा नज़र आ रहा था। मन और दिमाग़ की लड़ाई चल रही थी। मैं सही और ग़लत का नाप-तौल कर रहा था।

नंदिनी भी बाहर आकर मेरे पास खड़ी हो गई। बरामदे की रेलिंग को पकड़े हम अग़ल-बग़ल चुपचाप खड़े थे।

"क्या हुआ? एकदम से बाहर क्यों चले आए? तुम्हारी पसंद का गाना बज रहा है," नंदिनी मुझसे सट कर खड़ी हो गई। उसकी बांहें मेरी बांहों को हल्का-हल्का रगड़ रही थीं। मैंने ज़रा सी गर्दन घुमा कर उसकी तरफ़ देखा।

वो कहीं दूर अनंत में ताक रही थी। बादलों से भरे काले आसमान में एक तारा भी नहीं था पर उसकी आंखों में थे!

मैं उससे ज़रा सा दूर खिसक गया और सपाट से लहजे में बोला, "तुमने इतना वक़्त क्यों लगाया? कहां रह गई थीं?"

"कितना वक़्त? वादा तो लौट आने का था न? मियाद कहां तय की थी तुमने?" उसने शिकायती लहज़े में कहा।

'हां... नहीं तय की थी मियाद। करनी चाहिए थी।' मैंने सोचा।

लेकिन मन ऐसी बातें कहां मानता है। इंतज़ार एक ऐसी शय है जिसकी कोई सीमा नहीं होती, जब तक दिल में उम्मीद है इंतज़ार चलता रहता है।

पता नहीं मैंने क्यों इंतज़ार ख़त्म किया? मैंने क्यों नंदिनी के लौटने की उम्मीद छोड़ी?

अगली सुबह जब मैं सोकर उठा तो नंदिनी बाहर पौधों से सूखे-बेजान पत्ते तोड़ रही थी, ज़िंदगी से दुख वाले दिन भी ऐसे ही चुन के फेंक दिए जाने चाहिए।

वो बार-बार अपने चेहरे पर गिर आए बालों को पीछे करके जूड़े में समेटती, लेकिन वो फिर गिर आते।

"क्या देख रहे हो?" वो हल्का सा मुस्कुरा कर हाथ झाड़ती हुई मेरे पास आने लगी।

तभी मेरा फ़ोन बजने लगा।

सौम्या थी।

मेरे फ़ोन उठाते ही उसने सवालों की झड़ी लगा दी।

"सुनो ये बताओ कि हम हनीमून पर कहां जाएंगे? तुम्हें समंदर पसंद हैं या पहाड़? या ऐसा करें... तुम्हारे उस छोटे से रेलवे क्वार्टर में ही न मनाएं? दिन भर जंगलों में घूमेंगे..."

मेरे हलक़ में कुछ अटकने लगा था।

बस... अब ये खेल ख़त्म करना ही पड़ेगा। जितनी जल्दी बात साफ़ होगी ज़ख़्म उतने कम गहरे लगेंगे।

मैंने बिना कुछ कहे सौम्या का फ़ोन काट दिया और नंदिनी की कलाई पकड़ कर उसको अंदर ले गया। अपने कमरे में पहुंचकर मैंने उसे बैठने को कहा।

वो चुपचाप बिना विरोध किए बैठ गई।

मैंने अलमारी खोली और अपनी सगाई की तस्वीर उसके सामने रख दी।

नंदिनी ने तस्वीर को देखा फिर मुझे।

वो बिना पलकें झपकाए देख रही थी। उसने अपनी उंगलियां मेरी तस्वीर के ऊपर फिराई फिर फ्रेम को एक तरफ़ रख कर खड़ी हो गई।

उसकी आंखों में एक भी सवाल नहीं था... बस झील हुई जा रही थी।

वो चुपचाप मेरे कमरे से बाहर निकल गई। मुझे लगा जैसे वो मेरी ज़िंदगी से बाहर निकल गई हो।

ठीक ही हुआ... यही तो चाहता था मैं !

नंदिनी के कमरे से बाहर जाते ही मेरे कमरे में एक निर्वात पैदा हो गया था। मेरा सांस लेना मुश्किल हो रहा था। उसकी तकलीफ़ मैं अपने सीने में महसूस कर रहा था।

मैं बाहर निकल आया।

नंदिनी मेरे लैपटॉप पर झुकी थी... कोई गाना लगाना चाहती थी। उसके चेहरे पर कोई भाव नहीं थे। वो सहज दिखने की कोशिश कर रही थी, पर मैं उसके भीतर का बवंडर देख न सकूं इतना बेवक़ूफ़ नहीं था।

मैंने आगे बढ़ कर लैपटॉप टर्न ऑफ़ कर दिया। अभी तक एक दूसरे तक अपनी फ़ीलिंग्स पहुंचाने के लिए भले ही हमने बड़े शायरों के लिखे क़लामों, गीतों का सहारा लिया हो पर आज नहीं।

मैं ख़ुद नंदिनी को सब कुछ बताना चाहता था।

मैं और वो उस दो कुर्सियों वाली डाइनिंग टेबल पर आमने-सामने बैठे थे। मैंने अपना मोबाइल निकाल कर उसके सामने रख दिया।

स्क्रीन पर मेरा टिकट था, रेलवे टिकट, दंतेवाड़ा से विशाखापट्टनम का।

आज से दो दिन बाद का।

नंदिनी मेरी तरफ़ देखने लगी। फिर बोली, “मैं... मैं नहीं जानती थी, वरना लौट कर नहीं आती।” उसका गला रुंध रहा था...

मैं चुप रहा। अपने भीतर की हिम्मत समेटने लगा और बोला, "मुझे भी नहीं पता था कि तुम लौट आओगी, वरना कहीं नहीं जाता, ठहरा रहता यहीं।"

"कैसे नहीं लौटती... तुम, महुआ और ताड़ी की महक वाले जंगल बहुत याद आते थे," नंदिनी बुदबुदाई।

इसके बाद एक गहरी नीम ख़ामोशी हमारे बीच क़ब्ज़ा जमाने लगी।

मैंने उठ कर लैपटॉप फिर चालू कर दिया। सन्नाटा बड़ा भयावाह लग रहा था।

बैकग्राउंड में बजते धीमे संगीत के साथ मैं नंदिनी को पिछले आठ महीनों की हर बात बताने लगा। कि कैसे शुरू के एक महीने मैंने पूरी उम्मीद के साथ, ख़ुश होकर इंतज़ार किया था तुम्हारा। घर में छोटे-छोटे बदलाव किए, जैसे एक बड़ा आईना ले आया था... तुम्हारे लिए!

बग़ीचे में मौसमी फूल लगाए कि जब तुम आओ तो तुम्हारे स्वागत में क्यारियां फूलों से भरी हों।

"फिर?" नंदिनी ने मुझे टोका

"फिर... फिर मौसम बदलते गए, तुम नहीं लौटीं।"

नंदिनी चुप थी।

मुझे याद आईं वो क्यारियां जिनमें फूल यूंही सूख जाया करते थे और वो दीवार पर लटका आईना जिसमें मुझे मेरा ही अक्स चिढ़ाने लगा था। मैं हारा हुआ महसूस करने लगा था, ठगा हुआ।

मैंने नज़र भर कर नंदिनी की तरफ़ देखा और कहा, "मुझे लगा मैंने तुम पर विश्वास करके, तुमसे प्यार करके ग़लत किया था। मुझे तुम्हें घर लाना ही नहीं चाहिए था... या... या उस दिन जब पुलिस इंस्पेक्टर से मुझे तुम्हारे बारे में सबकुछ पता चल गया था, तभी मुझे तुम्हें जाने के लिए कह देना चाहिए था।

मैं हर वक़्त स्टेशन पर रुकने वाली ट्रेनों से उतरते यात्रियों को देखता, हर एक को, बड़े ध्यान से, इस उम्मीद से कि तुम ज़रूर आओगी।

मैं नंदिनी को ये भी बताना चाहता था कि कैसे मैं जब-तब टैक्सी स्टैंड के चक्कर लगा आता, कोई लंबे बालों वाली औरत दिख जाती तो दौड़ कर उसकी सूरत देखने पहुंच जाता, मैं हर रोज़ एक युद्ध लड़ रहा था अपने आप से।

नंदिनी हैरानी से एकटक मुझे ही देखे जा रही थी। सुनती जा रही थी मेरी बात, बिना कुछ कहे।

मैंने टेबल पर रखे गिलास से पानी का घूंट भरा... अभी तो और भी बहुत कुछ कहना था।

मैं नंदिनी को एक-एक बात बताने लगा कि उसके जाने के बाद मैं इतना परेशान रहने लगा था कि मां-पापा को मेरे पास आकर रहना पड़ा। उन्हें लगा मैं पगला गया हूं, बावरा हो गया हूं।

मेरी आंखों के सामने मां की शक्ल तैर गई, उनकी आंखें किसी जादुई झरने जैसी लगातार बहती रहती थीं।

मेरे गले में कुछ अटकने लगा। लगा आवाज़ भर्रा न जाए कहीं।

मैंने अपने भीतर का सारा हौसला समेटा और बोलने लगा, "पापा रोते नहीं थे पर एकदम चुप हो गए थे। बस मुझे समझाते रहते और... और फिर मुझे मां का फ़ैसला मानना पड़ा।

सौम्या के साथ शादी का फ़ैसला..."

सब कुछ मैंने नंदिनी के सामने कह कर उसे ऐसे देखा जैसे कह रहा हूं कि नाटक ख़त्म हुआ,पर्दा गिरा, खेल ख़त्म!

नंदिनी कभी मुझे देखती, कभी खिड़की के बाहर, कभी मेरे कमरे के अंदर झांकने लगती, जहां मैंने अभी-अभी उसको अपनी सगाई की तस्वीर दिखाई थी।

वो मुझसे नज़र बचा कर अपनी आंखों के किनारे भी पोंछती जा रही थी।

"सौम्या जानती है? कि... कि..." नंदिनी शब्दों को गढ़ने लगी।

"नहीं... वो तुम्हारे बारे में कुछ नहीं जानती, लेकिन शादी से पहले मैं बता देना चाहता हूं। इसलिए जा रहा हूं। झूठ बोलने जितना ही ग़लत है

सच का छुपाया जाना," मैंने अपने लहजे को थोड़ा तंज़िया करते हुए कहा।

नंदिनी का चेहरा पीला पड़ने लगा।

अपने दुखों को पालते-पोसते शायद हम थोड़ा स्वार्थी, थोड़ा सख़्त हो जाते हैं। और किसी की तकलीफ़ की परवाह करना छोड़ देते हैं!

अगले दिन सुबह मैंने अपना सामान पैक किया।

नहीं जानता क्या पैक किया, क्या छोड़े जा रहा हूं!

नंदिनी ख़ामोश सी मुझे देख रही थी। मैं उसकी ओर देखना ही नहीं चाहता था। बड़ी मुश्किल से मैंने मन को समझा कर सौम्या के साथ सगाई के लिए हां की थी। अब उसका दिल दुखाने की मुझमें हिम्मत नहीं थी और उसके साथ-साथ अपने मां-बाप की भी, पूरे के पूरे दो परिवारों का दिल मैं कैसे तोड़ सकता था।

मैं पस्त होकर पलंग के किनारे बैठ गया। लगा उम्मीदों और अपेक्षाओं के बोझ से मेरे कंधे झुके जा रहे हैं।

मेरी ट्रेन सुबह की थी और नंदिनी की शाम की। अच्छा ही था... मैं उसको जाते हुए देखना नहीं चाहता था। लेकिन उसको यहां छोड़ कर जाना भी मेरे लिए कहां आसान था। मैं उससे पूछना चाहता था कि वो कहां जाएगी? क्या मेरे पास आने के लिए उसने और बाक़ी दरवाज़े बंद तो नहीं कर दिए? क्या उसके पास लौटने का कोई ठिकाना है भी या नहीं?

अजीब कशमकश थी।

ज़िंदगी इस क़दर उलझी हुई कभी महसूस नहीं हुई।

मैं निकलने लगा तो वो मुस्कुराई बोली, "मेरे पास ताले की चाबी है मैं निकल जाऊंगी शाम को।"

मैं चुप रहा...

वो भी ख़ामोश थी। कहने को कुछ ख़ास था भी कहां।

जैसा तय था, अगली सुबह मैं सफ़र पर निकल गया। किरन्दूल विशाखापट्टनम एक्सप्रेस... गाड़ी नंबर 18513

बचपन से यात्राओं के लिए मेरी जो दीवानगी थी, वो कहीं चूक गई थी। आज मुझे कोफ़्त हो रही थी ट्रेन की आवाज़ से, पटरियों की खड़खड़ से। मुझे ट्रेन की स्पीड से भी चिढ़ हो रही थी। दिल, पीछे छूट जाने वाली हर चीज़ का अफ़सोस मना रहा था।

लेकिन सफ़र शुरू हुआ है तो मंज़िल तक पहुंचना लाज़मी था।

शाम ढलते-ढलते मैं सौम्या के घर के दरवाज़े पर खड़ा था। नई ज़िंदगी के बंद दरवाज़ों पर दस्तक दे रहा था।

मुझे देखते ही सौम्या ख़ुश हो गई। थोड़ा सा हिचकी, फिर हौले से मेरे गले लग गई। मैं चाहते हुए भी उसके इर्द-गिर्द अपनी बांहें नहीं कस सका।

"तुम बहुत थके हुए लग रहे हो, फ्रेश हो जाओ। मैं चाय बना कर लाती हूं।" सौम्या मुझे एक तौलिया पकड़ा कर चली गई थी।

मैं वाक़ई थका हुआ महसूस कर रहा था।

थोड़ी देर में मैं और सौम्या उसके घर की बालकनी में बैठे थे। बहुत देर तक हम यहां-वहां की बातें करते रहे। मैं क्या, वो ही कहती रही और मैं 'हां हूं' करता रहा। शादी के सिवा उसके पास और कुछ कहने को नहीं था। हमारी शादी में ये... शादी में वो, ये पहनूंगी, फलां भी आएगा, मेन्यू ये तय हुआ, मां ने कंगन का नाप मंगवाया है और भी पता नहीं क्या-क्या।

मैं चुपचाप आसमान में जुटते बादलों में बनते-बिगड़ते चित्र देख रहा था। बचपन में मैं कल्पनाएं किया करता था। हर बादल मेरे लिए एक कहानी थी, एक मनगढ़ंत क़िस्सा। आज मेरे पास न कल्पना थी न कोई कहानी!

मेरी चुप्पी देख कर सौम्या भी चुप हो गई। मैं अपने चेहरे पर उसकी नज़रें महसूस कर रहा था। मैं असहज हो रहा था।

सौम्या ने आगे बढ़ कर मेरा हाथ थाम लिया।

"क्या हुआ अमर? व्हाट्स द प्रॉब्लम?"

मैंने सौम्या की हथेली का पिछला हिस्सा थपथपाया और अपने भीतर की सारी हिम्मत जुटाई।

मुझे कहना ही होगा। शादी से पहले अपने बीते दिनों की हर ख़ास बात उसको बता देना चाहता हूं। और नंदिनी से ज़्यादा ख़ास कुछ और मेरी ज़िंदगी में था नहीं।

हां मैं वाक़ई उसे नंदिनी के बारे में बताना चाहता हूं, शायद मन हल्का हो जाए।

"सौम्या... मेरी ज़िंदगी में एक लड़की थी, नंदिनी!"

सौम्या चौंक गई... उसने हल्के से अपना हाथ खींच लिया।

मैंने हौले से कहा, "अब नहीं है।"

सौम्या की आंखों में बहुत सारे सवाल थे।

मैंने उस रात से बताना शुरू किया जब मुझे नंदिनी प्लेटफ़ॉर्म के आगे झाड़ियों में बेहोश मिली थी। मैंने उसको बताया कि कैसे वो पूरे एक महीने मेरे घर पर रही और एक दिन मुझे महसूस हुआ कि मैं उससे प्यार करने लगा हूं, बेइंतेहा प्यार।

फिर कैसे मुझे पता लगा कि वो एक ठग है और... और मैं फिर भी उससे प्यार करता रहा, उतना ही प्यार और उतनी ही शिद्दत से।

सौम्या की आंखें डबडबा रही थीं। मेरा गला भी रुंध रहा था।

"फिर?" सौम्या ने पूछा।

फिर वो चली गई, लौट आने का वादा करके।

"फिर?" सौम्या की आवाज़ डूब रही थी।

"वो नहीं लौटी, मैंने इंतज़ार किया... एक महीना... दो... तीन, चार... और फिर आठ महीने बाद मैंने मां को शादी के लिए हां कह दिया।"

"अब?" सौम्या मेरी आंखों में एकटक देख रही थी।

"अब... अब क्या?" मैं चेहरा घुमा कर आसमान ताकने लगा।

फिर भीतर की पूरी हिम्मत जुटा कर बोला, "शादी से पहले मेरा ट्रांसफ़र हो जाए तो बहुत अच्छा रहेगा। हम सीधे नई जगह, नए घर में शिफ्ट होंगे।"

सौम्या ने फ़्लास्क से थोड़ी और चाय उड़ेल दी।

मैं चुपचाप चाय पीने लगा।

"अच्छा किया जो तुमने कह दिया सब। फ़ीलिंग बेटर?" सौम्या ने मुस्कुरा कर पूछा।

मैं 'हां' कहना चाहता था पर ज़बान जैसे तालू से चिपक गई थी।

और... और... मैं हल्का महसूस क्यों नहीं कर रहा था?

"नहीं... आई एम नॉट... आई एम नॉट फ़ीलिंग बेटर," मैं अपनी जगह से उठ गया।

"कुछ और कहना चाहते हो? बाक़ी है कुछ?" सौम्या ने पूछा...

"हां सौम्या... मैं लौटना चाहता हूं। मुझे नहीं लगता मैं ये शादी निभा पाऊंगा," मैंने सौम्या की तरफ़ देखते हुए कहा।

"हम्म्म... मुझे भी नहीं लगता," वो डबडबाई आंखें लिए खड़ी रही, फिर मुझे देख कर हंस दी।

मुझे लगा मेरी ज़िंदगी वाक़ई एक आम आदमी की ज़िंदगी नहीं थी। इसमें सब कुछ अचानक, अनायास घटता है... मेरे कंट्रोल के बिना।

मैं फिर ट्रेन में बैठा था। विशाखापट्टनम से वापस दंतेवाड़ा जाने वाली ट्रेन में।

आठ घंटे में मैं वापस अपने घर पहुंच जाऊंगा।

और मुझे पूरा यक़ीन है कि नंदिनी गई नहीं होगी, वो मेरा इंतज़ार कर रही होगी...

उसकी आंखों में साफ़-साफ़ पढ़ा था मैंने।

***

5

जंगली फूलों सी लड़की

शाम का धुंधलका गहरा रहा था। जैसे कोई मंझा हुआ फ़ोटोग्राफ़र धीरे-धीरे अपने लेंस का ऐपर्चर कम कर रहा हो। पंछियों, गाय, बकरियों की तरह मैं भी घर लौट रहा था। पतझड़ की शुरुआत हो चुकी थी। रास्ते भर सड़क पर बिखरे पत्तों पर गाड़ी चरमराती सी चल रही थी... मेरी ज़िंदगी की तरह।

मुझे ट्रांज़िशन बिलकुल पसंद नहीं, न ख़ुद का न मौसम का। न जाने क्यों ठहरे रहना चाहता हूं, बने रहना चाहता हूं जस का तस। इन दिनों बस्तर के ज़िला मुख्यालय जगदलपुर में पोस्टेड हूं। ये बहुत बड़ा ज़िला है। दूर-दूर तक फ़ैली तहसीलें और गाँव। कल सुबह-सुबह मुझे मुख्य सड़क से बहुत अंदर के एक गाँव में जाना है, एक सौ नब्बे किलोमीटर दूर। कोई चार साढ़े चार घंटे का फ़ासला है। थोड़ी पक्की सड़क, थोड़ा कच्चा रास्ता। शायद ज़िंदगी के सफ़र की तरह। वहां रेस्ट हाउस का सीला हुआ कमरा मेरा इंतज़ार कर रहा होगा। मैं जाकर खिड़कियां खोलूंगा और उसकी दीवारों को ज़रा सी धूप नसीब होगी। मुझे लगा जैसे मेरे मन में भी एक ऐसी ही सीली हुई दीवारें है और कोई बंद खिड़की भी। जीप मेरे सरकारी बंगले के सामने रुकी तो भीतर से अर्दली दौड़ा आया और ब्रीफ़केस लेकर चला गया। मैं अंदर जा रहा था कि मेरा फ़ोन बजा। मां थीं। दो बातें हाल-चाल के पूछ कर वो वापस अपने मुद्दे पर आ गई।

"बेटा आज फिर प्रिया की मम्मी का फ़ोन आया था। आख़िर वो कितना इंतज़ार करेंगे? प्रिया 28-29 की हो गई है।"

"तो मैं क्या करूं मां? उसकी उम्र रोक तो नहीं सकता।" मैंने खीझते हुए कहा।

"रोकने को कौन कह रहा है, बस शादी के लिए हां कह दे बेटा, अब तेरी उम्र भी पैंतीस की होने वाली है। अपना परिवार होना ज़रूरी है बेटा।"

मैं अनमना सा होकर हां-ना कहता रहा। मेरे अजीब व्यवहार को देख कर मां की आवाज़ भी सुस्त पड़ गई। ये आज कुछ नया नहीं था। पिछले कई सालों से चला आ रहा सिलसिला था। फ़ोन बंद करके मैं सीधे नहाने चला गया और दस मिनट बाद बाहर आकर झूले पर बैठ गया।

मोबाइल पर प्रिया का मैसेज था, "मां की बात का बुरा मत मानना। यू प्लीज़ टेक योर ओन टाइम। ज़िंदगी भर का फ़ैसला यूं दबाव में आकर थोड़ी लोगे?"

मैंने कोई जवाब नहीं दिया। कुछ भी कहता, उसको तकलीफ़ ही होनी थी। प्रिया मेरी बचपन की दोस्त थी, मां की सबसे ख़ास सहेली की बेटी। जब मां ने उससे मेरी शादी की बात कही और मैंने उसको एक दोस्त से अलग नज़र से देखा तब भी वो मुझे अच्छी लगी थी, यानी मुझे भी पसंद थी प्रिया। लेकिन शादी से इंकार की वजह?

शायद परिवार की ज़िम्मेदारियों से भागना चाहता था। या... या... शायद मैं ख़ुद नहीं समझ पा रहा था।

मेरी सफ़ेद सरकारी कार बस्तर के जंगलों के बीच से गुज़र रही थी। अजीब थे ये जंगल, आज भी कितने अनछुए से। ऊंचे-ऊंचे साल के पेड़ों के बीच आसमान का अस्तित्व जैसे गुम हो रहा था। शाम होते-होते मैं अपनी मंज़िल तक पहुंच गया। एक छोटी सी तहसील। वहां बने फ़ॉरेस्ट रेस्ट हाउस का चौकीदार मेरे इंतज़ार में था। रेस्ट हाउस क्या, एक सरकारी मकान को थोड़ा बहुत ठीक-ठाक करके रहने लायक़ बना दिया था। "कैसे

हो मंगल?" मैंने पूछा तो वो नब्बे डिग्री पर झुक गया। "अरे साब आपने पहचान लिया?"

कोई छह-सात बरस पहले मेरी पोस्टिंग यहीं हुई थी, तब एसडीओ था मैं। "हां-हां क्यों नहीं पहचानूंगा... थोड़ा सा बुढ़ा जाने के अलावा तुममें कुछ बदला थोड़े ही है।" मैंने हंसते हुए कहा तो मंगल भी मुस्कुरा दिया। "तो बताओ आज क्या पकाओगे?" मैंने जूते उतारते हुए पूछा तो मंगल की आंखें चमक गई।

"साब कड़कनाथ लाऊं? और ताज़ा सल्फी?"

मुझे मंगल के उत्साह को देख कर हंसी आ गई। आज के समय में भी ये गाँव वाले कैसे सरल हैं, मेहमानों की ख़ातिर करने वाले। मंगल मुझे चुप देखकर फिर बोला, "तो कड़कनाथ बनवाता हूं," और भीतर चल दिया। 'कड़कनाथ' यहां का ख़ास देसी मुर्ग़ा है, डेलिकेसी मान लीजिए और 'सल्फी' यहां के ताड़ से मिलने वाला रस। मुझे अचानक इधर लौटना अच्छा लगने लगा। मैंने अपना पोर्टेबल म्यूज़िक सिस्टम ऑन कर दिया और पुराने फ़िल्मी गानों से जंगल का सन्नाटा भरने लगा। अगली सुबह मैं जल्दी ही दौरे पर निकल गया। इंटीरियर के गाँव तक आना-जाना ही एक संघर्ष था, इसलिए बेहतर था कि वक़्त रहते अपने ठिकाने पर लौट आया जाए। मैं यहां एक सप्ताह रहने के इंतज़ाम से आया था। घूमना-फिरना मुझे रास आता नहीं था, इसलिए किताबें, पत्रिकाएं और अपना ये म्यूज़िक सिस्टम साथ लिए चलता था। यहां मेरी ये तीसरी शाम थी। पास के स्कूल से बच्चों का शोर सुनाई दे रहा था। तभी छुट्टी की घंटी बजने की आवाज़ हुई और शोर बढ़ने लगा। यहां-वहां दौड़ते बच्चे नज़र आने लगे, तभी रेस्ट हाउस के बग़ीचे के दरवाज़े को ठेलते हुए एक बच्चा अंदर दौड़ता चला आया। उसके हाथ में एक डिब्बा था... शायद पेंसिल बॉक्स। बच्चा कोई चार साल का होगा या पांच का। वो भागता हुआ मेरी कुर्सी के पीछे छिप गया और उसको खोजते दो बड़े बच्चे वहां चले आए। "अंकल आपने घुंघरू को यहां आते देखा?" मैं चुप रहा। उस बच्चे का खेल बिगाड़ना

नहीं चाहता था। तभी एक बड़ा बच्चा बोला, “घुंघरू तेरी मां बुला रही है चल,” इतना सुनते ही वो बच्चा मेरी कुर्सी के पीछे से बाहर निकल आया। ये वो उम्र थी जब मां दुनिया होती है और उसका बुलाया जाना जैसे अमिट आदेश। मैं भी ऐसा ही रहा होंगा शायद... और अब? अब हर बात पर मां का विरोध करता हूं, सीधे शब्दों में ना कहता हूं। “कहां है मां?” बच्चे ने हौले से पूछा... उसके बाल माथे पर फैले हुए थे, ठोड़ी एकदम नुकीली। वो मुझे टुकुर-टुकुर ताक रहा था और मैं उसे।

इतना छोटा बच्चा यहां अकेला कैसे घूम रहा है? कौन है ये? और मुझे न जाने क्यों इसकी शक्ल पहचानी सी लग रही थी। रात शायद बारिश हुई थी। मैंने खिड़की का पर्दा एक ओर सरका दिया, वो खिड़की जो जंगल की तरफ़ खुलती थी। जंगली फूलों की महक पूरे कमरे में भर गई। मैंने गहरी सांस ली। पता नहीं कैसा एक नशा सा होता है इन जंगली फूलों में, मैंने मन ही मन सोचा और मुझे कुछ याद आने लगा।

जंगली फूल? नशा? या कुछ और? ठीक-ठीक नहीं कह सकता।

बहुत वक़्त बीत गया है। छह साल पहले भी, वो बरसात के ही दिन थे, जब मेरी पोस्टिंग यहीं हुई थी। सुबह दस से लेकर पांच ऑफ़िस में बिताने और कभी-कभार दौरे पर निकल जाने के अलावा मेरी ज़िंदगी के आस-पास जो भी कोई हलचल थी तो बस मेरे पोर्टेबल म्यूज़िक प्लेयर में थी। बिजली का यहां कोई भरोसा नहीं था इसलिए मैं बैटरी साथ रखता था, ताकि ज़रा देर के लिए भी कमरे में चुप्पी न हो। इंटरनेट कनेक्टिविटी भी तब लगभग न के बराबर थी, यानी मैं दुनिया से पूरी तरह कटा हुआ था।

यहां गाँव की अपनी एक दुनिया थी। पक्के बाज़ार के अलावा सड़क के किनारे लगते साप्ताहिक हाट, सरकारी दफ़्तर, कुछ सरकारी घर थे। लेकिन मेरी तरह कोई रहता नहीं था, ज़्यादातर सभी अप-डाउन करते थे। एक छोटा सा दो कमरों का अस्पताल था और एक मिडिल स्कूल। वही स्कूल जिसके बच्चों का शोर मेरे कमरे तक आ रहा था। वही स्कूल

जिसमें एक बीस-बाईस बरस की लड़की पढ़ाने आया करती थी। अपना नाम देवंती बताया था उसने। पास के गाँव से आती थी। उसने बारहवीं तक पढ़ाई की थी। "गाँव की लड़कियों में सबसे ऊंचा पढ़ी हूं," उसने गर्व से गर्दन तान कर कहा था, तो मैं देर तक हंसता रहा।

वो मायूस सी मेरा चेहरा ताकती रह गई थी। मैंने उसको शाबाशी देते हुए कुछ ताज़ा पत्रिकाएं और किताबें दीं, तो उसका उतरा चेहरा खिल गया था। वहां गाँव में किताबें मिलना कितना मुश्किल है मैं जानता था। उस दिन के बाद वो अक्सर मेरे पास आने लगी। मुझे उसका आना अच्छा लगता था। उसकी बातें घर की चुप्पी को आवाज़ों से भर देती थी। उसकी बातें झरने के पानी जैसी कलकल करती उसके गले से उतरती थीं। वो कुछ देर के लिए मेरा अकेलापन दूर कर दिया करती। उसके पास बहुत सारे सवाल होते थे। कुछ के मैं जवाब दे देता, कुछ पर हंस पड़ता। "अच्छा तो इंजीनियर हो आप? कितने साल पढ़ाई की है?" वो अपने हाथ में पकड़ी पत्रिका के पन्ने पलटते हुए पूछती। कई बार वो आती तो मैं किसी फ़ाइल में उलझा होता। गाँव के बाहर बन रही पुलिया का नक़्शा बना रहा होता, तो वो चुपचाप बैठी मुझे देखती रहती। जैसे झरना किसी शांत गहरी झील में तब्दील हो गया हो। उन्हीं दिनों मैंने जाना कि लड़कियां बड़ी आसानी से ख़ुद को बदल लेती हैं, झट से झील हो जाती हैं। देवंती मेरी तरफ़ झुकने लगी थी। मैं देख सकता था। लेकिन मैं ये नहीं जान पाया कि इस बदलाव के पीछे उसके मन में चुपके से पलता प्रेम हो सकता है!

और शायद इसलिए एक शाम मैंने ख़ुदगर्ज़ी की सारी हदें पार कर दीं और... और उसे यहीं रुक जाने को कह दिया। रात भर... यहीं, मेरे छोटे से सरकारी घर में, मेरे साथ।

"सर गाड़ी तैयार है, सब-इंजीनियर साहब भी आ गए हैं।" ड्राईवर ने दरवाज़ा खटखटाते हुए कहा, तो मैं छह बरस पीछे के सफ़र से एक झटके में वर्तमान में आ गया। लेकिन मेरे ज़हन में ज़रा सी देवंती चिपकी चली आई, नाज़ुक सी, मुलायम, बात-बात पर हंस देने वाली देवंती। वो लड़की

जो अचानक ही मेरी ज़िंदगी में चली आई थी, जैसे उसे इस बात से कोई लेना-देना ही नहीं था कि मैं किसी भी समय, 'आइंदा यहां कभी मत आना' का आदेश देकर रफ़ा-दफ़ा कर सकता हूं। जैसे वो इस बात से बेख़बर थी कि उसमें और मुझ में कितने फ़ासले हैं और मेरी और उसकी दुनिया कितनी अलग।

देवंती मेरे क्वार्टर में जब भी आती अपने हाथ में कुछ न कुछ जंगली सौगात लेकर आती। कभी फूलों का गुच्छा, कभी मुट्ठी भर महुआ या तेंदू के फल या कभी-कभी मेरी हथेली पकड़ कर उसमें कोई कीट-पतंगा धर देती। मैं हाथ झटक कर ग़ुस्से से खड़ा हो जाता और वो पेट पकड़ कर देर तक हंसती रहती। ठीक वैसे ही जैसे उसके 'बारहवीं पास हूं' कहने पर मैं हंसा था। देवंती बेहद ख़ुशमिज़ाज लड़की थी। जैसे अपने साथ कोई हरा-भरा जंगल लिए चलती हो, बालों में छोटे नीले सफ़ेद फूलों की लताएं उलझाए। उसके ऊपर से वैसी ही महक आती थी और वो मेरे विदेशी कॉलोन की महक को गहरी सांस खींच कर कहती, "कित्ती अच्छी ख़ुशबू है ये," और मैं उसे अपने सीने में जज़्ब कर लेता। उन दिनों मां के लगातार आते फ़ोन, कि 'शादी कर लो बेटा... फलां लड़की की तस्वीर भेजी है... फलां को तेरा नंबर दिया है, क़ायदे से बात कर लेना' वग़ैरह। मैं सब कुछ अनसुना करके अपनी दुनिया में खोया रहता। मेरी और देवंती की दुनिया। मैं कभी-कभी गाँव से शहर जाता तो वो बेचैन हो जाती। मेरे लौटने पर मुझे घर की देहरी पर बैठी मिलती। वहीं आस-पास फूलों के कई सूखे गुच्छे मुझे नज़र आते। "जब तुझे पता था कि मैं यहां नहीं हूं तब क्यों लेकर आती थी ये फूल? और आती ही क्यों थी?" मैंने उसे एक बार टोका भी था। वो खनक जैसी हंसी बिखेर कर बोली थी, "आए बिना चैन ही नहीं पड़ता था।" और फिर मेरा हाथ पकड़कर मुझे मेरे ही घर के अंदर खींचते हुए ले गई थी।

मैंने कभी देवंती से प्यार मोहब्बत की बातें नहीं की। सच कहूं तो कुछ ख़ास बातें ही नहीं कीं। वो अलग थी। क्या कहता सुनता? मेरे लिए तो शायद एक लड़की थी, बहुत प्यारी लड़की, बस!

मैं तब बिलकुल नहीं समझ पाया था कि क्यों वो अपने आपको मेरे सुपुर्द कर देती है? शायद वो मेरे पास मेरे लिए नहीं, अपने लिए आती थी। शायद ऊपर से जंगली दिखने वाली उस लड़की ने प्यार को बहुत गहरे पढ़ रखा था। ये मुझे थोड़ा-थोड़ा उस दिन समझ आया था, जब वो एक दिन मुझसे ये कहने आई कि अब मैं नहीं आऊंगी और वो चली गई शायद अपने नाना के गाँव।

वो देर तक मेरे सामने खड़ी अपनी डबडबाई आंखों से मुझे देखती रही। बिना कुछ कहे और मैंने उसे रोकने की कोई कोशिश नहीं की, जाने दिया उसे, बिना कुछ कहे।

यादों के चले आने के बड़े तयशुदा बहाने होते हैं। कभी किसी गीत का रेडियो पर आना, कभी भीड़ में कोई हल्की सी महक, कोई आवाज़, किसी इमारत की बंद खिड़की, किसी किताब में मिला कोई पुराना बिल, कोई मुड़ा पन्ना? या किसी सीधी सड़क पर दूर दिखता कोई मोड़...

उस दिन उस बच्चे घुंघरू के अचानक मेरे सामने आने के बाद मैं देवंती के बारे में सोचता रहा था, कि वो भी तो ऐसे ही चली आई थी, उड़ती हुई अचानक और ठहर गई थी मेरे अकेलेपन में एक आवाज़ बन कर।

'घुंघरू... ओ घुंघरू'... तेज़ आवाज़ मेरे कानों में पड़ी और वही बच्चा दौड़ता हुआ उसी दिन की तरह मेरी कुर्सी के पीछे आकर छुप गया। और उसके पीछे-पीछे उसको ढूंढ़ती हुई एक औरत भी चली आई और ठीक मेरे सामने आकर ठिठक गई। मैंने ध्यान से उसकी तरफ़ देखा। देवंती? मैं चौंक कर खड़ा हो गया। वो मुझे पहचानते ही एकदम पलट कर जाने लगी।

तभी वो बच्चा मेरी कुर्सी के पीछे से निकल आया और मां कहता हुआ लपक कर उसकी गोद में चढ़ गया। देवंती का बच्चा।

मुझे एहसास हुआ कि कितना वक़्त गुज़र गया, और मैं वहीं ठहरा हूं तो क्या हुआ।

"आओ ना" मैंने हिचकते हुए उसको बुलाया तो वो रुक गई। मेरी तरफ़ देखते हुए उसकी आंखें डबडबा गईं, वैसे ही जैसे जाते हुए डबडबाई

थीं। मैं अचकचा कर यहां-वहां देखने लगा और फिर मुड़ कर अपनी कुर्सी में बैठ गया।

देवंती वहीं बरामदे की सीढ़ियों पर बैठ गई। मैं उसे ध्यान से देखने लगा। उसके भीतर का जंगल अब मुझे दिखाई नहीं दे रहा था। अमलतास की फल्लियों जैसी हंसी भी नदारद थी। वो अपने बच्चे को सीने से भींचे बैठी थी। मैं बहुत देर तक सोचने के बाद इतना ही कह सका, "कैसी हो?" वो चुप रही।

"अब भी इसी स्कूल में पढ़ाती हो?" उसने सिर हिला के हां में जवाब दिया।

"इसी गाँव में रहती हो?" उसने फिर हां में सिर हिलाया।

"ब्याह हो गया ना तुम्हारा? इसलिए गई थी नाना के गाँव?" मैंने हंसते हुए उसे छेड़ा।

वो अब भी चुप रही। मैं थोड़ा हिचकते हुए आगे झुका और उसकी गोद में चिपके बच्चे के गाल थपथपा दिए। "अच्छा नाम रखा है घुंघरू।"

"बहुत प्यारा है, तुम्हारा ही बेटा है ना?" मैं जैसे तसल्ली कर लेना चाहता था। देवंती के हलक की हड्डी में हलचल हुई। जैसे कुछ निगल रही हो और वो अटक रहा हो कहीं, सांस की नली में। वो बच्चे को कमर में एक तरफ़ लटका कर खड़ी हो गई और बोली,

"सिर्फ़ मेरा नहीं, ये आपका भी बच्चा है।"

जंगलों में शाम बड़ी जल्दी हो जाती है। सूरज अभी क्षितिज तक ढला भी नहीं होता है मगर ऊंचे दरख़्त रोशनी को ज़मीन तक आने नहीं देते। मैंने उठ कर कमरे की बत्ती जलाई और बिस्तर पर जाकर लेट गया।

दिमाग़ में खलबली मची हुई थी। देवंती का मेरी ज़िंदगी में आना और जाना मेरी मर्ज़ी से हुआ था, उसकी भी मर्ज़ी से... इसलिए मैं परेशान नहीं था। कभी-कभी ज़हन में वो आती भी रही, कोई ख़ुशबू या आवाज़ या हंसी बन कर। लेकिन फिर वैसे ही झट से चली भी जाती, लेकिन अब ये

क्या कह गई थी देवंती? मेरा बच्चा? वो कभी झूठ नहीं बोलेगी जानता हूं, मुझसे तो बिलकुल नहीं।

मैं रात भर सो नहीं सका। बार-बार उसका कहा कानों में बरैया की भुनभुन की तरह तंग करता रहा। देवंती और मेरा साथ कोई एक महीने का रहा होगा। रोज़ शाम मेरे पास आकर बैठ जाती थी और मैं जब चाहे उसे अपने पास रुक जाने के लिए कह देता था। मुझे ग़ुस्सा आने लगा अपने आप पर। ये मैं क्या कर रहा था उन दिनों? ये जानते हुए भी कि वो मुझसे प्यार करने लगी है?

मेरी आंखों के सामने मेरे स्पर्श से सुर्ख़ हुई उसकी सूरत आ गई। कैसी पारदर्शी, कितनी सरल। मुझे एकदम याद आया उसका ख़ामोशी से मेरा हो जाना...।

अगली सुबह मैं कहीं दौरे पर नहीं गया। और शाम को स्कूल की घंटी बजते ही चौकीदार को भेज कर देवंती को बुला लिया। वो फिर मेरे सामने सिर झुकाए बैठी थी। खंडहर हो चुकी यादें एक-एक ईंट फिर चुनती जा रही थी।

घुंघरू वहीं हाथ में कॉपी-पेंसिल लिए कुछ गोदागादी कर रहा था। कौन जाने कभी यूं ही वो अपने पिता का नाम लिखना चाहेगा और फिर अपनी मां से पूछ बैठेगा। मुझे घुटन होने लगी। क्या करूं, क्या न करूं कुछ समझ नहीं आ रहा था।

"तुमने मुझे तब क्यों नहीं बताया?" मैं धीरे से बुदबुदाया। इतना धीरे, जैसे डर रहा हूं के कोई सुन न ले, देवंती भी। "बताती तो? तो क्या करते?" वो हौले से बोली। मैं अपराधियों की तरह नज़र झुकाए बैठा रहा।

"इसको स्कूल में भर्ती किया है?" मैंने पूछा। अचानक जैसे एक ज़िम्मेदार बाप बनने का ढोंग करने लगा था। उसने हां में सिर हिलाया, "हां! पढ़ाऊंगी इसे। वैसी ही किताबें लाकर दूंगी जैसे आप मुझे देते थे।"

बोलते हुए उसका गला भर्रा रहा था। मैं चुप रहा कि वो कुछ कहे मुझसे, कोई मदद, कैसी भी? या कभी भविष्य में आकर मिलने के लिए

मेरा स्थायी पता ही मांग ले। पर नहीं... वो अलग थी, सबसे अलग, मुझसे अलग।

अंधेरा गहराने लगा तो वो उठ कर चली गई। मैं फिर एक और रात आंखों में काट रहा था। अगले दिन मैंने सुबह स्कूल का समय होते ही फिर चौकीदार को भेजकर देवंती को बुला लिया। दस मिनट बाद वो अकेला लौटा, "साहब वो नहीं आई। दूसरी एक मैडम थीं वो बोलीं कि लंबी छुट्टी पर गई है... दूर गाँव कहीं।"

मुझे अपने भीतर अजीब सी कसमसाहट महसूस होने लगी। कई बरस पहले कई-कई दिन और रातें साथ गुज़ारने के बाद भी वो जा रही थी तो मैं बेचैन नहीं हुआ था। देह का रिश्ता था, टूट गया था। पर आज मुझे ये क्या हो रहा था? मेरा मन देह के आगे घुटने टेक रहा था। मेरी आंखें धुंधलाने लगीं, शायद देवंती की तरह मेरी आंखें भी झील हो रही हैं। मैंने आंखें कस के भींच लीं। कमरे में जंगली फूलों की गंध महसूस हो रही थी। लगा नीले, सफ़ेद छोटे फूलों की लताएं मेरी गर्दन कस रही हैं।

मैंने ड्राइवर से गाड़ी निकालने को कहा। मैं जल्द से जल्द इस जंगल से निकल जाना चाहता था... दूर, बहुत दूर...

***

6

दिल तुमसे ख़फ़ा

“सिया? ओ सिया?” मां एक बार आवाज़ लगाती फिर दरवाज़े पर दस्तक देतीं। मैं कुछ देर दोनों ही आवाज़ों को अनसुना करती रही कि शायद लौट जाएंगी हार के, पर नहीं, हिंदुस्तान की कोई मां कभी हार मान सकती हैं? ख़ास तौर पर जब मसला बेटी की शादी का हो।

“आ रही हूं मां! वॉशरूम में हूं...” मैंने रज़ाई एक तरफ़ सरकाई और उठ कर बिना वजह पैरों को पटका और लैपटॉप को टर्न ऑफ़ करके दरवाज़ा खोल दिया। मां मुझे देखते ही ज़रा सा झल्लाईं, “कितनी देर लगा दी दरवाज़ा खोलने में? क्या कर रही थी? एक तो मुझे ये आजकल के बच्चों का दरवाज़ा बंद के काम करना ज़रा भी समझ नहीं आता,” उन्होंने वहीं पलंग पर पालथी मार कर बैठते हुए कहा तो मुझे खीझ हुई, “मां प्लीज़... प्राइवेसी भी कोई चीज़ है कि नहीं? बिना नॉक किए कोई भी चला आए तो क्या करें बताओ...”

मां चुप रहीं; कुछ देर तक मुझे देखती रहीं, फिर मेरी हथेली अपने हाथों में थाम के सहलाने लगीं।

“उसको हां कह दे बेटा... तेरा मन जुड़ गया है उससे, इसलिए आजकल ऐसी ग़ुस्सा-ग़ुस्सा सी रहती है। जानती है, दुख को दबाए रखो तो वो ग़ुस्से की शक्ल में बाहर निकलता है।”

मैंने मां के हाथ से अपना हाथ छुड़ा लिया, "मां आप कहानियां बनाना बंद करोगे? मुझे कोई दुख नहीं... न ग़ुस्सा हूं, अगर आप बात-बात पर निखिल को हां कहने की रट छोड़ देंगी तो आपको मैं मुस्कुराती नज़र आऊंगी... हमेशा..."

मां ने कोई जवाब नहीं दिया, कुछ देर चुपचाप मेरे तकिये के पास पड़ी बाम की शीशी को यहां-वहां लुढ़काती रहीं, फिर बोलीं, "अच्छा अगर उसे याद नहीं करती, उसे चाहती नहीं तो किसी और के लिए हां कह दे? दुनिया में कोई वो इकलौता लड़का थोड़े ही है... लाइन लगी है उस शादी वाली साईट पर और तेरे जैसी समझदार, पढ़ी-लिखी लड़की का साथ कौन नहीं पाना चाहेगा..." मां की गर्दन मोर जैसी तन गई।

अपनी बेटियों पर नाज़ करती मांओं का कुछ नहीं किया जा सकता, लेकिन अब मैं परेशान होने लगी थी। मैंने लैपटॉप ऑन कर लिया और स्क्रीन पर नज़रें गड़ा लीं। काश के मां के सवालों को अवॉयड करने की जगह मैं जवाब दे पाती। उन्हें खुल के समझा पाती कि मुझे अरेंज्ड मैरिज करने का लॉजिक समझ में नहीं आता। एक दूसरे को समझे बिना कैसे कोई साथ रह सकता है? और शादी के बाद दोनों में से किसी का कोई अनजाना पहलू या कोई ऐब सामने आ जाए और वो आपको पसंद न आए तो?

कितनी तो परतें इंसान के ऊपर? कितनी तो उम्मीदें हैं एक की दूसरे से! ज़िंदगी में कोई ख़ास रिश्ता न हो, किसी के लिए मन का नर्म कोना रिज़र्व न हो, कोई बात नहीं! कट जाती है ज़िंदगी पर एक बार जुड़ाव होकर फिर टूटना और फिर उस बिखरे हुए को समेटने के लिए एक उम्र भी काफ़ी नहीं होती। मुझे निखिल से अपनी आख़री मुलाक़ात याद आ गई। मन भर की नाराज़गी के बीच कहीं, उससे दूर चले आने की तकलीफ़ एक बार फिर टीस मारने लगी।

जबलपुर के एक बड़े को-एजुकेशन कॉन्वेंट में स्कूलिंग, फिर 'ऐट इज़ टू वन' के अनुपात में लड़के लड़कियों वाले इंजीनियरिंग कॉलेज से

ग्रेजुएशन, फिर बैंगलोर में चार साल नौकरी करने के बाद भी मुझे किसी से इश्क़ नहीं हुआ था। दोस्त कई हुए, कुछ रिश्ते दोस्ती से ज़रा सा ज़्यादा क़रीब आए, पर बस थोड़े से वक़्त के लिए। कोई मन की तलहटी तक नहीं पहुंच पाया, नहीं ठहर पाया हमेशा-हमेशा के लिए। आस-पड़ोस, नाते रिश्तेदारों की मदद से खोजे हुए किसी लड़के से, बिना मोहब्बत वाली शादी मुझे किसी हाल में मंज़ूर नहीं थी। लेकिन मां! उन पर थोड़ी न बस चलता था मेरा। लाख मना करने पर भी उन्होंने मेरा प्रोफ़ाइल एक मैट्रीमनी साइट पर रजिस्टर कर दिया। अब मां के पास रोज़ एक ही काम था। सुबह उठ कर लैपटॉप खोलना, वेबसाइट पर जाकर आए हुए प्रपोज़ल्स के जवाब देना और ख़ुद भी लड़कों के प्रोफाइल्स ढूंढ़-ढूंढ़ कर चेक करना।

ज़रा-ज़रा देर में उनकी आवाज़ आती, "सिया सुन तो... देख ये बता, ये जॉब कैसी है? सूरत तो अच्छी है, शरीफ़ लग रहा है एकदम, पर डेज़िगनेशन से कुछ पता नहीं लग रहा...!"

मैं मन मार कर कंप्यूटर स्क्रीन के सामने बैठ जाती। ऐसे ही लगातार कई दिन तस्वीरें देखते, बायोडाटा खंगालते, गुण-अवगुण मिलाते आख़िर एक दिन निखिल से बातचीत हुई। पहले मां की फिर मेरी। भली सी सूरत और अच्छी नौकरी के अलावा भी कुछ था उसकी आंखों में जो मुझे भा गया था। छोटी-छोटी बातों से हमने बातें शुरू कीं—

"सिया मीन्स? सीता?" उसका पहला सवाल था।

मैंने एक स्माइली बनाई और लिखा, "इंटरनेट पर कहीं एक साईट में लिखा है सिया यानी-सफ़ेद चांदनी... और निखिल यानी?"

"कम्पलीट... सम्पूर्ण" उसने लिखा। कुछ दिन तक यूं ही टेक्स्ट मैसेज करने के बाद हम फ़ोन कॉल्स करने लगे। उसमें भी पहले छोटी-छोटी बातें—

"क्या कर रही हो?"

"मूवी देख रही थी..."

"कौन सी? किस तरह की देखती हो?"

"थ्रिलर..."

"थ्रिलर? रियली?"

"इसमें इतना हैरान क्यों हो?? क्योंकि लड़की हूं तो रोमांस ही देखूंगी?" मैंने चिहुंक के कहा तो वो हंस दिया था, "नो नो... आई लाइक रोमांटिक मूवीज़, पीएस आई लव यू और ए वॉक टू रिमेम्बर दोनों मेरी फ़ेवरेट फ़िल्में हैं।"

मुझे अच्छा लगता था उसकी पसंद जानना और अपनी पसंद उससे कहना। मैं उसके कॉल्स का इंतज़ार करने लगी थी। ऑफिस से लौट कर कॉफ़ी बनने से पहले ही उसका फ़ोन आ जाता। मैं कॉफ़ी फेंटते हुए फ़ोन अपने कान और कंधे के बीच दबाए महसूस करती थी उसकी सांसें।

"तुम सीढ़ियां चढ़ते वक़्त क्यों कॉल कर लेते हो... जल्दी क्या रहती है? घर पहुंच कर फ़ोन किया करो न!" मैं फ़िक्र जताते हुए कहती तो वो और गहरी सांस भर कर कहता, "रहती है, जल्दी रहती है... तुम क्या जानो..."

मैं जानती थी, सब जानती थी। पहले प्यार की कैसी तो मीठी तलब थी मेरे मन में, तो उसके भी होगी। किसी रिश्ते में बंधने के पहले ये ज़रूरी था। हम देर तक बातें करते या यूं कहें कि हम एक दूसरे को जानने-समझने के लिए ढेरों सवाल करते, एक के बाद एक दसियों सवाल। किसी को समझ पाने के लिए कितने सवाल चाहिए होते होंगे? मैं नहीं जानती!

मुझे लगता था जब मन किसी को पसंद करने लगता है, तो हम उसे समझना जानना ही कहां चाहते हैं? प्यार करना ही काफ़ी होता है। लेकिन कई बार ज़िंदगी हमें नए-नए समीकरण समझाती है... नए-नए प्रमेय! हम अब अक्सर वीडियो चैट करने लगे थे। वो कई बार बिना मैसेज किए सीधे कॉल कर देता तो मैं हड़बड़ा कर बाल संवारती, कमरा दुरुस्त करती और फिर कॉल के दौरान इसी उलझन में रहती कि उसकी शक्ल देखूं या ख़ुद

कैसी लग रही हूं ये समझूं! और वो कितना सहज रहता था, एकदम मस्त होकर यहां-वहां टहलता हुआ बातें करता रहता। अच्छा लगता था ये ख़्याल कि वो मेरे सामने कोई दिखावा नहीं करता।

"सुनो... अब हमको मिल लेना चाहिए... है न?" एक दिन मैंने उससे क हा।

मैं बंगलौर में और वो मुंबई में... शहरों के बीच की दूरी मन ने तो तय कर ली थी पर मिलना फिर भी ज़रूरी था।

"हां बिलकुल... मैं तुमसे कहने की वाला था... आवाज़ पहचानता हूं, शक्ल सूरत भी देख ली... अब..."

"अब क्या?" पूछते हुए मुझे लगा मेरे गाल सुर्ख़ हो गए हैं, अचानक अपनी कनपटियों पर ताप महसूस हुआ।

मेरी सिहरन शायद उस तक पहुंच गई थी, वो ख़ामोश रहा कुछ देर! फिर आहिस्ता से गुनगुनाते हुए बोला, "वो दिल भी क्या जो तेरे मिलने की दुआ न करे..."

"तुम मुंबई आओगी या मैं बंगलौर?" उसने उस रात टेक्स्ट मैसेज किया तो मैं सोचती रही... जिस रिश्ते की शुरुआत से ही मंज़िल तय थी, उसको किसी और रस्ते कैसे ले जाया जाए। हम जब मिले थे तभी से दोनों जानते थे कि हमारे परिवार को सब ठीक लगा तो हम शादी कर लेंगे, तो अब शायद निखिल को मां से मिलवा देना चाहिए।

"हम जबलपुर में मिलें? मेरे शहर? तुम्हें पता लगना चाहिए कि मैं मेट्रो गर्ल नहीं, एक छोटे से शहर की लड़की हूं। यहां की नदियों, जंगलों, पहाड़ों से प्यार करने वाली लड़की।"

"ग्रेट... एक्सीलेंट आइडिया!" निखिल ने कॉल करके कहा तो हमने मिलने की तारीख़ तय कर ली।

मैं निखिल से दो दिन पहले घर पहुंच गई। निखिल के लिए होटल में रूम बुक करवा दिया। घर में कई कमरे ख़ाली थे पर मां सहज नहीं थीं इस बात से कि वो हमारे घर ही रुके। रिश्ते पर किसी नाम की मोहर ज़रूरी थी

उनके लिए, नर्मी से मना कर दिया था उन्होंने, "बेटा एक बार मिल लो... सब पक्का हो जाए फिर तो ये घर उसका ही है,"

कितनी जल्दी हम अपना सब किसी दूसरे के नाम लिख देते हैं। कितनी जल्दी ये मन समेट लेता है किसी को अपने भीतर... बिना ये सोचे कि जो दे दिया उसको वापस ले पाना कितना मुश्किल होगा।

उस शाम मैं और निखिल पहली बार आमने-सामने थे... नर्मदा का घाट और शांत बहती नदी के उस पार ढलता सूरज। ज़रा भी असहजता नहीं थी हम दोनों के बीच, लगा ही नहीं कि हम कभी मिले ही नहीं, या ये दो प्रेमियों की पहली मुलाक़ात है। ऐसा लगा जैसे कभी बिछड़ गए थे और अब मिल रहे हैं। कुछ देर चुपचाप बैठे पंछियों को उड़ते देखते रहे, तभी निखिल ने मेरी हथेली थाम ली और मेरी उंगलियों को चूम लिया। मेरी आंखें भीगने लगीं, मैं पहली बार प्यार को महसूस कर रही थी।

मुझे जबलपुर में, मां के साथ रहते हुए एक महीना होने को आया था। ऑफ़िस से छुट्टी लिए हुए भी उतना ही... वापस जॉइन करना चाहती थी, आगे बढ़ना चाहती थी लेकिन निखिल से हुई उस आख़री मुलाक़ात का कांटा तलवे पर ऐसा चुभा कि ज़मीन पर पांव रखना मुश्किल हो रहा था।

"सिया आज क्या पकाऊं बेटा? जो खाएगी वो बना दूंगी," मां की आवाज़ आई तो मैं कमरे से बाहर निकल आई। डाइनिंग टेबल पर उनके साथ बैठ कर मटर छीलने लगी, पर छिले हुए मन को बहलाने की सारी कोशिशें नाकाम हो रही थीं। मां को लगता मैं नाराज़ हूं, ग़ुस्से में हूं, पर उन्हें कैसे समझाती कि ये ग़ुस्सा नहीं! ये दुख है, हताशा है किसी को पूरी तरह समझे बिना चाह लेने की कोफ़्त है।

"मटर के परांठे बनाऊं या मटर पनीर? बोल न सिया... ऐसे कैसे चलेगा बेटा..." कहते हुए मां की आवाज़ भर्रा गई। मैं जल्दी से उठ कर मां के गले लग गई, उन्हें इस तरह आंखें भिगोते नहीं देख सकती थी। एक वही तो थीं जिनकी वजह से मैंने सही-ग़लत को समझना सीखा, जिनकी वजह से इतनी ताक़त पाई कि अपनी राय रख सकूं।

“परांठे बनाओ मां, परांठे! धनिये की चटनी के साथ। पानी आ गया मुंह में...” मैंने चटकारे लेकर कहा तो मां पल्लू से आंखें पोंछते हुए हंस दी। ग़नीमत है मांएं जितनी जल्दी दुखी होती हैं उतनी ही जल्दी ख़ुश भी हो जाती हैं, आसान है इनके साथ रहना। काश यही आसानी, यही सहजता हर रिश्ते में होती।

मेरे सामने फिर वही दिन आकर खड़ा हो गया... जबलपुर में निखिल का तीसरा दिन था। दो दिन में हम इतना क़रीब आ गए थे जैसे बरसों से एक दूसरे को जानते हों, कम से कम मुझे तो ऐसा ही लग रहा था। ऐसा जुड़ाव पहले कभी किसी से महसूस नहीं हुआ था। आने वाले दिनों की बातें करना अच्छा लग रहा था, जैसे अभी से ही जीने लगी थी उन लम्हों को। उस शाम हमने भेड़ाघाट जाने का प्लान बनाया। हम देर तक देखते रहे ऊंचाई से गिरते नर्मदा के झागदार पानी को और आसपास की संगमरमरी चट्टानों को... फिर नीचे उतर कर शांत पानी में बोटिंग करने निकल गए। पहाड़ों के बीच एक गहरा सन्नाटा था, बस चप्पू चलने की आवाज़ थी! मैंने धीरे से कहा, “कैसे अनछुए पहाड़ लगते हैं? कितने सुंदर... अच्छे हैं न?”

निखिल ने मेरे तलवों पर धीरे से अपने तलवे रख दिए; नाव की ठंडी लकड़ी और उसके गुनगुने पैर के बीच मेरी उंगलियां कसमसाईं। मैंने सहज होने की कोशिश में फिर पूछा, “अच्छे लगे न तुम्हें ये पहाड़... ये नदी...” निखिल ने मेरी हथेली थाम ली और बोला, “बहुत... बहुत अच्छे लगे! तुम्हारी तरह...।”

मैं ज़रा सा चौंक गई, समझने की कोशिश करने लगी कि वो कहना क्या चाहता है। मैंने पूछा, “मेरी तरह? यानी?”

“यानी अनछुए... तुम्हीं ने कहा न अभी... है न? आई मीन हो न तुम? अनछुई! अभी तक किसी और के साथ तो...।”

क्या संभव है कि एक पल में थिरकती, बहती हुई नदी भाप बन जाए? चूर-चूर हो जाएं गर्व से खड़े ऊंचे पहाड़ और हवा में बहता माझी का संगीत अचानक रुदन बन जाए? मैं ठीक ऐसा ही महसूस कर रही थी उस

वक़्त, निखिल का सवाल, उसका कहा एक-एक शब्द मेरे कानों से होता हुआ मन में, दिमाग़ में चोट कर रहा था। मैंने अपने आपको समेट लिया ख़ुद में... थोड़ी देर पहले निखिल का जो स्पर्श, मुझे उसकी देह से लिपटने के लिए न्योता दे रहा था, वही अब मुझे चुभने लगा था। मैंने नाव खेते हुए लड़के से किनारे लौटने को कह दिया।

वो थोड़ा हैरान हुआ, "यहीं से लौटा लूं? दीदी अभी तो वो भूल भुलैया आई ही नहीं।"

मैंने कोई जवाब नहीं दिया तो उसने नाव पलटा ली। नहीं जाना मुझे किसी भूल भुलैया में, नहीं भटकना मुझे उन रास्तों पर जिनसे बाहर निकलने की कोई राह न हो। एक सवाल ने मुझे कितना असहज कर दिया था, बता नहीं सकती, पर कैसी तो खलबलाहट महसूस हो रही थी मुझे। न जाने कितने और सवाल उस सवाल के जवाब में खड़े हो गए थे। निखिल शायद समझ गया था मेरी नाराज़गी, मेरी बेचैनी... वो चुप रहा थोड़ी देर, फिर आहिस्ता से बोला, "आई एम सॉरी सिया... शायद मुझे ये सवाल नहीं करना चाहिए था।"

मेरे भीतर कुछ उबलने लगा... दुख था, ग़ुस्सा था या अपमान, नहीं जानती।

"मत कहो सॉरी... मुझे तुम्हारे इस सवाल पर आपत्ति नहीं है निखिल... मैं ये नहीं कह रही कि ये सवाल क्यों? मैं तो ये जानना चाहती हूं कि ये एक्सपेक्टेशन क्यों? ये उम्मीद क्यों?"

मेरा मन अपने आप से सवाल करने लगा, "क्यों ज़रूरी है पुरुष के लिए कि स्त्री अनछुई हो? क्यों उसका अहम् इस बात से तुष्ट होता है कि वो पहला आदमी है जिसने उसे छुआ?"

नाव धीरे-धीरे किनारे की तरफ़ पहुंच रही थी, लेकिन मन तो जैसे वहीं बीच मंझधार में गोते खा रहा था, डूब रहा था गहरे कहीं... हौले-हौले। लौटते हुए रास्ते में भी हम चुप रहे। मैंने टैक्सी वाले से पहले निखिल को छोड़ने के लिए कहा तो निखिल ने विरोध नहीं किया। जब उसका होटल पास आने लगा तो उसने मेरी कलाई पकड़ ली।

“मुझे ग़लत मत समझो सिया... ऐसे ही पूछ लिया था मैंने...” हम्म... ऐसे ही! यही तो मुश्किल है, हम अक्सर अपने अपनों को तकलीफ़ दे जाते हैं, ऐसे ही। “जानते हो ना निखिल जब मैंने तुम्हें मां के बारे में बताया तो तुमने मुझे अपने बाबा और भाई के बारे में बताया। फिर तुमने मेरी पढ़ाई, कॉलेज और नौकरी का पूछा... मेरे शहर की तासीर जाननी चाही तो मैं भी तुम्हारे स्कूल-कॉलेज के नाम और दोस्तों के नाम पूछती रही। अब बोलो... मैं भी करूं वही सवाल? रखूं वही उम्मीद अपने होने वाले पति से?”

निखिल ज़रा सा कसमसाया था पर कुछ बोला नहीं। उतर गया कार से... मेरी कलाई पर अपनी उंगलियों के और मेरे मन पर अपने शब्दों के निशान छोड़ कर।

उस रोज़ घर आकर मैं सीधा अपने कमरे में चली गई थी। मां पूछती रही, “आज क्या बात हुई निखिल से, कुछ तय किया क्या? कब करोगे तुम लोग शादी? और जॉब का भी तो समझना होगा... यूं अलग-अलग शहरों में रह कर रिश्ते थोड़ी न निभेंगे।”

मैंने रुंध आए गले को संभालकर, बंद दरवाजों के पीछे से ही जवाब दिया था, “हां मां तय कर लिया... सब तय कर लिया है...।”

उस रात निखिल का सवाल मुझे लगातार कुरेदता रहा। तकिया भीगता रहा सारी रात... क्यों पूछा उसने ऐसा? क्या वो मेरी तरह मन के जुड़ाव को महसूस नहीं कर रहा था? क्या वो मेरी तरह हमारे बीच पनप आए प्यार को मान नहीं दे रहा था? या क्या मैं ओवररिएक्ट कर रही थी? क्या मुझे जवाब दे देना चाहिए था? सच, झूठ कुछ भी... क्या फ़र्क़ पड़ता है। रात भर निखिल के मैसेज आते रहे, ढेर सारे... प्यार वाले, माफ़ीनामे और भी कई... मैंने कोई जवाब नहीं दिया।

आज उस बात को महीना भर बीत गया है। निखिल रोज़ मैसेज करता है, रोज़ मेरा मन उसे हां कहने को कलपने लगता है लेकिन उस सवाल की चुभन मुझे रोक लेती है।

"सिया मैं घाट पर जा रही हूं... आरती के बाद ही लौटूंगी," मां ने आवाज़ लगाई और निकल गई। मैंने भी लैपटॉप खोल लिया और मेल चेक करने लगी। मां के फॉरवर्ड किए हुए मेल्स थे बस... रिश्ते जोड़ने वाले।

मैंने सबको बिना देखे डिलीट किया और बाहर आंगन में आ गई। मोटी रस्सी से लटके झूले पर बैठी अख़बार के पन्ने पलटने लगी कि दरवाज़े पर हल्की दस्तक हुई। मैं उठ कर जाती उसके पहले सामने निखिल आकर खड़ा हो गया। मैं हैरान थी... मेरे लगातार अनदेखा अनसुना किए जाने के बाद भी ये यहां क्यों चला आया? वो हल्का सा मुस्कुराया और मेरे पास झूले में बैठ गया। मैं चुप थी, मुझे कुछ कहना नहीं था।

"आई मिस्ड यू" उसने धीरे से कहा।

मैं चुप रही, हलक में कुछ अटकने लगा... जी किया उसके कंधे पर सिर टिका दूं।

"जानती हो... घर में हम तीन पुरुष हैं... पापा, भाई और मैं। खाना बनाने के लिए भी एक कुक है... वो भी मेल कुक। किसी ने शायद बताया ही नहीं कि तमीज़ क्या होती है... ख़ूब पढ़-लिख गए पर किसी ने सिखाया नहीं कि मन कैसे पढ़ें... सिया तुम पहली लड़की हो जो मेरे इतना क़रीब आई हो; पहली लड़की, जिसके लिए मैंने इस तरह फ़ील किया। मैट्रीमनी साईट से रिश्ता तय करके शादी कर लूंगा ये तो सोचा था, पर प्यार करूंगा ये नहीं।

प्लीज़ माफ़ कर दो मुझे..."

मेरे भीतर कुछ पिघलने लगा। मैं ज़रा सा निखिल की तरफ़ खिसक आई और मन में फांस सी दबी एक बात कह दी, "पता है एक लड़की किसी के साथ होकर भी मन से कहीं और हो सकती है... तब देह के क्या मायने रह जाते हैं? बताओ! क्या ज़रूरी है तुम्हारे लिए... या किसी भी पुरुष के लिए...।"

निखिल ने मेरी हथेली थाम ली, "जानता हूं... समझ भी गया हूं... बहुत शर्मिंदा हूं... सच! आई एम रियली सॉरी... किसी भी उम्मीद के बिना तुम्हारा साथ चाहता हूं सिया... प्लीज़ हां कह दो..."

मैं कुछ कहती तभी दरवाज़े पर आहट हुई। मां लौट आई थीं, उनके साथ कपूर की महक भी चली आई थी। वो निखिल को देख कर ज़रा भी नहीं चौंकी, पास आकर मेरी और उसकी हथेली पर प्रसाद रख दिया और भीतर जाते-जाते बोलीं, "दोपहर का खाना दोनों घर में खाओगे या..."

मुझे मां के कॉन्फिडेंस पर हंसी आ गई... "मां तुम कैसे जानती हो कि निखिल खाने तक रुकने वाला है? कैसे जानती हो कि मैं निखिल को हां कहने वाली हूं? कैसे तुम्हें सब कैसे पता होता है? बताओ तो ..."

***

7

ये दिल सिरफ़िरा

मेरे छोटे से फ़्लैट की बड़ी-बड़ी फ़्रेंच विंडोज़ से आती नर्म धूप सीधे मेरे चेहरे पर पड़ रही थी। मैंने आंखें मिचमिचा कर घड़ी पर नज़र डाली, सात बजने वाले थे। मैं रज़ाई के अंदर ही ज़रा सा सीधे होकर बैठ गई। ठंड थी और मन भी उदास था, अनमना सा... सुस्त। अलसा कर आंखें बंद की तो एक चेहरा सामने आ गया, वो चेहरा जिसे मैं देखना नहीं चाहती थी। मैंने झट से आंखें खोल लीं तो सामने दीवार पर लगी तस्वीरों पर नज़र टकरा गई, वही चेहरा, हंसता मुस्कुराता, अपने बालों पर उंगलियां फेरता, काले चश्मे के पीछे से झांकता, मेरे गालों को चूमता, मेरा सबसे फ़ेवरेट चेहरा! दीवार भरी हुई थी उसकी तस्वीरों से। मैं उठ कर बालकनी में चली आई। गहरी हरी पत्तियों पर ओस जमीं थी। कॉफ़ी टेबल पर बिना धुले दो कप और एक पढ़ा जा रहा उपन्यास उल्टा रखा था। बीती रात के निशान सब जगह थे, टेबल के कांच पर अपना अक्स दिखा, तो लगा मेरे चेहरे पर भी कुछ स्याह कतरे अब तक टिके थे! मैंने आईने में देखते हुए मफ़लर की कोर से फैला काजल पोंछ लिया। अंदर जाकर कॉफ़ी के लिए दूध चढ़ा दिया।

'मयंक चला गया है' मुझे इस बात को अच्छी तरह समझ लेना होगा। 'वो कभी लौटेगा नहीं', इस बात को भी। सिया तुझे संभालना होगा अपने आप को, भूलना होगा उसे, हटाना होगा उसको अपनी ज़िंदगी से। मैंने ख़ुद को हिदायत दी और कॉफ़ी फेंटते हुए कमरे में नज़र दौड़ाई... साइड टेबल

पर मयंक के कुछ लिफ़ाफ़े फैले थे, वॉशरूम के दरवाज़े पर गोवन प्रिंट वाली हवाई चप्पलें रखी थीं, किचन शेल्फ़ में उसका फ़ेवरेट रेड पास्ता सॉस, और एक कॉफ़ी मग जिसमें हैप्पी बर्थडे मयंक लिखा था, शायद उसके किसी दोस्त का तोहफ़ा था। मैंने कप सिंक में पटक दिया और लिविंग रूम में चली आई। भटक रही थी अपने ही घर में... क्या करूं? कहां जाऊं? दो साल मयंक की मोहब्बत में गुज़ार देने के बाद आज जब वो इस घर से, मेरी ज़िंदगी से चला गया है तो सब कुछ उल्टा-पुल्टा महसूस कर रही हूं। नहीं जानती थी कि प्यार एक बार आकर, लौट जाने की इतनी बड़ी क़ीमत मांगता है। नहीं जानती थी कि हर रोज़ यूं ही कानों में पड़ने वाले शब्द 'ब्रेक अप' के इतने गहरे घाव पड़ते होंगे। और ये भी नहीं जानती थी कि दो लोगों के अलग होने में एक का अलग होना ही काफ़ी होता है। दिल चाहा रो लूं और थका लूं ख़ुद को, सुन्न हो जाए दिमाग़।

मैंने कपबर्ड खोला तो उसमें से मयंक के परफ़्यूम की हल्की सी महक बाहर चली आई। ओह! अपनी फ़ेवरेट जैकेट वो यहीं भूल गया था। मैंने जैकेट की आस्तीन पकड़ी और उसके ठंडे लेदर में अपने गाल रगड़ लिए। राहत सी महसूस हुई। शायद अच्छा था कि घर में उसके होने के निशां यहां-वहां बिखरे थे। वो नहीं, उसकी याद सही। मैं वापस रज़ाई में घुसने लगी कि डॉर बेल बजी, कुनमुनाते हुए दरवाज़ा खोला तो सामने एक लड़का खड़ा था, "हैल्लो! मैं... मुझे... आई मीन मैं राघव... मयंक का रूममेट... उसका छूटा हुआ सामान लेने आया हूं!"

मेरे सामने एक अनजान शख़्स खड़ा था, जो मुझसे मयंक का सामान यानी मेरे घर की बची-खुची ज़िंदगी भी छीनने आया था। मैंने उसे ध्यान से देखा, तीखी नाक पर टिका पतले से काले फ्रेम का चश्मा, काली टी-शर्ट जिस पर कोट लिखा था, 'लाइफ़ इज़ बेटर व्हेन यू आर लाफ़िंग'।

उसने झिझकते हुए फिर दोहराया, "वो... वो सामान..."

"सामान? व्हाट?" मैंने तल्खी से पूछा... एक तो मेरा अभी किसी से मिलने का मन नहीं था और दूसरा मुझे उसकी बात माननी नहीं थी।

उसने फ़्लैट के नंबर पर नज़र घुमाई और पूछा, "आर यू सिया? सिया बाजपेई?"

"यस..." मैंने तल्खी में थोड़ी रुखाई और घोली, "यस, आई एम सिया लेकिन मेरे पास मयंक का कोई सामान नहीं!"

"लेकिन... लेकिन उसने कहा कि कुछ यहां-वहां छूट गया है तो... तो ले आऊं..." राघव ने हिचकते हुए कहा।

मैं चुप रही। मन ख़ुद से सवाल करने लगा... यहां-वहां जो छूट गया वो? वो कैसे दे दूं? उसकी महक, उसका स्पर्श? उसकी उंगलियों के निशान, जो गीले पेंट को छूने पर बने थे? या उसकी आवाज़? जो चुप से हुए इस घर में कल से गूंज रही है?

मैंने गला साफ़ किया और उस लड़के की आंख में झांककर कहा, "बोला ना कुछ नहीं है मेरे पास... मैं क्या झूठ बोल रही हूं? चोर दिखती हूं? और... और ऐसा क्या क़ीमती सामान था तुम्हारे दोस्त के पास? हं...?" कहते हुए मुझे तेज़ ग़ुस्सा आने लगा। दुख इस तरह ग़ुस्से में बदल जाएगा ये मेरे लिए नया था। वरना आमतौर पर मैं इस तरह खीझती नहीं थी, सचमुच ख़ुशमिज़ाज लड़की हुआ करती थी।

"हे चिल! इट्स ओके... मैं कह दूंगा मयंक से कि कुछ नहीं है। वो तो उसने ज़िद्द की कि मैं एक बार तुमसे पूछ आऊं क्योंकि मेरा यहां आना होता है रोज़... ऑफ़िस बिलकुल पास में है।" राघव जाने के लिए मुड़ने लगा तो मैंने उसे टोका, "आई एम सॉरी, प्लीज़ आओ... मैं देखती हूं।"

मैं दरवाज़े से अलग हट गई तो वो अंदर चला आया। वो सोफ़े से टिक कर झुका हुआ खड़ा हो गया और फिर यहां-वहां मुआयना करने लगा। मैंने धीरे से डाइनिंग टेबल पर रखे हेडफ़ोन पर टेबल नैपकिन रख दिया, नहीं देना मुझे... उसे कान में लगा कर मयंक और अपनी पसंद के गाने सुनूंगी, लगेगा जैसे वो आस-पास है। राघव दीवार पर लगी तस्वीरें देख रहा था। मेरी और मयंक की तस्वीरें... ज़्यादातर सेल्फ़ी, कोई सिनेमा हॉल की थी तो कोई बाइक में उसके पीछे बैठे हुए। मैं थोड़ा असहज होने लगी।

वो बस देखता रहा, बोला कुछ नहीं! मैंने एक बैग में सामान डालना शुरू कर किया। मयंक की बाथरूम स्लीपर्स, उसकी बिज़नेस डायरी, उसकी कुछ टाईज़ और वो जैकेट भी। सामान जुटाते हुए मेरी नज़र मयंक के ग्लव्स पर गई। मैंने धीरे से उसमें अपनी हथेली सरका दी, लगा जैसे उसके गर्म हाथों ने थाम लिया हो। कितना अच्छा स्पर्श था, मुझे मयंक उस समय बहुत याद आया। मैंने धीरे से ग्लव्स को अपनी ड्रॉर में डाल दिया। राघव मुझे ध्यान से देख रहा था। मैं उसको शायद कोई बावली या मूर्ख लग रही थी, जो प्यार न होने पर भी प्रेमी की निशानियां सहेजने में लगी थी।

मयंक मेरी ज़िंदगी में तब आया, जब मैंने पहली-पहली बार प्यार की ज़रूरत को महसूस करना शुरू किया था। बाईस साल तक पढ़ाई, उसके बाद नौकरी की तलाश और फिर मनचाही जगह पा लेने के बाद लगा कि ज़िंदगी में कोई ऐसा शामिल हो जाए, जिसके साथ जिया जाए जी भर कर, जिसके साथ जब मन किया हंस सकें, जब मन किया रो सकें, जिसके साथ ज़िंदगी भली सी लगे। जो... जो कभी दोस्त हो... और कभी दोस्त से कहीं ज़्यादा। मयंक बिलकुल वैसा ही था, जैसा मैंने चाहा था। किसी कॉमन फ्रेंड की पार्टी में हम मिले और दोस्ती हो गई। कुछ महीनों की दोस्ती और फिर प्यार के बाद मयंक मेरे फ़्लैट में शिफ़्ट हो गया। कितने अच्छे दिन थे वो, सुनहरे सपनों जैसे। लेकिन थोड़े दिन में वो सुनहरा रंग उतरने लगा, जैसे नक़ली गहनों पर चढ़ा सोने का पानी उतरने लगता है वैसे ही। मयंक मुझसे दूर होने लगा, मेरे घर में रहते हुए भी मुझे वो लड़का नज़र नहीं आता था जिससे मैंने प्यार किया था।

मैं कोशिश करती रही रिश्ते को समेटने की, पर कुछ हवाएं ऐसी थीं कि उड़ा ले जा रही थीं मेरे सारे सुख, सारे सपने, मेरी मोहब्बत भी। एक दिन मयंक ने अपना बैग पैक समेटा और मुझे हौले से गले लगा कर बोला, "डोंट मिस मी..." और चला गया, ठीक वैसे ही जैसे आया था। बस ज़रा सा फ़र्क़ था, तब कहे उसके तीन ख़ूबसूरत शब्द सुन कर सिमट गई थी उसकी बांहों के दायरे में... लगा था यही तो है दुनिया! और जब

वो वापस गया तो उसके इन तीन शब्दों ने मुझे बिखेर कर रख दिया था, "डोंट मिस मी..."

मयंक को गए दो महीने हो चुके थे। हर वीकेंड की तरह आज भी मैं घर पर ही थी। बालकनी में रखे पौधे संवार रही थी कि मोबाइल लगातार वाइब्रेट होने लगा, देखा तो फ्रेंड्स के एक ग्रुप में कहीं मिलने का प्लान बन रहा था। सबकी 'यस' या 'नो' आती जा रही थी।

मैंने ऊपर नीचे स्क्रॉल किया, मयंक का कोई रिप्लाई नहीं था। क्या चाहती थी मैं? वो आए या न आए?

तभी पर्सनल विंडो पर मेरी बचपन की फ्रेंड का मैसेज आया, "सिया से यस... तू इस तरह मयंक की याद में सड़ नहीं सकती यार प्लीज़..."

मुझे उसके शब्दों के चयन पर हंसी आ गई और कान में गूंजे मयंक के कहे वो तीन शब्द, 'डोंट मिस मी...'

मैंने एक स्माइली बना कर 'यस' टाइप कर दिया। शाम को पार्टी में पहुंची तो भीड़ देख कर अंदाज़ा लग गया कि क़रीब-क़रीब सारे लोग आ चुके थे। यहां-वहां नज़र दौड़ाई और एक कम शोर वाला कोना खोज कर बैठ गई। मेरी नज़रें कमरे का मुआयना करने लगीं।

"किसे ढूंढ़ रही हो?" बग़ल से एक आवाज़ आई तो चौंक कर मुड़ी-मयंक नहीं, राघव था, उसका फ़्लैटमेट... वही जो मेरे घर मयंक का सामान लेने आया था।

"हाय..." उसने नज़रें मिलते ही मुस्कुरा कर हाथ बढ़ाया, "पहचान लिया ना?"

"हैल्लो" मैंने हौले से उसकी हथेली को छुआ और छोड़ दिया। वो बग़ल की कुर्सी खींच कर बैठ गया। थोड़ी देर हम दोनों बिना बात किए कमरे में बिखरे लड़के-लड़कियों के झुंड को देखते रहे।

"कब से हो यहां?" थोड़ी देर बाद उसने मेरी तरफ़ देखते हुए पूछा।

"अभी... अभी आई हूं," मैंने टेबल को उंगलियों से थपकते हुए कहा।

वो हल्का सा हंस दिया, "यहां यानी इस शहर में... भोपाल में कब से हो? मैं उज्जैन से हूं... छह महीने हो गए यहां ट्रांसफ़र हुए।"

"ओह अच्छा... मुझे यहां काफ़ी समय हो गया, ग्रेजुएशन भी यहीं से फिर नौकरी भी यहीं। तालाबों का ये शहर अच्छा लगता है मुझे। ज़रा सी कस्बायी इसमें बची हुई है।" मैंने अपनी कलाई के भीतरी हिस्से में बने टैटू को रगड़ते हुए कहा।

"तुम्हें क़स्बे पसंद हैं? क्यों? आजकल तो लोग मेट्रो सीटीज़ में रहने को तरसते हैं," वो मुस्कुरा कर बोला।

मैंने उसकी तरफ़ देखा, ध्यान से... इतनी देर में शायद पहली बार। "पता नहीं... शायद मैं दौड़-भाग नहीं चाहती, सुस्त हूं... आराम से जीना चाहती हूं, स्टेबिलिटी चाहती हूं।"

"हम्म..." उसने बहुत देर बाद कहा, फिर अचानक सवाल किया, "मयंक का सामान लौटा दिया तुमने? या अब तक संभाले रखा है?"

"हू आर यू?"

मैंने ग़ुस्से से गिलास टेबल पर पटकते हुए राघव को घूर कर देखा और पूछा, "हू आर यू टू आस्क सच ए पर्सनल क्वेश्चन? हो कौन यार तुम? एक बार मिले हो, वो भी किसी के सामान की कुलीगिरी करने आए थे। लीव मी अलोन प्लीज़..." मैं उठने लगी तो उसने हौले से मेरी कोहनी पकड़ ली, "प्लीज़ बैठो न... आई एम सॉरी लेकिन व्हाई आर यू बेहविंग सो एब्नॉर्मल? ब्रेक अप कोई ऐसी ऐतिहासिक घटना नहीं यार जिसको भुलाया न जा सके... जिसकी याद में स्मारक बनाएं जाएं, जिसके सोवेनिएर इकट्ठा करके रखे जाएं... जैसे..."

"जैसे? जैसे व्हाट?" मैंने तन्ना कर पूछा।

"जैसे वो हैडफ़ोन? वो किताब? ग्लव्स, आई मीन अजीब है सब!"

मेरा मन किया हाथ को मुट्ठी में कस लूं और उसकी नाक में जड़ दूं। कोई हमारी दुखती नब्ज़ पकड़ ले, हमारे वीक पॉइंट्स पर उंगली धर दे,

तो कैसी तिलमिलाहट होती है, जैसे रंगे हाथों कोई चोरी पकड़ ली हो किसी ने। वैसा ही मुझे लग रहा था।

उस शाम पहले ही मेरा मन कुछ अच्छा था नहीं बची-खुची कसर इस लड़के ने पूरी कर दी थी। किसी तरह आधा घंटा वहां और गुज़ार कर मैं बाहर निकल आई। वीकेंड की वजह से सड़कों पर ख़ूब रौनक थी। मैं पैदल ही घर की तरफ़ चलने लगी। मयंक याद आने लगा। कितनी रातें हमने ऐसे ही जगमग या कभी ख़ामोश सड़कों पर हाथ थामे टहलते गुज़ारी थीं। कभी ताउम्र साथ का कोई वादा नहीं किया था उसने, लेकिन ये भी कहां कहा था कि यूं अचानक चल देगा छोड़ कर... वो भी बिना कोई वजह बताए? बस इतना कह कर, "अब वैसा महसूस नहीं होता... आई डोंट फील द सेम फॉर यू सिया... समझ रही हो ना?"

मैंने ट्रैफ़िक के बीच से दौड़ते हुए सड़क पार की और दूसरी तरफ़ आ गई। काश कि मन के भीतर की भाग दौड़ को भी ऐसे ही पार कर पाती। काश कि मयंक को अपने मन से निकाल पाती, वैसे ही जितनी आसानी से उसने निकाला था। मैं शायद उसके इस तरह चले जाने के लिए तैयार नहीं थी, जबकि कई दिनों से उसको ज़रा-ज़रा करके दूर जाता महसूस भी कर रही थी, लेकिन आंखें मूंद रखी थीं। प्यार को खोने के लिए, उसे जाने देने के लिए बड़ी हिम्मत चाहिए होती है। मैं बुरी तरह बिखर गई थी। जानते हुए भी कि रिश्ते हमेशा जन्म जन्मांतर के लिए हों ज़रूरी नहीं। जानते हुए भी कि किसी रिश्ते के साथ ज़िंदगी ख़त्म नहीं होती, बस रिश्ता ख़त्म होता है। लेकिन मन को न कभी ये लॉजिक समझ आए, न इसने कभी फ़लसफ़े समझे। मयंक चला गया था, पता था नहीं लौटेगा... अब चाहती भी नहीं थी, पर ख़ुद को उससे अलग नहीं कर पा रही थी, चाह कर भी नहीं। मेरी पीठ पर लदा हुआ था प्रेम और मैं झुकी जा रही थी।

एक और इतवार का ख़ाली दिन मेरे सामने खड़ा था। साफ़-सुथरे घर को कितना और जमाती, पौधों को कितना खाद-पानी देती, पढ़ने का ज़रा

भी मन नहीं था। यूं भी इन दिनों पढ़ना यानी सिर्फ पन्ने पलटना रह गया था। उफ़्फ़! क्या करूं? दिल को किस रस्ते ले जाऊं? दिमाग़ कुछ ऑप्शन्स सुझाता तभी मोबाइल में मैसेज आया, अनजाना नंबर था, "दिस इज़ राघव... रिमेम्बर? कैन वी मीट? शाम छह बजे बोट क्लब के पास!"

शाम के साढ़े पांच बज रहे थे। दिन भर मयंक की तस्वीरें देखते, उसकी आवाज़ की रिकॉर्डिंग सुनते और अपनी डायरी में सैड नोट्स लिखते हुए गुज़ारने के बाद ताज़ा हवा की सख़्त ज़रूरत महसूस होने लगी थी। अब तक मोबाइल में दोस्तों के कई मैसेज इकट्ठा हो चुके थे, वही समझाइश... "मूव ऑन, चिल्ल यार, एन्जॉय लाइफ़"...वही तसल्ली, "यू विल मीट समवन... यार वो तेरे लायक़ था ही नहीं," वग़ैरह-वग़ैरह। लेकिन ये दिल भी सिरफ़िरा होता है। सुनता सबकी है और करता अपनी ही है। सात बजे मैं शहर के सबसे बढ़िया मॉल के पब में डांस फ़्लोर पर तेज़ म्यूज़िक के बीच थिरक रही थी... अकेली। नाचती रही देर तक, जब तक शरीर बुरी तरह थक नहीं गया। एक बोतल पानी पिया और बाहर निकल आई। घर लौटने का मन नहीं था तो यहां-वहां टहलने लगी, विंडो शॉपिंग करती रही, सजे-धजे बेजान बुतों में अपना ही अक्स तलाशती रही।

" हैल्लो..." एक आवाज़ ने मुझे चौंका दिया। पलटी तो एकदम पास राघव खड़ा था। मैं अचकचा गई, जल्दी से अपने बालों पर हाथ फेरा और कुर्ती पकड़ कर नीचे खींची। कोफ़्त हुई ख़ुद पर कि ज़रा क़ायदे से ड्रेसअप क्यों नहीं हुई? अब ये सोचेगा मैं ब्रेक अप के झटके से अभी भी निकली नहीं हूं। दुख मना रही हूं अब तक। बात मुझ पर आकर टिके उसके पहले मैंने कहा, "यहां क्या कर रहे हो? तुम्हें तो आज शाम बोट क्लब में होना था ना!"

वो ज़ोर से ठहाका लगा कर हंस दिया। "मैं जानता था सिया, कि तुम नहीं आओगी। इसलिए इंतज़ार भी नहीं किया।"

"अच्छा? कैसे? कैसे पता था? अंतर्यामी हो? चेहरा पढ़ते हो? नजूमी हो?" मैंने तल्खी से कहा।

वो कुछ देर चुपचाप मेरी तरफ़ देखता रहा फिर बोला, "भले दो बार मिले हों... आई थिंक आई नो यू, तुम ट्रांसपेरेंट हो... देख सकता हूं तुम्हारे आर-पार... एंड आई लाइक यू!"

मैं हैरानी से उसका मुंह ताक रही थी। क्या कहती? उसका मुझे पसंद किए जाना कोई ऐसी बात तो नहीं थी कि मैं नाराज़ हो जाती। "थैंक यू" मैंने असहज होकर कहा तो वो मुस्कुरा दिया। थोड़ी देर बात करने के बाद हम वहीं एक शांत से रेस्टोरेंट में बैठे थे, चुपचाप... नहीं नहीं! मैं चुप थी पर वो बोल रहा था। बताता रहा अपने बारे में... उसका घर, दोस्त, जॉब और ये भी कि मयंक से सुना था मेरा नाम... देखी थी एक-आध तस्वीर भी।

"आई बिलीव इन डेस्टिनी... तुम?" उसने पूछा तो मुझे लगा कि बिलीव का तो पता नहीं लेकिन जो हुआ उसे स्वीकार करना मुझे नहीं आ रहा, नहीं मान पा रही कि मयंक मेरी ज़िंदगी से जा भी सकता है।

राघव जैसे वाक़ई चेहरे पढ़ता था—अचानक बोला, "यू स्टिल थिंक ऑफ़ हिम? मिस हिम? डोंट यू?"

क्या जवाब देती उसको, नहीं चाहती थी कि कोई मुझे इमोशनल फूल समझे, जज करे मुझे। राघव चेहरा ही नहीं मन भी पढ़ लेता था, उसने सामने रखे मॉकटेल को मेरी तरफ़ खिसकाते हुए कहा, "इट्स ओके... भावुक होना, संवेदनशील होना अच्छा है लेकिन जो साथ नहीं उसके लिए क्यों दुखी होना? क्यों जुड़े रहना?"

मुझे हंसी आई, अच्छा लगा कि कैसे एफ़र्ट कर रहा है मुझे बहलाने के। मेरा वास्ता ही क्या है इससे? दोस्त भी नहीं कह सकती अभी तो। मैंने संजीदगी से कहा, किसी शायर ने ऐसे ही थोड़े लिखा है, कि हाथ छूटे भी तो रिश्ते नहीं छोड़ा करते।

"हां और आगे ये भी तो कहा है" वो मुस्कुराते हुए गुनगुनाने लगा,

"शहद जीने का मिला करता है थोड़ा-थोड़ा
जाने वालों के लिए दिल नहीं तोड़ा करते"

मुझे रुलाई आने लगी, शायद भीतर जो धंसा हुआ था ज़ंग लगी कील की तरह, वो निकल जाना चाहता था लेकिन कैसे?

मेरे न चाहते हुए भी राघव मेरी ज़िंदगी में शामिल होने लगा था। वो मेरी फ़िक्र करता, मेरे साथ शामें गुज़ारने की गुज़ारिश करता, कयास लगाता कि उस वक़्त मेरे मन में क्या चल रहा है और वो अक्सर सही साबित होता। मैं महसूस कर रही थी उसकी कोशिशें, मैं समझ रही थी उसका मन। वो झुक रहा था मेरी ओर... लेकिन मेरा मन तो अब भी अपने बीते दिनों में अटका हुआ था यानी मयंक न सही, उसकी याद सही। एक ख़ुशफ़हमी, एक उम्मीद कि क्या पता मेरी याद का चुंबक उसे वापस खींच लाए? और एक दिन राघव ने मेरे लिए वो भी कर दिया।

तालाब के किनारे बने रेस्टोरेंट में एक टेबल पर मैं राघव और मयंक बैठे थे। मेरे शहर की शाम बड़े दिनों बाद ऐसी सुंदर हुई थी। मैंने वही सब ऑर्डर किया जो कभी मैं और मयंक करते थे, स्ट्रॉबेरी चीज़ केक, अमेरिकन कॉर्न सैंडविच और फ्राइज़।

राघव लेमन टी पीता रहा... "मन नहीं है खाने का, लंच लेट किया था ऑफ़िस में," उसने ढलते सूरज की तस्वीर क्लिक करते हुए लापरवाही से कहा और टेबल से उठ कर ज़रा दूर रेलिंग पर जाकर टिक गया। मैं ध्यान से मयंक को देखती रही। कुछ ख़ास बदला नहीं था... इतना वक़्त भी नहीं हुआ था कि कुछ बदलता। हम यहां-वहां की बातें करते रहे लेकिन बात के उस सिरे तक नहीं पहुंच पा रहे थे जो छह महीने पहले छोड़ा था। मैं कहना चाहती थी, "आई मिस्ड यू..." लेकिन लफ़्ज़ ज़बान तक आ नहीं रहे थे, बल्कि ठीक उसी वक़्त उसका कहा याद आ रहा था, "डोंट मिस मी"

मयंक से बात करने में ऐसी असहज मैं पहले तो नहीं हुई। मैंने सैंडविच का बड़ा सा बाईट ले लिया, चुप रहने का कोई बहाना मिल गया। ख़ामोशियों के बीच मैंने दूर खड़े राघव को देखा, अब भी तस्वीरें खींच रहा था। मैं उसकी टी शर्ट पर लिखा कोट पढ़ने लगी, 'हू सीक्स शाल फाइंड'।

"ये राघव और उसकी टी शर्ट पर लिखे कोट्स..." मैंने हंसते हुए कहा तो मयंक भी उसकी तरफ़ देखने लगा। कुछ देर हम ऐसे ही इसकी उसकी

बातें करते रहे और फिर मैं घर आ गई लेकिन कुछ ख़ाली-ख़ाली लगता रहा। कोई प्यारा सा एहसास मुझसे लिपटा हुआ क्यों नहीं चला आया? जब लौटते हुए मयंक ने हल्का सा गले लगा कर कहा, "सी यू सून अगेन..." तो मन ने सवाल नहीं किया कि "कब? कब मिलेंगे फिर?"

क्या हुआ था मुझे? पिछले दिनों मयंक के साथ को पाने के सिवा कोई ख़्वाहिश नहीं की थी दिल ने... फिर अब? अब वो सुकून वो तसल्ली क्यों महसूस नहीं हो रही! या शायद खो कर पा लेना इतना ही सहज होता हो? रात भर अपने आप से सवाल-जवाब करती रही। दीवारों पर लटकी मेरी और मयंक की तस्वीरें देखती रही। पिछले दिनों को रिवाइंड करती रही। जानती थी आज नहीं तो कल... ये धुंध छंटेगी ज़रूर।

आज इतवार था। मैं दिन चढ़े तक सोती रही। उठी तो वाक़ई बहुत अच्छा लग रहा था, सब सुलझा हुआ। मोबाइल में मयंक का मैसेज था, कोई टेक्स्ट नहीं सिर्फ़ कल शाम की कुछ तस्वीरें थीं, मेरी और उसकी। मैंने उसे एक स्माइली भेज दी और राघव को मैसेज किया, "कल की शाम का शुक्रिया और एक और काम है तुमसे... आओगे क्या?"

उसी पल उसका जवाब आया, "श्योर"

एक घंटे बाद वो मेरे दरवाज़े पर था—सफ़ेद टी शर्ट पहने—जिस पर लिखा था, 'आई नो योर पासवर्ड'

मुझे तेज़ हंसी आ गई। वो मुस्कुराता हुआ अंदर आया, "बोलो क्या काम है।"

मैंने उसको एक बॉक्स थमा दिया, "ये मयंक को दे देना।"

उसने बॉक्स में झांका जिसमें मयंक के ग्लव्स, उसके हेडफ़ोन्स और तस्वीरें थीं। वो मेरी तरफ़ हैरानी से देखने लगा।

"व्हाट?" मैंने हंसते हुए कहा, "तुम्हीं ने तो कहा था कि ब्रेकअप कोई ऐतिहासिक घटना नहीं कि उसके सोवेनियर इकट्ठे किए जाएं... और तुम्हारी शर्ट में सही लिखा है, यू नो माय पासवर्ड..."

***

8

अनकहा रिश्ता

लाल बनारसी साड़ी में लिपटी, कलाई भर कर चूड़ियां और ढेर सारे गहने पहने मैं अपने पति अनुज के साथ ससुराल के दरवाज़े पर खड़ी थी। हम शायद नियत समय के पहले पहुंच गए थे और द्वारचार की तैयारियां अभी हुई नहीं थीं, इसलिए हमको वहीं ठहरने के लिए कह दिया गया। मैं भीतर से आती आवाजें सुन रही थी।

"उमा! उमा! कहां है आरती की थाली? अरे फूल कहां हैं उमा? कलश में चावल भरे हैं न?"

मेरे पास खड़ा अनुज धीरे से मेरे कानों में फुसफुसाया, "उमा की पुकार सुन रही हो ना, ये मेरे बचपन की दोस्त है; एकदम पड़ोस वाले घर में रहती है और इसके बिना यहां किसी का काम नहीं चलता।"

मैं कुछ समझती, कुछ और पूछती कि पूजा का थाल हाथ में लिए अनुज की मां बाहर आईं, साथ में एक लड़की और थी, मैं समझ गई कि ये उमा होगी। आत्मविश्वास से भरा चेहरा, पनीली आंखें और होंठों पर मुस्कराहट! वहीं घर की देहरी पर मेरी और उमा की नज़रें टकराईं, हम दोनों ही ज़रा-ज़रा सा मुस्करा दिए। मां ने आरती उतारी, मुंह मीठा कराया और धान से भरे कलश को पांव से लुढ़का कर मैंने नई ज़िंदगी में प्रवेश किया। दिल की धड़कने थोड़ा तेज़ हो गई थीं, नए-नए चेहरे देख कर मैं घबरा रही थी कि उमा की नर्म सी आवाज़ आई, "वेलकम होम!" और

मुट्ठी भर गुलाब की पंखुड़िया उसने हमारे ऊपर बरसा दीं। थोड़ी देर बाद मुझे ढेर सारे रिश्तेदारों और अड़ोसियों-पड़ोसियों के बीच बैठा दिया गया।

मंगल गीत गाए जाने लगे और फिर उमा की पुकार होने लगी। वो रसोई से हाथ पोंछती हुई बाहर आई और सीधे ढोलक पकड़ कर बैठ गई। उसके आते ही माहौल बदल गया, बड़ा सुरीला गला था उसका और ढोलक पर हाथ भी सधा हुआ। गाना-बजाना ख़त्म हुआ और फिर शुरू हुई मुंह दिखाई की रस्म। मेरी गोद नेग और उपहारों से भर गई। रस्मों रिवाज़ों के बाद मैं थक के निढाल हो चुकी थी, अनुज भी बड़ी देर से कहीं दिख नहीं रहा था। जब मां ने अपने कमरे में जाकर आराम करने को कहा तो मैंने राहत की सांस ली। अपनी भारी-भरकम साड़ी और गहने संभालती मैं कमरे में पहुंची। दरवाज़ा हल्का सा टिका हुआ था; मैं पहले थोड़ा झिझकी, फिर लगा अब तो ये मेरा भी कमरा है और पूरे अधिकार के साथ मैंने दरवाज़ा खोल दिया। सामने रॉकिंग चेयर पर अनुज बैठा था और पास ही ड्रेसिंग टेबल के आगे खड़ी उमा अपना काजल ठीक कर रही थी। मैं थोड़ा असहज हो गई कि ये इस वक़्त मेरे कमरे में क्या कर रही है? मेरा मन एक अनजानी आशंका से भर गया। कमरे में मेरे आने की आहट सुन कर उमा पलटी। मुझे देख कर मुस्कुराई और क़रीब आ गई। कुछ पल को हम दोनों एक दूसरे को देखते रहे, फिर उसने मेरा हाथ पकड़ लिया और बोली, "अनुज का हमेशा ख़्याल रखना!"

मैंने मुस्कुरा कर गर्दन हिला दी, पल भर पहले उसे अपने कमरे में देख कर मुझे जो बेचैनी हुई थी, वो उसकी एक मुस्कान से दूर हो गई। उस रात मैं और अनुज अपने आने वाले दिनों के मीठे ख़्वाब बुनते रहे, लेकिन उस बुनाई के ताने में अगर मैं थी तो बाने में उमा थी। मैं सुनती रही कि किस तरह उमा अनुज के हर काम करती है, कैसे वो दोनों फ़र्स्ट डे फ़र्स्ट शो फ़िल्में देखने जाते हैं और कैसे वो अनुज के दिल की बात बिना कहे जान जाती है। मैं बड़े ध्यान से अनुज की बातें सुन कर मुस्कुराती रही, मैंने कहा, "काश मेरी ज़िंदगी में भी ऐसा ही कोई दोस्त होता, इतना ही क़रीब!"

"होता क्या मतलब?" अनुज बोला, "उमा है ना! वो अब तुम्हारी भी दोस्त है।"

"ह्म्म्म" मैंने धीरे से सिर हिला दिया। अगली सुबह किसी के ज़ोर-ज़ोर से दरवाज़ा पीटने की आवाज़ से मेरी नींद खुली। मैंने अनुज की तरफ़ देखा, वो अब भी गहरी नींद में था। मैं उठी, आईने के बग़ल से गुज़रते हुए अपनी सूरत देखी, ठहर कर बिखरे बालों को एक जूड़े में कस लिया। दरवाज़े पर थाप तेज़ होती जा रही थी। मैंने जल्दी से चटकनी खोली तो सामने उमा खड़ी थी। मैं कुछ पूछती उसके पहले ही वो अधखुला दरवाज़ा ठेलते हुए, मुझे अनदेखा करके भीतर चली आई और अनुज को झकझोर कर उठा दिया। फिर वो मेरी तरफ़ पलटी और कंधा थपथपा कर बोली, "गेट रेडी! जल्दी तैयार होकर आओ, ससुराल की रसोई तुम्हारा इंतज़ार कर रही है।"

तेज़ हवा की तरह वो जैसे आई थी वैसे ही बाहर निकल गई, उसके परफ़्यूम की भीनी ख़ुशबू कमरे में तैर रही थी। मैंने अनुज की तरफ़ देखा कि शायद उसके चेहरे पर कोई नाराज़गी हो, कुछ चिढ़ हो, मगर वो तो मुस्कुरा रहा था। मेरे कुछ कहने के पहले ही बोला, "भई तैयार हो जाओ, उमा का आदेश है।"

मैं कुछ देर चुप रही फिर हिम्मत करके पूछ ही लिया, "अगर आदेश न माना तो?"

अनुज अब तक बिस्तर से उठ कर शेव करने लगा था, वो अपने गालों में फोम लगाते हुए बोला, "मानना ही पड़ेगा, उसका हुकुम कोई नहीं टाल सकता।"

मैं कहना चाहती थी कि मुझे किसी के आदेश सुनने की आदत नहीं, लेकिन कह न सकी। मैं बनने से पहले रिश्तों को कैसे बिगाड़ लेती।

उमा का आदेश मैं नहीं भी मानती तब भी मुझे कमरे से बाहर तो निकलना ही था। मैंने अपना सारा सामान पलंग पर बिखेर लिया, फिर सोचती रही कि क्या पहनूं? साड़ी पहनूं तो किस रंग की? मैं तो जानती भी

नहीं कि अनुज की पसंद का रंग कौन सा है? या उसे किस तरह का पहनावा अच्छा लगता है? मैं सारे कपड़े वापस सूटकेस में भरने लगी कि दरवाज़े पर दस्तक हुई, मेरी सास थीं, बिखरे हुए कपड़े देख कर वो मुस्कुराईं और बोलीं, "क्या पहनूं यही सोच रही हो ना? कुछ भी नीले रंग का पहन लो, अनुज को पसंद है नीला!"

मैं ख़ुश होकर दोबारा कपड़े खंगालने लगी और थोड़ी देर में ज़री के बारीक़ बॉर्डर वाली नीली चंदेरी साड़ी पहन कर मैं रसोई में पहुंच गई। वहां सारे रिश्तेदार मेरा इंतज़ार कर रहे थे। आज मुझे रसोई में कुछ पका कर सबको खिलाना था, कुछ मीठा! मां ने मुझे प्लेटफ़ॉर्म के सामने ले जाकर खड़ा कर दिया और पास में सूजी, शक्कर, घी और मेवे रख कर बोलीं, "हलवा बना दो सबके लिए।"

मुझे रोना आने लगा, ऐसा लगा जैसे कोई इम्तेहान हो और मुझे एक भी सवाल का हल नहीं आता।

मायके में मैंने रसोई में ज़्यादा काम किया नहीं था, सच कहूं तो मुझे मां याद आने लगीं। किसी तरह डरते-डरते मैंने हलवा बना दिया। शायद घी ज़्यादा पड़ गया था या शक्कर कम थी या हो सकता है सूजी ठीक से भुनी नहीं थी। मैं वाक़ई घबरा रही थी, बाहर अनुज, मां और सारे रिश्तेदार मेरे इंतज़ार में थे। तभी किचन में आहट हुई तो मैं चौंक गई, उमा थी। उसका नीला दुपट्टा हवा में लहरा रहा था, कानों में नीले पत्थरों से जड़ी बालियां और हाथ में नीले लाख के कंगन! अनुज की पसंद वो भी जानती थी। मैं रोनी सूरत लिए हलवा कढ़ाही से निकाल रही थी। उसने मेरी तरफ़ देखा, मुझे लगा वो कुछ मदद करेगी। लेकिन अगले ही पल वो किचन से बाहर थी। मेरी आंखों से दो बूंदें टपक पड़ीं। शायद पराए घर में, अजनबियों के बीच, मैं उमा में कोई अपना खोज रही थी। पर मुझे एहसास हुआ वो अनुज की दोस्त थी, मेरी नहीं!

हमारी शादी को दस दिन से ज़्यादा हो गए, मेहमान सब विदा हो चुके थे। घर में हम तीन प्राणी थे, मैं, अनुज और मां। और वक़्त बेवक़्त आती-

जाती उमा! एक सुबह अनुज अपनी फ़ाइलें पलटते हुए बोला, "सोच रहा हूं नेक्स्ट वीक से ऑफ़िस जॉइन कर लूं।"

मैंने चौंक कर उसकी तरफ़ देखा, "ऑफ़िस? अभी से?"

अनुज ने मेरी कलाई थाम ली और बोला, "हम हनीमून नहीं जाएं तो चलेगा?"

मैं मुस्कुरा दी। " हां चलेगा," एक दूसरे को समझने के लिए कहीं जाने से ज़्यादा ज़रूरी था एक दूसरे के साथ होना। अगले दिन सुबह मेरी नींद फिर उमा की दस्तक से खुली। हमेशा की तरह आज भी वो मुझे परे सरका कर भीतर चली आई और अनुज को एक लिफ़ाफ़ा देकर चल दी।

"उमा को इस तरह हमारे कमरे में नहीं आना चाहिए, तुम उसे टोकते क्यों नहीं!" मैंने थोड़ा रुखाई से कहा।

अनुज ने जैसे मेरी बात का मतलब ही नहीं समझा और हंसते हुए बोला, "वो कमरे में नहीं आती तो ये कैसे देती?"

कहते हुए उसने उमा का लाया लिफ़ाफ़ा मुझे पकड़ा दिया, हमारे हनीमून के टिकिट्स थे। उसने हमारे लिए मांडवगढ़ चुना था। मैं लिफ़ाफ़ा हाथ में लिए चुपचाप उठ गई। न ख़ुशी का इज़हार किया न नाराज़गी दिखाई। अनुज कुछ देर चुपचाप मेरे चेहरे के भाव पढ़ने की कोशिश करता रहा फिर बोला, "क्या हुआ? तुम ख़ुश नहीं हो?"

मैंने बुझी सी आवाज़ में कहा, "तुम मुझसे पूछते तो मैं नैनीताल जाना चाहती।"

अनुज मेरे क़रीब आ गया और बोला, "नेक्स्ट ट्रिप नैनीताल! पक्का वादा, बट प्लीज़ स्माइल!"

मैं अनुज का दिल रखने के लिए मुस्कुरा दी और मांडवगढ़ की तैयारी करने लगी। मैं रास्ते भर थोड़ा अनमनी रही, लेकिन वहां पहुंचकर विन्ध्याचल की पहाड़ियां और अनुज के प्यार ने मेरी शिकायतें दूर कर दीं। शायद इसीलिए इस शहर को यहां के सुल्तानों ने "शादियाबाद" यानी ख़ुशियों का शहर कहा था। खंडहरों में गूंजती रानी रूपमती और बाजबहादुर की प्रेम

गाथाएं सुनते हुए मैंने भी अपने लिए ख़ुशियों की दुआ पढ़ ली थी। उस दिन हम हिंडोला महल में थे और गाइड हमें गा-गा कर वहां का प्यारा इतिहास समझा रहा था; महलों के गलियारों में उसकी आवाज़ गूंज रही थी, "आ लौट के आजा मेरे मीत, तुझे मेरे गीत बुलाते हैं।"

तभी अनुज के मोबाइल की घंटी बजी। उमा का फ़ोन था, अनुज ने फ़ोन उठाया और बात करता हुआ महल से बाहर निकल गया। मैं चुपचाप पेड़ों पहाड़ों को देखती रही। अनुज लौटा तो मैंने थोड़ा नाराज़गी दिखाते हुए कहा, "कहां चले गए थे? तुम्हें मेरी फ़िक्र है कि नहीं?"

अनुज ने मेरी हथेली अपनी हथेलियों के बीच कस लीं और बोला, "क्यों नहीं है फ़िक्र! उमा से तुम्हारी ही बातें कर रहा था, वो मिस कर रही है हमें।"

"हमें नहीं, तुम्हें मिस कर रही है वो," मैंने कहा और महल से बाहर निकल गई, अनुज से दूर! मेरे भीतर खलबली मची हुई थी। मेरा और अनुज का रिश्ता अभी कच्चा ज़रूर था, पर मैं उसे कुछ-कुछ समझने लगी थी। लेकिन मेरी और अनुज की ज़िंदगी में उमा की जगह क्या है ये समझना शायद अभी बाक़ी था। मेरी शादी को आठ महीने हो गए थे और इस दौरान मैं ये जान गई थी कि उमा की मेरे घर में बहुत ख़ास जगह है, घर के फ़ैसले उससे पूछ कर लिए जाते हैं क्योंकि उससे नहीं तो फिर किससे? वो अनुज की ही नहीं मां की भी दोस्त थी। वो बचपन से इस घर का हिस्सा रही है, सब पर अपना अधिकार समझती आई है और हर बात में अपनी राय देना उसकी आदत है, पर ये आदत मुझे तकलीफ़ दे रही थी। घर में नई कार कौन सी आएगी ये उमा ने तय किया, त्योहारों पर, शादी-ब्याह में किसको कितना नेग दिया जाएगा इसका फ़ैसला भी उमा से पूछ कर होता, घर में रंग रोगन हुआ तो मेरे कमरे की दीवारें भी उसी की पसंद के रंग में रंगी गईं। मुझे पूरे घर में उमा का अक्स नज़र आता। मैं अनुज से कुछ कहती तो उसका जवाब होता, "उसकी चॉइस अच्छी है, उसके पास वक़्त भी है और शौक़ भी, करने दो उसे, तुम क्यों परेशान होती हो?"

मैं कैसे कहती कि मैं उमा के होने से परेशान नहीं थी, बल्कि मैं अपने वजूद को खो कर परेशान थी, मेरे मन में उमा के प्रति कोई दुराव या नकारात्मकता भी नहीं थी, लेकिन मैं अपना घर, अपनी ज़िंदगी अपने तरीक़े से चलाना चाहती थी बस! अनुज अपने ऑफ़िस में व्यस्त हो गया था। सुबह दस बजे घर से निकलने के बाद शाम को जब घर पहुंचता तो मेरा मन करता कि मैं और अनुज अकेले वक़्त गुज़ारें, मैं दिन भर का लेखा-जोखा उसको सुनाऊं, उससे भी पूंछू कि उसने सारा दिन क्या किया?! मैं चाहती थी कि मुझे अपना स्पेस मिले, मेरा और अनुज का, जहां सिर्फ़ हम दोनों हों। लेकिन उमा हमेशा हमारे बीच में होती।

एक शाम अनुज के लौट आने पर मैं उसके पीछे कमरे में जाने लगी, तो उमा ने मेरा हाथ थाम लिया, "यहीं बैठो ना! अनुज भी यहीं आ जाएगा।"

मैंने उमा की बात अनसुनी कर दी तो वो ख़ुद अनुज को बुलाने भीतर जाने लगी। मुझे लगा कि उमा शायद बिना कहे मेरी तकलीफ़ समझ नहीं रही। अब उससे सीधे कहना ही होगा, मैंने उमा की कलाई पकड़ कर रोक लिया और कहा, "उमा, मैं और अनुज कुछ देर साथ बैठना चाहते हैं, अकेले! प्लीज़!"

उमा मेरा मुंह ताकती रही, मां चुपचाप मटर छीलती रहीं, उनका कुछ न कहना ही मेरे लिए काफ़ी था। हर रिश्ते का एक दायरा होता है, दोस्ती का भी! ये बात अनुज नहीं समझ रहा था पर मुझे उमा को ज़रूर समझानी थी।

उमा को टोकने के बाद भी हालात बदले नहीं थे, बल्कि अब वो मुझसे दूरी बनाने लगी थी। लेकिन अनुज से, मां से और घर से उसका नाता पहले की तरह था। ये स्थिति तो और भी ख़राब थी, शायद उसकी ज़िंदगी में अनुज से ज़्यादा कोई और क़रीब नहीं था। ऐसा ही अब तक अनुज के साथ भी था। मुझे उनकी नज़दीकियों पर ऐतराज़ नहीं था, लेकिन अपना दूर होना अखरता था। मैं चाहती थी कि किसी सलाह की ज़रूरत पड़े तो अनुज मुझे पुकारे और हमारे फ़ैसले हम ख़ुद लें, बस!

मैं उमा को समझ नहीं पाती कि वो इतनी नर्म दिल है फिर मेरी तकलीफ़ वो कैसे नहीं देख पाती? वो मेरा डिसकम्फर्ट, मेरी कसमसाहट क्यों नहीं समझती। अनुज की दोस्त बने रहने के लिए वो जी जान लगा देती है तो मेरी तरफ़ से ऐसी बेख़बर क्यों है। मैं डरने लगी थी कि मेरे सुख, रिश्तों की पेचीदगियों में तार-तार न हो जाए। उमा की वजह से मैं अनमनी रहने लगी थी। बिना कारण चिड़चिड़ा जाती थी और ये मेरा स्वभाव बिलकुल नहीं था। मैं बदल रही थी जबकि मैं उमा को बदलना चाहती थी।

मेरे मन की बेचैनी को अनुज समझ नहीं रहा था। हर वो बात जो मुझे परेशान कर रही थी उसके लिए मामूली थी, ये उसकी समझ से बाहर की बात थी कि मैं उसके और उमा के गुट का हिस्सा नहीं बनना चाहती थी। मैं उमा की जगह छीने बिना अपनी जगह खोज रही थी।

एक शाम को मैं अनुज के साथ बाहर निकल रही थी, तो उमा ने एक रेस्टोरेंट का नाम लेकर कहा कि वहां उसने टेबल बुक करवा दी है और अनुज का चेहरा ख़ुशी से ऐसे दमक गया जैसे उमा ने चांद पर टेबल बुक की हो। मुझे तेज़ ग़ुस्सा आया, मैं वहीं दरवाज़े पर रुक गई। मैं उस शाम कोई प्लान नहीं करना चाहती थी और कम से कम किसी और के बनाए प्लान पर चलना तो क़तई नहीं चाहती थी। उस दिन मैं किसी से बिना कुछ कहे वापस अपने कमरे में चली गई, सब हैरान होकर मुझे देखते रहे, पर समझा शायद कोई नहीं! रात देर तक मुझे नींद नहीं आई, मैं उठ कर छत पर पहुंच गई। बादलों से भरे आसमान में एक तारा अकेला टिमटिमा रहा था। तभी मेरी नज़र बग़ल की छत पर गई, उमा भी दीवार से टिकी शायद उसी तारे को देख रही थी। मैं चुपचाप नीचे जाने लगी तो मुझे लगा उमा ने मुझे पुकारा। मैं पलटी तो वो मुझे ही देख रही थी। मैं वापस लौट आई। दोनों छतों के बीच की नीची सी दीवार के एक पार मैं और दूसरी ओर वो थी। वो धीरे से बुदबुदाई, "आई एम सॉरी!"

मैंने चांद की रोशनी में उसके चेहरे को देखा, पलकों पर झिलमिलाती बूंद अटकी हुई थी। उसने सिर्फ़ दो पल को मेरी आंखों में ताका और फिर

नज़रें फेर लीं। मैं हैरान रह गई, उसके चेहरे पर अनुज के लिए मोहब्बत मैं साफ़-साफ़ देख सकती थी। पर अनुज क्यों नहीं देख पाया? मैंने आगे बढ़ कर उसको गले से लगा लिया। वो सिसक रही थी बिना आवाज़ किए, मैं उसका दर्द अपने सीने में महसूस कर रही थी।

वो रुंधे गले से बोली, "अनुज मेरी आदत बन गया है, पर अब मैं बदल लूंगी ये आदत! सच!

मैं शायद स्वार्थी हो रही थी, पर तुम्हें नाराज़ नहीं करना चाहती, माफ़ कर दो मुझे!"

मैंने उसकी पीठ सहलाई। मैं जानती थी कि दुख प्रेम से नहीं होता, प्रेम की वजह से पनपे मोह से होता है। आज मुझे उमा पर बिलकुल ग़ुस्सा नहीं आ रहा था। आज मुझे यक़ीन हो गया था कि उमा मेरी दोस्त भले न हो, लेकिन दुश्मन कभी नहीं बन सकती।

प्यार हमें बुरा बनने ही नहीं देता।

***

9

आसमानी दुपट्टा

तेज़ गड़गड़ाहट के साथ पुरानी स्कूल बस का इंजन स्टार्ट हुआ तो बाहर खड़े गप्पें लगाते बच्चे भी लपक कर बस में चढ़ गए। क़स्बे का इकलौता स्कूल था ये जिनके पास थोड़ी खटारा ही सही पर अपनी बस थी। बाक़ी के स्कूलों में सब रिक्शे या साइकिलों से ही आना-जाना करते थे।

अमीषा पीछे की खिड़की वाली सीट पर बैठ गई। बस क़स्बे की तमाम संकरी गलियों और चौड़ी सड़कों से घूमती-घामती, धूल उड़ाती, आख़िर में अमीषा के स्टॉप पर पहुंचती थी। वैसे तो वो साइकिल से 5 मिनट में घर पहुंच सकती थी, पर... उसको तो बस के सफ़र में मज़ा आता था। स्कूल से घर तक का बीस-पच्चीस मिनट का रास्ता उसके ख़्वाबों के लिए फ़िक्स था... ऐसे ख़्वाब जिन्हें वो जागती आंखों से देखती थी और भूले से भी किसी के साथ साझा नहीं करती थी।

अमीषा खिड़की पर सिर टिकाए बैठी थी कि तभी कंडक्टर की तेज़ आवाज़ आई... “अमीषा... उतरो... तुम्हारा स्टॉप आ गया...”

अमीषा ने अपना बैग पीठ पर टांगा और लापरवाही से गुनगुनाते हुए उतर गई।

बस से नीचे क़दम रखते ही उसकी नज़र सामने बिजली के खंभे से साइकिल टिकाए लड़के पर पड़ी। लाल गियर वाली साइकिल।

वो एक पल के लिए कांप गई और फिर उसने आव देखा न ताव बस दौड़ लगा दी...

मोहल्ले की संकरी गली में लोगों की भीड़ से बचती-बचाती अमीषा दौड़ती चली जा रही थी... उसके लंबे बाल और गले में लिपटा मलमल का आसमानी दुपट्टा हवा में पीछे उड़ रहा था, पर उसे कहां सुध थी किसी चीज़ की। उसने बग़ीचे का, फिर घर का दरवाज़ा ठेला और भागती हुई अपने कमरे में घुस गई और दरवाज़ा बंद कर लिया। उन्हीं बंद पल्लों पर पीठ टिकाए आंखें बंद किए वो अपनी धड़कनों के थोड़ा धीमा हो जाने का इंतज़ार करने लगी।

ये कमबख़्त दिल भी ना... कैसे ज़ोर-ज़ोर से शोर मचाने लगता है। जैसे हर राज़ पर से पर्दा गिराने की साज़िश किए बैठा हो।

सनातन काल से, सोलह पार हुई लड़कियों की ज़िंदगी में पहले-पहले प्यार की दस्तक ठीक ऐसे ही होती है। किसी को देख कर गालों का सुर्ख़ हो जाना, दिल का उछल-उछल कर गेंद हो जाना और फिर ज़माने से छुप कर यूं ख़ुद को संभालना...।

आज अमीषा को मनुज अपने घर के सामने से गुज़रता दिख गया... यानी अब उसका पीछा किया जा रहा था। हां-हां पीछा... वो पूरे यक़ीन से कह सकती थी।

वो अच्छी तरह जानती थी कि मनुज यहां नहीं रहता। वो तो शहर के दूसरे छोर पर सिविल लाइंस में कहीं रहता है।

तो अब क्या ये मुझे बाबूजी से डांट खिलवाएगा? स्कूल में जो होता है उसकी ख़बर तो बाबूजी तक नहीं पहुंच पाएगी पर ये तो घर तक आ पहुंचा। अमीषा अपने माथे पर छलक आ ए पसीने को पोंछने लगी, कि तभी दरवाज़े पर किसी के थपथपाने की आवाज़ आई।

"कौन है? आ रही हूं..." अमीषा हड़बड़ाकर चिल्लाई।

बाहर से किसी की वैसे ही पंचम स्वर में आवाज़ आई, "जल्दी बाहर आ जा... बुआ बुला रही हैं।"

ओहो... अमीषा वहीं सरक कर ज़मीन पर बैठ गई... 'इन छुटकन बुआ को भी अभी आना था।'

अमीषा की ये बुआ पिछले जनम में ज़रूर किसी गाँव की सरपंच रही होंगी, क्योंकि जब भी आती हैं तभी पूरे घर को इकट्ठा करके पंचायत शुरू कर देती हैं। किसकी ज़िंदगी में क्या चल रहा है ये जान लेना पता नहीं उनके लिए इतना ज़रूरी क्यों था।

अमीषा के मुंह का स्वाद बिगड़ गया। अच्छी-भली पहले-पहले इश्क़ की मिठास घुल रही थी, अब बुआ के प्रवचन सुनने पड़ेंगे।

'लड़की, तू ये दरवाज़ा क्यों बंद किए रहती है? और सुन बालों में तेल ज़रा अच्छी तरह ठोका कर, वरना अभी से सफ़ेदी झांकने लगेगी। और ये नाख़ूनों को हर वक़्त रंगा हुआ मत रखा कर... कभी उन्हें भी तो सांस लेने दे।' और... और भी पता नहीं क्या-क्या।

अमीषा ने कमरे से निकलने से पहले आईने में झांका कि कहीं कोई निशान ऐसा तो नहीं रह गया जो उसके मन की चुग़लख़ोरी कर दे... और उसकी पोल खोल दे। उसने अपने गालों को हाथ लगाया... दौड़ कर आने की वजह से गर्म हो रखे थे। उसने झट से पास रखी पानी की बोतल से चेहरे पर छींटे मारे, बालों पर उंगलियां फेर कर उन्हें संवारा, दुपट्टा क़ायदे से कंधों पर पिन किया और बुआ के पास आकर बैठ गई। वहां पूरा कुनबा जमा था और बातें पूरे ज़ोर पर थीं।

उसका आना किसी ने नोटिस तक नहीं किया।

बुआ बाबूजी के पास बैठी, उनके सिर से सिर टिकाए उन्हें कुछ घुट्टी पिला रही थीं। अमीषा के कानों में उनके कहे शब्द ऐसे पड़ने लगे जैसे खड़ी फसल पर ओले की मार पड़ रही हो।

"भाई साहब लड़की अठारह की हो गई है... अब लड़के खोजना शुरू कर दो, तभी ना इक्कीस होते-होते शादी कर पाओगे..."

अमीषा के भीतर छन्न से कुछ टूट कर बिखर गया... 'शादी? उसकी शादी?

"ये छुटकन बुआ को दादरे सोहर गाने का इत्ता शौक़ है तो ये कोई गाने-बजाने वालों की मंडली क्यों नहीं जॉइन कर लेती? खानदान और मोहल्ले भर के लड़के-लड़कियों के रिश्ते लगाती रहती हैं," अमीषा बड़बड़ाई... उसका मन किया वहां से उठ जाए... पर जानती थी कि उसका वहां आना किसी ने भले ही नोटिस न किया हो पर वहां से हिली भी, तो बुआ या पिताजी टोक देंगे।

थानेदार की तरह सवाल करेंगे, ताने मारेंगे, "क्यों? कहां चलीं? दो घड़ी सबके साथ बैठेगी नहीं, हिलेगी-मिलेगी नहीं, तो कल को ससुराल में कैसे निबाह करेगी?"

वैसे अमीषा को सबके बीच बैठे रहने में कोई आपत्ति नहीं थी... उसे तो उन चटपटी बातों में रस आता था। बुआ, मां, बाबूजी, भाई बहनों से भरा-पूरा परिवार उसने बचपन से देखा था और उसे आदत थी इन सबकी... लेकिन अब बात और थी। नए-नए इश्क़ की दस्तक ने बाक़ी सबके लिए दरवाज़े बंद कर दिए थे।

वो मन मार कर सबके बीच बैठी तो रही पर भीतर ही भीतर मनुज और अपनी कहानियां गढ़ती रही।

अगले दिन अमीषा स्कूल पहुंची तो उसकी नज़रें मनुज को खोजती रहीं। पता लगाना ज़रूरी था कि वो ख़ास उसके लिए, उसकी गलियों के चक्कर लगा रहा था कि कोई दोस्त-वोस्त वहां रहने आ गया है? अमीषा को और भी बहुत कुछ जानना-समझना था... एक खलबली थी मन में।

और मनुज जब मिला तो उसकी ज़ुबान पर ताला पड़ गया... कुछ पूछ नहीं सकी।

पर हां... मनुज की मुस्कुराती आंखों में उसको अपने सवालों के जवाब मिल गए थे।

उस दिन के बाद मनुज उसके मोहल्ले में अक्सर यहां-वहां दिख जाता। कभी स्टेशनरी की दुकान पर फ़ाइल कवर ख़रीदते हुए या कभी

नुक्कड़ पर खड़े ठेलों से गन्ने का रस पीते हुए। ज़िंदगी में बड़ी मिठास भर गई थी।

वक़्त सुबह की ताज़ा ठंडी हवा जैसा बह रहा था।

बारहवीं की परीक्षाएं सिर पर आ गईं, यानी अब सबको अपने-अपने रास्ते चले जाना था। कोई इंजीनियरिंग करने के लिए क़स्बा ही छोड़ रहा था तो कोई सिविल सर्विसेज की तैयारियों के लिए दिल्ली शिफ़्ट हो रहा था। अब क़स्बों से बच्चे पढ़ने के लिए बाहर निकलने लगे थे।

स्कूल में प्रेयर की लाइन में लगे-लगे अमीषा का मन अपनी अलग ही प्रार्थनाएं पढ़ा करता था—

'हे भगवान मनुज को भी मेरा वाला कॉलेज ही जॉइन करा देना... प्लीज़... इसी क़स्बे में... यहीं... मेरे आस-पास।'

ऊपरवाले ने अमीषा की दिल से मांगी दुआ सुन भी ली और बारहवीं के बाद दोनों एक ही कॉलेज में पढ़ने लगे। वैसे अमीषा दुआ न भी मांगती तो भी होना यही था। क्योंकि मंडला जैसे छोटे से क़स्बेनुमा शहर में उन दिनों कुल जमा तीन कॉलेज थे। एक का तो गवर्मेंट से एफिलिएशन तक नहीं था और बचे दो में एक यही था जिसमें आर्ट्स के साथ साइंस भी थी।

स्कूल में जो बात आंखों-आंखों में होती रही, जो एहसास मन के भीतरी कोने में डरे दुबके रहे वो कॉलेज आकर थोड़ा सा... बहुत थोड़ा सा... दबंग होने लगे थे।

एक दिन अमीषा क्लास से बाहर निकली तो मनुज वहां खड़ा था। अमीषा का मन उसे देख हिरण की तरह कुलांचें भरने लगा और मनुज... वो तो उसकी कस्तूरी का पहले ही दीवाना था।

पता नहीं किसने आग्रह किया और किसने मान लिया, पर थोड़ी देर बाद दोनों कैमिस्ट्री लैब के पीछे गुलमोहर के तने से पीठ टिकाए बैठे थे। उनके बीच बातें मोहब्बत की नहीं थीं लेकिन मोहब्बत किसी और शक्ल में वहां थी ज़रूर।

शायद उनके नोट्स एक्सचेंज होने में, या एक ही बोतल से पानी पी लेने में, या अक्सर लाइब्रेरी में मिल जाने पर ये कहने में, कि अरे? तुम यहां? तुम्हारी क्लास नहीं है??

बड़ा ख़ूबसूरत क़स्बाई इश्क़ था... अनकहा, अनछुआ।

कनखियों से एक-दूसरे को देख भर लेना और मन लंबी-लंबी कवितायें गढ़ लेता... ख़ालिस प्रेम कवितायें।

अब अमीषा गुड़ियों के ब्याह रचाने की उम्र से आगे बढ़ कर ख़ुद अपने सपने देखने लगी थी। मां के पुराने एल्बम खंगालती। उनको दुल्हन बने देखती और याद करती नाते रिश्तेदारों की बातें कि—अमीषा एकदम अपनी मां पर गई है। वो अब बात-बात पर आईना देखने की उम्र में पहुंच गई थी।

एक दिन उसने हिम्मत करके एल्बम से वो फ़ोटो निकाल ली... और अपनी हिंदी साहित्य की किताब महादेवी की कविताओं के बीच में छिपा कर रख दी।

न जाने कितने दिन वो हिम्मत जुटाती रही... कि मनुज को दिखाए वो तस्वीर, लेकिन नहीं दिखा पाई। पता नहीं क्या सोचेगा वो? कहीं हंसी उड़ा दी तो? या ये पूछ लिया कि मुझे क्यों दिखा रही हो?

ये जो पहला-पहला प्यार है ना, ये बड़ा दब्बू क़िस्म का होता है। उसने वो तस्वीर बिना मनुज को दिखाए वापस अपनी जगह पहुंचा दी।

ऐसे ही एक-दूसरे को दूर से तकते हुए, कभी-कभी अचानक मिल जाने पर हाल-चाल पूछते हुए, उनके कॉलेज के तीन साल ख़त्म होने को थे। अमीषा इक्कीस की हो गई। और मनुज? वो भी सिर्फ़ इक्कीस का ही हुआ... यानी क़स्बे की लड़की की उम्र ब्याह की हो गई थी और लड़का? उसको तो अब दो साल कॉम्पटीटिव एक्ज़ाम्स की तैयारियां करनी थी, नौकरी ढूंढ़नी थी... सेटल होना था।

बड़ी विपदा थी ये तो..

छुटकन बुआ का घर में आना-जाना बढ़ गया। मां अपने गहने अमीषा को पहना-पहना कर देखने लगी, बाबूजी अपनी पासबुक और फ़िक्स्ड

डिपाज़िट्स खंगालने लगे थे। बड़े भाई टेंट हाउस के रेट्स, डीजे, डेकोरेटर्स के अते-पते खोजने लगे और छोटे भाई-बहनों की नए गानों पर नाचने की प्रैक्टिस शुरू हो गई।

अमीषा का मन घबराने लगा था... लगता जैसे मीठे पानी की मछली को कोई समंदर के खारे पानी में गोते लगवा रहा हो।

उसे समझ नहीं आ रहा था कि ये बात मनुज को कैसे कहे! और कहने का फ़ायदा भी क्या था? उसकी अभी क्या शादी की उम्र हुई थी? शादी कर भी ली तो वो खाएंगे क्या? रहेंगे कहां? और... और शादी की बात तो उनके बीच कभी हुई नहीं?

कॉलेज भी बंद हो गए थे... मनुज का रोज़-रोज़ मिलना भी। अमीषा की ज़िंदगी के उदास दिन थे ये... उसका आसमानी दुपट्टा अब लहराता नहीं था।

एक दिन मोहल्ले के मोड़ पर पानी चाय की पटरी पर उसे मनुज दिख गया।

अमीषा उसे देखकर घबरा गई... वो पलट कर जाने लगी कि मनुज ने पास आकर उसके हाथ में एक काग़ज़ की पर्ची पकड़ा दी। अमीषा उसे देखती रही और फिर मुट्ठी कस कर घर की तरफ़ दौड़ गई।

अंदर पहुंची तो सबने उसे घेर लिया।

छुटकन बुआ ने एक पूरा लड्डू उसके मुंह में ठूंस दिया। बाबूजी ने पास बुला कर सिर पर हाथ रखा और मां ने अपनी एक उंगली पर आंखों के गीले कोर से काजल निकाल कर उसके गाल पर लगा दिया।

जबलपुर के सरकारी अस्पताल में नौकरी कर रहे डॉक्टर से अमीषा का रिश्ता पक्का हो गया था।

ख़बर ऐसी थी कि घर में उत्सव का माहौल था।

अमीषा की कसी हुई बंद मुट्ठी में मनुज का दिया काग़ज़ उसके पसीने में गीला होकर भीग रहा था।

बस मंडला से जबलपुर के रास्ते पर थी।

पिछले सात-आठ सालों में अमीषा इस सड़क पर न जाने कितनी बार यात्रा कर चुकी थी। मायके से अपने घर की यात्रा... नब्बे किलोमीटर यानी कोई ढाई घंटे का ख़ामोश सफ़र।

ये शायद स्टेट हाईवे था, पर सड़क अच्छी थी और दोनों तरफ़ आम और नीम के घने पेड़ों की छांव। नर्मदा नदी के आसपास का इलाक़ा वैसे भी ख़ूब उपजाऊ था। जहां नज़र दौड़ाओ वहां हरा रंग बिखरा था, बस अमीषा का मन ही किसी सूखे मौसम पर आकर ठहर गया था।

मंडला शहर से बाहर निकलते ही बस नदी पर बने पुल से गुज़रने लगी।

नीचे बहते पानी को देखते ही अमीषा को अपना बचपन याद आ गया, जब यहां से गुज़रते समय मां सब बच्चों को एक-एक सिक्का पकड़ा दिया करती थीं और जिन्हें वो मन ही मन कोई दुआ पढ़ कर नदी में डाल देते थे।

अमीषा को अपनी मांगी हर दुआ आज भी याद थी। इंसान बड़ा स्वार्थी होता है... जो पा लिया उसको तो भूल जाता है, लेकिन अधूरी ख़्वाहिशों की कील मन की दीवार पर गहरे ठोक देता है।

खिड़की पर बैठी अमीषा की चार साल की बेटी गौरी, बग़ल से क्रॉस होने वाली गाड़ियां गिन रही थी... ट्वेल्व... थर्टीन... फोर्टीन...

उसे बस में घूमना अच्छा लगता था। वो बिलकुल अमीषा की कॉपी थी! सिर्फ़ बस का सफ़र पसंद होने में नहीं बल्कि उसकी हर बात अपनी मां जैसी थी।

और दूसरी तरफ़ उसकी गोद में सिर रखे उसका बेटा सो रहा था। गौरी का जुड़वां भाई... गौरव!

दोनों बच्चे पांच मिनट के अंतराल से पैदा हुए थे लेकिन आपस में एक भी समानता नहीं थी। न शक्ल-सूरत मिलती थी न आदतें।

बेटे को बस की यात्राएं बिलकुल पसंद नहीं थीं। वो अपने पिता की तरह था... जो हमेशा टैक्सी में सफ़र करना चाहते थे। खिड़की से धूप

सीधी बेटे के चेहरे पर पड़ रही थी, वो कुनमुनाया तो अमीषा ने अपनी साड़ी के पल्लू से उसको आड़ कर दी, वो दोबारा बेफ़िक्र होकर सो गया।

कितना अच्छा है बच्चा होना... अमीषा को फिर बीते दिन याद आए, मां बाबूजी की छाया में मनमर्ज़ियां करते दिन... और तो और उसको छुटकन बुआ भी याद आने लगीं जिन्होंने अमीषा के ब्याह के बाद रिश्ते लगाने का काम बिलकुल बंद कर दिया था। घर-घर जाकर कानाफूसी करने वाली बुआ ने अब एक अंतहीन चुप्पी साध ली थी।

बस कब मंडला से जबलपुर पहुंच गई अमीषा को एहसास ही नहीं हुआ। वो बस स्टैंड से टैक्सी लेकर घर पहुंची... अपने घर!

सबसे पहले उसने दोनों बच्चों को खिला-पिला कर टीवी के सामने बैठा दिया। भला हो इस केबल टीवी का, कि बीसियों चैनलों में एक न एक बच्चों की पसंद का मिल ही जाता था... टॉम एंड जेरी या मोगली या कुछ नहीं तो लगातार बजते एड्वर्टाइज़्मन्ट जिंगल्स... अमीषा को सुकून से अपना काम निपटाने का मौक़ा मिल जाता।

दो दिन बाद उसके बच्चे किंडरगार्टन में पढ़ने जाने वाले थे। नया बैग, बोतलें, लंचबॉक्स, यूनिफॉर्म... सब तैयार थे। अमीषा का मन बस थोड़ा बेचैन था। बच्चे इतने छोटे हैं, कैसे मैनेज करेंगे? ये स्कूलिंग इतनी जल्दी क्यों शुरू होती है? चार-पांच साल कोई पढ़ने-लिखने की उम्र है भला?

पिछले तीन सालों से हर काम अपने आप करने और हर फ़ैसले ख़ुद लेने के बाद भी, वो बात-बात में घबरा जाती थी। अपने आस पास किसी को खोजने लगती कि कोई तो हो जो कहे कि फ़िक्र ना करो... सब ठीक होगा।

अमीषा ने कमरे की दीवार पर लटकी अपने पति की तस्वीर को देखा... मगर तस्वीरें कहां दिलासा देती हैं। उसने लकड़ी के सुनहरे फ्रेम पर लटकी चंदन की माला को ठीक किया। उस वक़्त उसके हाथ ज़रा सा कांप गए।

ये तस्वीर उसको बार-बार अतीत की स्याह गलियों में ले जाती थी.... उस दिन तक, जिस दिन ने उसकी ज़िंदगी बदल कर रख दी थी।

उस दिन घर पर सब कैसे नाच-गा कर, शोर मचा कर एक दूसरे को बधाई दे रहे थे। अमीषा का रिश्ता पक्का हो गया था... छुटकन मौसी अभी-अभी ख़बर लाई थीं।

सब ख़ुश थे... बौरा रहे थे... और अमीषा के हाथ में मनुज का दिया पर्चा, उसकी उंगलियों के बीच दबा, कसमसा रहा था।

थोड़ी देर बाद मौक़ा देख कर वो अपने कमरे की तरफ़ भाग गई थी। उसने अंदर जाकर उस पर्चे को बिस्तर पर रख कर सीधा किया था... अपनी हथेलियों को फेर कर उसकी सिलवटें दूर की थीं... उसके पसीने से सीले और बुरी तरह मुचड़े उस काग़ज़ पर लिखे अक्षर अब भी जस के तस थे—वही तीन जादुई शब्द... रफ़ कॉपी से फाड़े, सादे सफ़ेद काग़ज़ पर हरी स्याही से लिखे शब्द!!

मनुज ने उससे अपनी मोहब्बत का इज़हार किया था।

अमीषा ने बुदबुदा कर उन अक्षरों को पढ़ा... एक बार... दो बार... पता नहीं कितनी ही बार... फिर उसने वो काग़ज़ पहले की तरह मुट्ठी में मसलकर खिड़की से बाहर फेंक दिया था।

कभी-कभी अपने उदास दिनों में अमीषा सोचती कि क्या होता अगर वो काग़ज़ बाबूजी को दिखा देती? क्या होता अगर वो उनसे कहती कि मुझे अभी शादी नहीं करनी? बहुत से अगर-मगर थे जो उसको परेशान कर देते।

दरवाज़े पर कॉल बेल की आवाज़ से अमीषा चौंक गई... बच्चों की आया आ गई थी।

उसे वक़्त का पता ही नहीं लगा, आज तो उसे कॉलेज जाने से पहले बच्चों को स्कूल भी छोड़ना था और उसने ये भी तो तय किया था कि लेक्चर के बाद वो ख़ुद ही उन्हें लेती हुई घर आ जाएगी।

बच्चों के ख़्याल भर से अमीषा की उदासी झटपट हवा हो जाती... वो मुस्कुराते हुए दिन भर की तैयारियों में जुट गई।

कॉलेज में लेक्चर देते हुए भी अमीषा का मन अपने बच्चों पर ही अटका हुआ था। पता नहीं पानी की बोतल गौरी से खुली होगी या नहीं? और गौरव को ठंडे सैंडविच ज़रा अच्छे नहीं लगते... भूखा ही न बैठा हो बेचारा...।

क्लास ख़त्म होते ही उसने स्टाफ़ रूम से अपना बैग समेटा और बाहर निकल आई।

पार्किंग में खड़ी उसकी कार के ठीक सामने एक दूसरी कार पार्क थी। अमीषा ने चिड़चिड़ाकर ड्राइविंग सीट के कांच में उंगलियों से खटखटाया तो वहां बैठ शख़्स ने अपना सिर घुमाया और अमीषा को देख कर बाहर उतर आया।

अमीषा की आंखें उस चेहरे को देखते ही एक पल के लिए पत्थर हो गईं।

ये तो वही चेहरा था... इतने सालों बाद भी वही की वही मुस्कुराती आंखें।

"तुम? यहां?" अमीषा के हलक में बोल अटक गए। किसी टीनेजर लड़की की तरह उसका दिल बेक़ाबू होने लगा था।

"कैसी हो?" मनुज की आवाज़ उसे सात साल पीछे खींच ले गई, जब वो उससे बात करने के बहाने खोजता था, फिज़ूल के सवाल करता था। कभी लाल स्याही वाला पेन मांगता, कभी उसकी रफ़ कॉपी से बीच के दो पन्ने... और उसकी क्लास के बाहर से ऐसे गुज़रता था जैसे वो जानता नहीं कि अंदर सबसे पीछे की लाइन में बैठी एक लड़की कब से उसके लिए ही खिड़की पर नज़रें गड़ाए है।

अमीषा ने मनुज के सवाल को अनसुना किया और फिर पूछा... "तुम यहां कैसे?"

ट्रेनिंग है कंपनी की... दस दिन हूं तुम्हारे शहर में... मनुज ने एक-एक शब्द पर ज़ोर देकर कहा।

अमीषा ने थोड़ा हिचकते हुए पूछा, "कहां रुके हो?"

उसके जवाब में मनुज ने पूछा, "तुम कहां रहती हो? डू यू माइंड... अ... अ... अगर मैं आऊं शाम को?"

अमीषा ने अपना बैग खोलकर एक कार्ड उसकी तरफ़ बढ़ा दिया।

कब मनुज ने अपनी कार पीछे की, कब अमीषा वहां से निकलकर बच्चों को लेकर घर पहुंची, उसे कुछ याद नहीं... सब जैसे अपने आप यंत्रवत होता चला गया था।

उसको तो बस वो पल याद है जब शाम को छह बजे उसके घर की कॉल बेल बजी और मनुज फूलों का गुलदस्ता और बच्चों के लिए ढेर सारी चॉकलेट लेकर उसके ड्रॉइंग रूम में आकर बैठ गया।

अमीषा गुलदस्ते को एक बड़े वाज़ में सजाने लगी। फूलों के पीछे अपना चेहरा छिपाए वो सोचती रही कि क्या बात करूं इससे? क्लास मेट की तरह? एक दोस्त की तरह? या या... किसी ऐसे शख़्स की तरह जिसको देखकर कभी उसकी धड़कने तेज़ हो जाती थीं। कभी क्यों? आज भी तो उसका दिल बेक़ाबू हो रहा था।

उसने कनखियों से मनुज को देखा... वो एकदम सहज होकर बच्चों के साथ खेल रहा था। और बच्चे भी उससे ऐसे बातें कर रहे थे कि लग ही नहीं रहा था कि सब पहली बार मिले हैं।

मनुज उस दिन बहुत देर तक बैठा रहा।

कुछ देर अमीषा हिचकती रही... थोड़ा बहुत मनुज भी झिझकता रहा फिर पता नहीं कब पिछले छह-सात सालों के सारे बही खाते दोनों ने एक-दूसरे के सामने खोल कर रख दिए।

उस दिन के बाद मनुज रोज़ आने लगा।

शाम का ख़ाली वक़्त दोनों साथ गुज़ारते। अमीषा को लगा जैसे ज़िंदगी में किसी दोस्त का होना कितना ज़रूरी था। इतनी बातें तो वो दोनों तब नहीं करते थे, जब एक ही क्लास में पढ़ते थे, जब चुपके-चुपके एक-दूसरे का ख़्वाब अपनी आंखों में पाल रहे थे।

शायद तब शब्दों की इतनी दरकार ही नहीं थी। वो दिन कुछ अलग थे...।

मनुज ने बताया कि अमीषा की शादी के बाद उसने बड़ी मुश्किल से अपने

आप को बिखरने से रोका था। ख़ुद को पूरी तरह पढ़ाई में, करियर में डूबा लिया था। वो सफ़ल और बड़ा आदमी बनने की दौड़ में शामिल हो गया था...।

ज़िंदगी जब स्याह सुरंग से गुज़रती है तब कुछ तो चाहिए होता है, जो उम्मीद जगाए रखे... उस ओर से आती एक धीमी सी रोशनी ही सही।

अमीषा ने भी मनुज को उन दिनों की बातें बताईं जब उसके पति की एक्सीडेंट में अचानक मौत हो गई थी। दोनों बच्चों को संभालने की तकलीफ़ें, उनकी ख़ुशियों के लिए अपने दुख को दबाकर रखने की मशक़्क़त... सब कुछ वो मनुज को सुनाती रही। कभी-कभी दुख भरी यादों को दोहराना अच्छा लगता है। मन को ये तसल्ली मिलती है कि बीत गए हैं वो दिन...।

अमीषा और मनुज ने इन दस दिनों में पिछले कई सालों की भरपाई कर ली थी। ज़िंदगी के दूसरे पड़ाव पर दोनों को एक-दूसरे का साथ फिर भाने लगा था।

अमीषा ने बहुत बार चाहा कि मनुज से पूछे कि वो यहां क्यों आया है? मगर उसने नहीं पूछा... बल्कि ये सवाल ज़रूर किया कि उसने अब तक शादी क्यों नहीं की? अच्छा-भला कमाता है अब तो... वेल सेटल्ट की परिभाषा में एकदम फिट बैठता है... फिर? फिर क्यों अकेला है?

अमीषा के सवाल का जवाब उसको बिना पूछे मिल गया।

मनुज का उसके शहर में आख़री दिन था दोनों की एक साथ आख़री शाम।

दोनों साथ बैठे कॉफ़ी पी रहे थे... एकदम ख़ामोश।

जब बहुत कुछ कहने को होता है तब अक्सर ख़ामोशियां शब्दों को लील जाती हैं। क्या कहें, कैसे कहें कि ग़फ़लत में मन उलझने लगता है।

मनुज जाने के लिए उठा, फिर उसने हाथ बढ़ा कर एक काग़ज़ का पर्चा अमीषा की मुट्ठी में पकड़ा दिया और बिना कुछ कहे मुड़ा और वहां से चल दिया।

अमीषा ने भी उसको रोका नहीं।

लेकिन उसके जाते ही कैसा ख़ाली-ख़ाली और उदास लगने लगा था घर?

अमीषा हैरान थी कि ये कब हुआ कि मनुज इस घर की ख़ुशियों की वजह बन गया? कब ये घर उसकी आवाज़ों के बिना ख़ाली लगने लगा?

अनमनी होकर उसने मनुज का दिया पर्चा खोला।

वैसा ही रफ़ कॉपी का पन्ना... वैसी ही हरी स्याही और वही तीन जादुई शब्द... 'प्यार है तुमसे।'

अमीषा का दिल उसी तरह धड़कने लगा जैसे सात साल पहले धड़का था... जब वो इक्कीस साल की थी... जब मनुज ने पहली बार ऐसा ही पर्चा पकड़ाया था।

अमीषा ने काग़ज़ तह किया तो तीन और शब्द नज़र आए, 'मैरी मी प्लीज़।'

मैरी मी??? शादी कर लूं?? फिर से? उसकी आंखों के किनारे गीले हो गए।

दोनों बच्चे मां के क़रीब आ गए।

"क्या हुआ मम्मा... मत रो मम्मा..." कहते-कहते गौरी और गौरव के गले भी भर्राने लगे।

अमीषा ने दोनों को सीने से भींच लिया।

उसके हाथ से काग़ज़ का वो टुकड़ा ज़मीन पर गिर गया।

वक़्त एक बार फिर अपने आप को दोहरा रहा था।

मनुज का लिखा पर्चा वहीं ज़मीन पर पड़ा, पंखे की हवा में इधर-उधर हो रहा था।

उसने अमीषा से दोबारा मोहब्बत का इज़हार किया था, ठीक सात साल पहले की तरह!!

और ये बात तो ख़ुशी की थी!! लेकिन अमीषा... उसे क्या हु आ था?

वो रो रही थी... बच्चों से लिपटी पता नहीं कितनी देर रोती रही। जो आंखों से बह रहा था वो दुख नहीं था, ग़ुस्सा था, वो नाराज़ थी अपने आप से।

कई बार कुछ पा लेने की ख़ुशी के बीच जो खोया है उसका ग़म सर उठाने लगता है... किसी पुरानी बीमारी की तरह।

बच्चों को अपने पास देख अमीषा को एहसास हुआ कि पिछले दस दिन वो दोनों से कितना दूर-दूर रही? उसकी हर शाम तो मनुज के साथ गुज़र रही थी... और बच्चे आया के साथ रहते थे। वो मनुज के क़रीब रहने का जैसे... जैसे एक लालच करने लगी थी।

इतने सालों बाद इन दस दिनों में, पहली बार बच्चे उसकी प्राथमिकता नहीं रहे थे।

अपना ही व्यवहार अमीषा को सीने में फांस की तरह चुभने लगा।

बच्चे मां की तकलीफ़ समझने के लिए बहुत छोटे थे लेकिन उसका रोना समझ रहे थे। दोनों सहमे हुए अमीषा से लिपटे ख़ुद भी सिसकते रहे।

अगली सुबह वो देर से सोकर उठी। दोनों तरफ़ उससे चिपके बच्चे अब भी गहरी नींद में सोये हुए थे। उनके अंदर भी रोने के बाद की थकान थी।

बच्चों की नींद न खुल जाए ये सोचकर अमीषा चुपचाप लेटी रही। उसने सिरहाने से अपना मोबाइल उठाया तो देखा 3 मिस्ड कॉल्स थी। तीनों मनुज की।

अमीषा ने मैसेज बॉक्स चेक किया... कोई मैसेज नहीं था।

उसने फिर आंखें बंद कर लीं... सामने अपने पति की सूरत दिखाई देने लगी।

नहीं-नहीं... अमीषा ने उससे कोई वादा नहीं किया था कि वो कभी दोबारा शादी नहीं करेगी... या जोगन बन जाएगी... प्रेम की किसी दस्तक पर मन के दरवाज़े नहीं खोलेगी।

कोई वादा नहीं... कोई शर्त नहीं रखी थी... वो तो ऐसे ही अचानक बिना कुछ कहे-सुने छोड़ गए थे बस... जैसे बादलों के घिर आने से किसी भरी दोपहर में अंधेरा छा गया हो।

लेकिन पति की मौत के बाद उसने ख़ुद से वादा किया था कि बच्चों को कभी पिता की कमी महसूस नहीं होने देगी, बल्कि उनके मन में पिता की याद को ज़िंदा रखेगी... वो उनके लिए मज़बूत कंधा बनेगी।

बीते चार सालों में उसने कोई क़सर छोड़ी भी नहीं थी। मां और बाप के दोहरे किरदार को अब तक बख़ूबी निभाया था उसने।

पर अब मनुज का ये प्रस्ताव? क्या करे वो?

मनुज के साथ ज़िंदगी बिताने का ख़्याल उसके लिए शायद सबसे ख़ूबसूरत ख़्याल था... किसी ख़्वाब के सच हो जाने जैसा, बेमौसम किसी फूल के खिलने जैसा, जैसे किसी पिंजरे में बंद पंछी को उड़ने के लिए सारा आकाश मिल गया हो।

वो जानती थी कि मनुज को हां कहना यानी अपने लिए ख़ुशियों के ताले खोल देना था।

लेकिन वो स्वार्थी नहीं थी... सिर्फ़ अपने बारे में कैसे सोचती?

वो बड़ी उलझन में पड़ गई थी—अगर मनुज से शादी की तो क्या वो इन बच्चों को अपना सकेगा? क्या कभी सौतेला होने की कड़वाहट बच्चों को नहीं झेलनी पड़ेगी? कभी भी नहीं?

क्या मनुज के आने के बाद भी वो अपने पति की तस्वीर के सामने दीया जला सकेगी? क्या बच्चों को रोज़ उनके पिता की कोई एक बात बता पाएगी? पापा ये... पापा वो... कैसे मनगढ़ंत कहानियां सुना कर वो बच्चों को बहलाया करती है। मनुज के आने के बाद भी क्या सब पहले जैसा रह पाएगा?

अमीषा का मन भारी होने लगा।

उसने मोबाइल उठाया... कुछ देर वो उसको उलटती-पलटती रही, मनुज का नंबर डायल करती... फिर काट देती। मैसेज टाइप करती, फिर डिलीट कर देती... उसका मन अपने आपसे सवाल-जवाब करता, ख़ुद को कटघरे में खड़ा करता रहा।

आख़िर उसने फ़ैसला कर लिया... पर उसको सीधे-सीधे वह ना नहीं कह सकती थी इसलिए उसका नंबर ब्लॉक कर दिया।

मन का एक हिस्सा हल्का हो गया था, लेकिन दूसरा हिस्सा जो उसका एकदम अपना था, वो भारी होकर गहरे डूबने लगा था।

उसने अपने ट्रैवल एजेंट को फ़ोन करके एक टैक्सी मंगवाई, ज़रूरत भर का सामान पैक किया और किसी अनजान मंज़िल की तरफ़ चल दी।

कार की खुली खिड़कियों से आती हवा बहुत सुकून दे रही थी। नए-नए दृश्य पिछले सारे दृश्यों की स्मृति को धुंधला कर रहे थे।

अनजान यात्राएं बहुत कारगर मलहम साबित होती हैं। उसे यक़ीन था कि जब वो लौटेगी तब दोबारा एक मज़बूत इंसान बन कर लौटेगी... और वो ये भी जानती थी कि मनुज से दूरी बनाए रखने के लिए उसे कुछ दिन तक मन के अलावा घर के दरवाज़े पर भी ताला डालना होगा।

एक सप्ताह शहर के बाहर रह कर अमीषा लौटी तो सब कुछ स्थिर था... उसका मन भी!

ज़िंदगी की गाड़ी अपने तय ट्रैक पर चल पड़ी थी... वक़्त अपनी तेज़ रफ़्तार से गुज़रने लगा।

बच्चों को बड़ा करना, उन्हें अपना पूरा समय देना, कॉलेज की नौकरी के साथ घर का तालमेल बैठाना...बस यही अमीषा की दिनचर्या थी। लेकिन वो ख़ुश थी... उसने ख़ुद ही चुनी थी ये ज़िंदगी।

दोनों बच्चे यानी गौरी और गौरव उसके बहुत क़रीब थे, शायद इसलिए उसने कोई दोस्त नहीं बनाया था।

लेकिन अजीब बात थी... वक़्त के साथ बच्चों ने अपने दोस्त ढूंढ़ लिए थे। वे अपने दिल की बातें अमीषा से साझा नहीं करते थे।

बच्चे अजनबी बनने लगे थे। "मां तुम नहीं समझोगी..." बच्चों का ये कहना, उसको कभी समझ नहीं आया।

ऐसा कब हुआ कि उसने उन दोनों के मन की बात बिना कहे न समझी हो? फिर ये उलाहना?

सच तो ये था कि बच्चों ने उसके मन की बात को समझना बंद कर

दिया था, तभी तो दोनों पढ़ने के लिए बाहर चले गए... फिर बाहर ही नौकरियां ढूंढ़ लीं।

सबसे ज़्यादा दुख तो अमीषा को तब हुआ जब उसके अकेलेपन को दोनों ने बेफ़िक्री का नाम दे दिया। उसके कानों में गर्म तेल की तरह उतरे थे वो शब्द, "मां अब आप एकदम फ्री हो... बिंदास जियो... जैसा चाहती हो वैसे जियो...।"

अमीषा हैरान रह गई थी—वो कब चाहती थी ऐसे जीना?

उसको तो भरापूरा घर चाहिए था... जैसे उसके बचपन में था।

हर बात में समझाते-बुझाते मां-बाप, रोक-टोक लगाती बुआ, दादागिरी दिखाती दीदी, कीर्तन को ज़बरदस्ती ले जाती दादी और स्कूटर सिखाता भाई।

अकेले घर में वो कौन सा सुख खोजे? कितनी किताबें पढ़े? कब तक संगीत सुने? सूने कमरों को कितना सजाए संवारे?

अमीषा की उदासी का असर उसकी सेहत पर पड़ने लगा। जब पहली बार लो बीपी के कारण वो बेहोश हुई तो गौरी ख़ूब नाराज़ हुई थी, "मां तुम अपना ख़्याल क्यों नहीं रखती हो? और देखो... ख़ुद इलाज न करने लगना? तुम्हारी डॉक्टर बनने की बड़ी आदत है...।"

गौरव भी तल्ख़ी भरे लहजे से बोला था, "प्लीज़ टेक केयर मां... हम अब इतनी दूर से बार-बार आ भी तो नहीं सकते... और आप इतना सोचती क्यों हैं... प्लान ए वर्ल्ड टूर... निकल जाओ घर से... दुनिया देखो... स्टॉप बॉदरिंग...।"

अमीषा उस रात एक पल को भी सो नहीं पाई... उसका हलक़ सूखा रहा और तकिया भीगता गया। दुनिया देखूं? कहां? कौन सी? ये घर ही तो मेरी दुनिया है... वो कैसे समझाती कि तुम दोनों ही मेरी दुनिया हो।

ज़्यादातर बातें जिनके तार मन से जुड़े होते हैं, वो कह कर नहीं समझाई जाती हैं। कुछ एहसासों के लिए शब्द बने ही नहीं होते हैं। मां होना शायद वैसा ही एहसास था।

कभी-कभी अमीषा रात को चौंककर उठ जाती। ऐसा लगता जैसे ख़्वाबों में कोई बुला रहा हो। उसको बहुत अच्छा लगता था अपना पुकारा जाना। पर वो जान नहीं पाती थी कि उसे किसने पुकारा? कौन है जिसे उसकी ज़रूरत हैं?

नहीं... ऐसा कोई नहीं था।

अमीषा ने कॉलेज से भी वॉलन्ट्री रिटायरमेंट ले लिया था। काम में उसका मन ही नहीं लगता था। लेकिन कॉलेज छोड़ने के बाद अकेलापन और बढ़ने लगा।

आख़िर उसने बच्चों की सलाह मान ही ली... और अपने लिए एक लंबी यात्रा प्लान करने लगी। दिन भर ट्रेवल साइट्स पर ढूंढ़ती रहती, कहां जाए? किस तरह घूमे? कब तक घूमती रहे? ये टूर प्लानर हर चीज़ का इंतज़ाम कर देते हैं लेकिन एक सबसे ज़रूरी चीज़ तो रह जाती है।

साथ... किसी अपने का साथ।

उसे एक कम्फ़र्ट ज़ोन की आदत पड़ी हुई थी... किसी अपने के क़रीब होने का कम्फ़र्ट।

पर अब शायद आदत बदलने का वक़्त आ गया था।

उसका मन डावांडोल होता रहा पर आख़िर उसने अपनी बुकिंग्स करवा ही ली और बच्चों को फ़ोन लगाया... हमेशा की तरह कॉन्फ्रेस कॉल!!

मां ख़ूब घूमो... एन्जॉय करो... बिंदास जियो कहते रहने वाले बच्चों ने जब अमीषा का प्लान सुना तो कुछ देर के लिए जैसे उनके बीच सन्नाटा छा गया। अमीषा भी चुपचाप उनकी टीका-टिप्पणी का इंतज़ार करती रही, लेकिन कोई कुछ नहीं बोला। थोड़ी देर में गौरी बोली, "ऐज़ यू विश मां...।"

"ऐज़ यू विश का क्या मतलब बेटा? ये तो तुम लोगों की विश थी... हमेशा से... है ना?" अमीषा ने अपने शब्दों पर ज़ोर देते हुए कहा।

वहां से गौरी की गहरी सांस भर कर 'हम्म्म्म' की आवाज़ आई फिर गौरव ने कहा, " आई होप इस उम्र में आप ये ट्रिप एन्जॉय करेंगी... गुड लक..." और फ़ोन डिस्कनेक्ट हो गया।

अमीषा वहीं देर तक चुपचाप बैठी अपने टिकट्स की तरफ़ देखती रही—ऊपर लिखा था—एशियास लीडिंग क्रूज़ लाइन।

सेवन डेज़ एंड नाइट्स इन सी

अमीषा ने एक डीलक्स ओशन-व्यू कैबिन बुक किया और सामान पैक करने लगी!!

उसे बच्चों की नाराज़गी समझ नहीं आई... या इस बार शायद वो समझ कर भी अनजान बने रहना चाहती थी।

अमीषा के क्रूज़ पर जाने का दिन जितना नज़दीक आता जा रहा था उसका मन उतना ही बेचैन हो रहा था। फ़ोन की घंटी बजती तो वो चौंक जाती कि शायद गौरी का हो और वो कहे... "तुम अकेले मत जाओ मां... हम भी साथ चलते हैं।"

या गौरव कहे, "कहां समंदर में गोते लगाओगी मॉम... यहीं आ जाओ मेरे पास... आई मिस यू..."

लेकिन नहीं... किसी का कोई फ़ोन नहीं आया... कोई पूछताछ नहीं।

अमीषा का मन जैसे चिंदी-चिंदी हो गया था और वो जानती थी कि अब उसकी तुरपन उसे ख़ुद ही करनी होगी।

उसका समंदर में दूसरा दिन था।

वो हैरान थी, कैसे एक पूरी दुनिया बसी थी क्रूज़ पर... होटल जैसे आलीशान कमरे, स्वीमिंग पूल, स्पा, क्लब्स, न जाने कितने रेस्टोरेंट्स।

'काश बच्चे यहां होते !' अमीषा ने ठंडी सांस भरी।

पास खड़े बीस-बाईस साल के दो लड़के आपस में बातें कर रहे थे कि शिप अठारह नौटिकल माइल्स की स्पीड से चल रही है। अमीषा ने आसमान की तरफ़ देखा... सब स्थिर था। उसे तो ऐसा लगा जैसे शिप अपनी जगह खड़ी हुई है... यहां ट्रेन की तरह पीछे छूटते पेड़, पहाड़ और पटरियां जो नहीं थी।

समंदर की नमकीन हवा से अमीषा के गाल लाल हो रहे थे। बाल उड़-उड़ कर चेहरे को ढांक रहे थे। वो डेक पर खड़ी होकर यहां-वहां आते-

जाते लोगों को देखती रही। ज़्यादातर यंग कपल्स थे। अमीषा ख़ुद को असहज महसूस करने लगी...आउट ऑफ़ प्लेस...।

उसे लगा वो सारी उम्र ही जैसे आउट ऑफ़ प्लेस रही थी... जब जहां होना था, वहां कभी नहीं थी...।

"तुम? तुम यहां? तुम अमीषा ही हो ना?"

समंदर की लहरों और हवाओं के थपेड़ों को चीरती एक तेज़ और हड़बड़ाई आवाज़ सुन कर अमीषा चौंक गई।

पलटी तो उसके ठीक पीछे मनुज खड़ा था।

सफ़ेद झक्क यूनिफॉर्म में सजा, मनुज... वो एक झटके में पहचान गई उसे। संजीदा आंखें और वही मुस्कुराता चेहरा... हां, कनपटी के पास के बाल ज़रा सा बढ़ती उम्र की चुग़ली कर रहे थे।

अमीषा मुस्कुरा दी...।

मनुज अब भी हैरानी से उसे देख रहा था...।

"ये कैसा संयोग है अमीषा? तुम फिर मिल गई मुझे? और... और तुम हैरान क्यों नहीं हो?"

अमीषा हंस दी... "पहले ये बताओ... तुम ख़ुश हो या दुखी?"

"ऑफ़कोर्स ख़ुश हूं... बहुत ख़ुश पर... आई कांट बिलीव..." अमीषा मनुज के मन की उथल-पुथल महसूस कर रही थी... लेकिन उसका अपना मन शांत था, बिलकुल शांत, जैसे शायद ये समंदर होगा, अपनी सबसे ज़्यादा गहराइयों में... अपनी तलहटी में।

थोड़ी देर बाद दोनों एक कॉफ़ी टेबल पर बैठे थे।

"मुझे यक़ीन था तुम ज़रूर मिलोगे..." अमीषा ने कॉफ़ी में शक्कर घोलते हुए, मनुज की तरफ़ देखे बिना कहा।

"व्हाट? कैसे? आई मीन कैसे यक़ीन था?" मनुज की ज़बान लड़खड़ा रही थी... वो अब भी नॉर्मल नहीं हो पाया था।

"मुझे कॉलेज मैगज़ीन से पता चला था कि तुम इस क्रूज़ पर जॉब करने लगे हो। हां इस ट्रिप में मिल ही जाओगे ये सिर्फ़ एक संयोग है, ए प्लेज़ेंट

सरप्राइज़...।" अमीषा ने कॉफ़ी मग के ऊपर झाग से बने दिल को चम्मच से धीरे-धीरे घोलते हुए कहा।

मनुज मुस्कुरा दिया... अमीषा भी।

मनुज एक बार फिर अमीषा के क़रीब था। जब-जब उसकी ज़िंदगी उदास रास्तों से गुज़री, वो मुस्कराहट लेकर किसी मोड़ पर खड़ा मिला।

क्रूज़ पर अमीषा के दिन ऐसे गुज़र रहे थे जैसे किसी समुद्री पक्षी को आराम करने के लिए एक टापू मिल गया हो। वो ख़ुश थी, बहुत ख़ुश।

मनुज ने उससे एक बार भी इसके पहले हुई मुलाक़ात का ज़िक्र नहीं छेड़ा। उसने नहीं पूछा कि तुमने मेरा नंबर ब्लॉक क्यों किया, या मैं तुम्हारे घर दोबारा आया था, तुम कहां चली गई थीं? उसने कुछ नहीं पूछा, वो अमीषा को असहज नहीं करना चाहता था। वो शायद उसकी दुविधा समझता था वो हमेशा से समझता था।

बिना कोई सवाल किए, मनुज अब हर वक़्त उसके साथ था। वो उसको शिप में घुमाता रहा, शिप का वज़न कितना है, स्पीड कितनी है, कितने लोग सवार हैं, सब बताता रहा। अमीषा को ऐसा लग रहा था जैसे वो टाइटैनिक फ़िल्म की हीरोइन है।

रात को डिनर के पहले धीमे संगीत पर छोटे से क़स्बे की वो लड़की डांस फ्लोर पर थिरक रही थी।

लड़की ही थी वो... स्कूल बस से उतरकर अपना आसमानी दुपट्टा लहराती, बदहवास दौड़ती, बावली लड़की, जिसने अभी-अभी पहले प्यार का एहसास किया था।

"तुम अकेले हो यहां?" अमीषा ने मनुज के पांव से पांव मिलाकर नाचने की कोशिश करते हुए पूछा। मनुज ज़ोर से हंसा, "तो और क्या... मैं तुम्हारी तरह क्रूज़ ट्रिप पर नहीं आया हूं, ये नौकरी है मेरी, आई एम ऑन ड्यूटी।"

अमीषा चुप हो गई। वो पूछना चाहती थी कि यहां न सही, कहीं और, कोई साथी है क्या तुम्हारा? या तुम अब भी अकेले हो मनुज? वो पूछना

चाहती थी बहुत कुछ... लेकिन हिम्मत नहीं हुई। पिछली मुलाक़ात के बाद शायद वो सारे हक़ खो चुकी थी।

उस मुलाक़ात को तकरीबन अठारह या बीस बरस बीत चुके थे। अमीषा वहीं ठहरी हुई थी तो क्या... मनुज की ज़िंदगी भी वैसी ही होगी?

एक रात डिनर के बाद दोनों डेक पर खड़े अंतहीन फैले समंदर को देख रहे थे।

अमीषा बुदबुदाई, "रात को डरावना लगता है समंदर, है ना?"

मनुज समंदर की जगह उसके चेहरे को देख रहा था, माथे पर वक़्त ने बारीक़ लकीरें खींच दी थीं। उसकी आंखें भी पहले की तरह चमकदार नहीं थीं।

वो देखता रहा ज़िंदगी से लगातार लड़ने वाली एक औरत को।

उसने धीरे से उसकी उंगलियां थाम लीं।

अमीषा वैसे ही समंदर की तरफ़ देखती रही... अब हल्के से स्पर्श से धड़कनें बढ़ जाएं ऐसी उम्र नहीं रह गई थी उसकी।

तभी उसको अपनी हथेलियों में किसी चीज़ के होने का एहसास हुआ... देखा तो एक काग़ज़ का पुर्ज़ा था अमीषा का दिल अब उम्र की परवाह किए बिना अपनी रफ़्तार बढ़ाने लगा।

काग़ज़ में वही जाने-पहचाने तीन अक्षर... वही जानी-पहचानी लिखावट...।

पैंतालिस-पचास की उम्र में उसे कोई प्रपोज़ कर रहा था और उसका मन 'हां' कहने को बेचैन होने लगा।

अमीषा ने हां नहीं किया... लेकिन ना भी नहीं कहा।

वो धीरे से बोली, "एक बार... एक बार बच्चों से पूछ लूं?"

मनुज कुछ देर सोचता रहा... फिर बोला, "एक बार अपने आप से भी ज़रूर पूछना..."

फिर वो चुपचाप वहां से चला गया।

अमीषा की आंखों के किनारे भीग गए... वो मनुज को रोकना चाहती थी... पर रोक नहीं सकी।

वो अपने कैबिन में लौट आई।

अगली सुबह वो मुंबई पोर्ट में थी। पिछली रात के बाद से मनुज कहीं दिखा नहीं था।

शिप से उतरते ही उसने पास के होटल में चेक-इन किया और बच्चों को फ़ोन मिलाया।

हमेशा की तरह दोनों बिज़ी थे, बोले, "शाम को बात करते हैं मां... कॉल यू लेटर।"

लेकिन अमीषा ने टोक दिया बोली, "बस पांच मिनट... मुझे कुछ कहना है..." यह कहकर उसने अपने भीतर की पूरी ताक़त समेटी और बोली, "वो अपनी आगे की ज़िंदगी मनुज के साथ बिताना चाहती है।"

कुछ देर तक किसी की कोई आवाज़ नहीं आई।

पिछले कुछ सालों से अमीषा की बातों पर चुप्पी ओढ़ लेना बच्चों की आदत बन गई थी... पर नहीं... आज बच्चे चुप नहीं थे। नाराज़ थे... वो तो तूफ़ान के पहले की शांति थी!!

गौरी भड़क कर बोली, "क्या? पागल हो गई हो आप? इस उम्र में? लोग क्या कहेंगे मां... सोचा आपने?"

गौरव ने भी अपनी बहन का साथ दिया और बोला, "आपको नहीं लगता कि अभी गौरी की उम्र है शादी करने की? आर यू सिक?"

गौरी फिर बोली, "तो... तो आप इसीलिए क्रूज़ ट्रिप पर गई थीं?"

बच्चों के शब्दों की कड़वाहट अमीषा के गले में उतरने लगी।

उसने फ़ोन डिस्कनेक्ट कर दिया। मन किया किसी उदास बच्चे की तरह फूट-फूट के रो ले। लेकिन कई बार हमें रोने के लिए कंधा भी नहीं मिलता, कोई ऐसा क़रीब नहीं होता जो पीठ थपकाकर चुप करा दे।

वो चुपचाप तकिये में सिर छुपा कर लेट गई। मन में तो बवंडर मचा था, बच्चों को नाराज़ करके, वो कोई भी फ़ैसला कैसे कर सकती थी? फिर ये तो इतनी बड़ी बात थी। सच तो कह रहा था गौरव, कि शादी की उम्र तो गौरी की है।

कहीं उसके इस क़दम से बच्चों की ज़िंदगियां न ख़राब हो जाए।

नहीं-नहीं, ऐसा नहीं कर सकती वो, सारी उम्र अकेले काट ली अब थोड़े साल और सही, उसे मनुज को एक बार फिर ना कहना होगा।

सोच-सोच कर उसे थकान होने लगी... जैसे कोई लंबा सफ़र पैदल चल कर पूरा किया हो।

पता नहीं कब उसकी आंख लग गई।

दो घंटे बाद उठी तो देखा मोबाइल पर छह मिस्ड कॉल थीं।

सब को सब मनुज की।

उसने कॉल लॉग टटोला, बच्चों का एक भी फ़ोन नहीं था। मैसेज बॉक्स देखा तो वहां भी उनका कोई मैसेज नहीं था।

अमीषा ने रूम सर्विस पर फ़ोन करके ब्लैक कॉफ़ी मंगवाई और होटल की बालकनी में आकर खड़ी हो गई।

सामने फैला अथाह समंदर और फिर अंतहीन आसमान।

उसको अपना अस्तित्व एकदम छोटा मालूम हुआ।

उसको मनुज का पहला ख़त याद आया... जब बाबूजी ने उससे पूछे बिना उसका ब्याह तय कर दिया था। ठीक ही था... हर पिता अपनी बेटी के लिए सही फ़ैसले लेता है।

फिर उसको मनुज का दूसरा ख़त याद आया।

तब तो वो ख़ुद अपनी मर्ज़ी की मालिक थी... लेकिन तब उसे अपनी परवाह कहां थी। ठीक भी तो था, बच्चों को उसकी ज़रूरत थी।

अमीषा ने अपनी मुट्ठी खोली, मनुज का तीसरा ख़त उसके हाथ में था।

और अब बच्चे नाराज़ हैं... 'लोग क्या कहेंगे' की तलवार उसके ऊपर लटक रही है।

अमीषा परेशान हो गई... उसने फिर बच्चों को फ़ोन मिला दिया, एक बार नहीं कई-कई बार लगाया... दोनों के फ़ोन में एंगेज टोन आती रही।

थोड़ी देर में गौरी का मैसेज आया—'फ्रेंड्स के साथ हूं... बाद में बात करते हैं।'

अमीषा को लगा उसके भीतर का लावा अभी फट पड़ेगा, उसने गौरी का मैसेज इग्नोर किया और दोबारा कॉल कर दी।

गौरी के कुछ कहने के पहले वो बोल पड़ी, "बेटा मैं नहीं जानती कि मैं कहां ग़लत हूं... या ग़लती मेरी परवरिश में रही कि तुम दोनों इस क़दर स्वार्थी हो गए। उम्र के इस दौर में... या बल्कि सारी उम्र ही मैंने तुम दोनों के सिवा कुछ नहीं चाहा, लेकिन तुम दोनों कहीं मेरे आस-पास भी नहीं हो।

"मैंने तुम दोनों की एक भी इच्छा अधूरी नहीं रखी और तुम लोग मेरी तकलीफ़ समझना ही नहीं चाहते।

"मैं तुम लोगों से इजाज़त नहीं मांग रही हूं... बस बता रही हूं अपना फ़ैसला..."

अमीषा की ब्लैक कॉफ़ी आ चुकी थी। कॉफ़ी की कड़वाहट मन की कड़वाहट को दूर करने लगी थी।

उसने मनुज का दिया पर्चा अपने सिरहाने रखी ट्रे में रख दिया।

जब तक उसके कॉफ़ी ख़त्म हुई वो अपना मन बना चुकी थी।

उसने मनुज को फ़ोन लगा दिया।

फ़ोन रख कर वो नीचे जाने के लिए तैयार होने लगी... उसने आईने के सामने खड़े होकर अपना अक्स देखा।

चेहरे पर बारीक झुर्रियां थीं... पर उन्हें उसकी मुस्कराहट ने ढक लिया था।

वो जल्दी से रूम से बाहर निकली... लॉबी में मनुज उसका इंतज़ार कर रहा था... उसने मनुज को ही नहीं इस बार ज़िंदगी को हां कह दिया था।

अमीषा ने सामने लगी लिफ्ट को अनदेखा किया और सीढ़ियां उतरती चली गई... बरसों बाद आज उसका आसमानी दुपट्टा फिर लहरा रहा था।

***

10

इश्क़ इकतरफ़ा

एक दस बाय दस का छोटा पर हवादार कमरा और कमरे में धीमी आवाज़ में बजती मेहंदी हसन की एक ग़ज़ल और उसके साथ गुनगुनाती एक बीस-बाईस साल की लड़की अस्मि, किसी समतल, सपाट मैदान पर बहती नदी जैसी, हमेशा ख़ुश रहने वाली और अपने आप से प्यार करने वाली लड़की।

आज फिर वो अपने वन रूम अपार्टमेंट को बिखेर कर उसको रीअरेंज करने में भिड़ी थी, उसका फ़िक्स्ड वीकेंड प्लान, कॉलेज से मिली दो दिन की छुट्टी का पूरा सदुपयोग।

यानी शुक्रवार से ही कमरे की इकलौती अलमारी ख़ाली कर दी गई थी, बुक-शेल्फ़ की सारी किताबें कमरे के कोने में एक के ऊपर एक मीनार बना कर टिकी थीं। काफ़्का से लेकर फैज़ तक, इस्मत चुग़ताई से लेकर शिवानी तक, हर तरह की ढेरों किताबें।

फिर शनिवार सुबह से शुरू होती उसकी अपने आप से लड़ाई, कि अस्मि किताबें ऐसे रख, कपड़े वहां, गमलों को इतनी जगह न दे और पुराने अख़बार बेच भी दे। आख़िर कितनी मोमबत्तियां सजाएगी छोटे से कमरे में? और ये टिमटिमाते बल्ब? दीवाली पर निकाल लेना यार... ख़ैर इतवार की रात होते-होते कमरा नई रंगत लिए जगमग करने लगता। एक कोने में टी-लाइट्स, और दूसरे में लटका नीले-पीले पंखों वाला ड्रीम-कैचर और कांच के मर्तबान में झूलता मनीप्लांट।

अस्मि पास के एक छोटे से क़स्बे से आगे की पढ़ाई करने इंदौर आई थी। अपनी सामर्थ्य से बहुत ज़्यादा ख़र्च करके उसके पापा ने उसे यहां भेजा था और अस्मि इस बात को बहुत अच्छे से समझती थी। इसलिए जब भी मौक़ा मिलता वो कोई पार्टटाइम जॉब कर लेती, कभी बच्चों की ट्यूशन तो कभी किसी बुकस्टोर में काम। इस तरह उसके अपने ख़र्चे तो निकल ही आते थे।

कमरा संवार कर अस्मि ने सैंडविच और कॉफ़ी बनाई। बाहर तेज़ बारिश हो रही थी, वो बालकनी में आ गई। इस बालकनी भर के लिए वो पूरे एक हज़ार रुपए ज़्यादा किराया दे रही थी। उसने हाथ बढ़ा कर ठंडी बूंदों को अपनी मुट्ठी में इकट्ठा किया और चेहरे पर छींट लिया।

"वर्थ पेइंग"... वो बुदबुदाई।

तभी उसका मोबाइल बजा। दुपट्टे से गीले हाथ पोंछ कर फ़ोन उठाया। उसकी दोस्त का था, जिसकी हेल्थ केयर एजेंसी थी और उसे अर्जेंटली किसी बुज़ुर्ग महिला के लिए अटेंडेंट की ज़रूरत थी।

"ना मत कहना अस्मि बहुत ज़रूरी है यार। देख पेमेंट भी अच्छी है, टाइम शाम छह से सुबह आठ तक। बस्स..."

अस्मि सोच में पड़ गई अटेंडेंट? पता नहीं कैसा काम होगा? कैसे लोग होंगे? और फिर रात भर बाहर? पापा तो कभी नहीं मानेंगे। क्या करूं? हां या ना? ना ही कर दूंगी।

पर उस शाम कॉलेज से लौटते हुए उसके क़दम दोस्त के बताए पते की तरफ़ उठ गए। मनमौजी नदी थी अस्मि। कौन रोकता उसे? थोड़ी देर यहां-वहां भटकने के बाद वो एक सफ़ेद दुमंज़िले घर के सामने थी। आसमान में फिर बादल घुमड़ने लगे थे, हल्की बौछार पड़ने लगी।

अस्मि ने पीठ पर लटके बैग को सिर के ऊपर रखा और दौड़ कर बाहर लगी कॉल बेल बजा दी। वो आज फिर छाता भूल आई थी।

दो मिनट बाद दरवाज़ा खुला।

"कहिए" अस्मि के सामने एक नौजवान लड़का खड़ा था।

वो अचकचा गई। उस नदी जैसी लड़की का मन जैसे झरना बन गया। उछलता-मचलता मीठे पानी का झरना।

"जी फरमाइए, किससे मिलना है?" लड़के ने दोहराया।

"जॉब... जॉब के लिए आई हूं। अटेंडेंट... फ़्रॉम ए-टू-ज़ेड हेल्थ केयर।

मुझे इस नौकरी की सख़्त ज़रूरत है, प्लीज़..."

अस्मि को ख़ुद यक़ीन नहीं हो रहा था कि ये वो क्या कह रही है। उसके मन की तरह शब्द भी ज़ुबान से बस फिसलते चले गए।

बारिश तेज़ होती जा रही थी। अस्मि उस अनजान घर के बाहर खड़ी भीग रही थी और चौखट के उस पार, घर के अंदर खड़ा लड़का उससे सवाल-जवाब कर रहा था।

"नाम क्या है?"

ए टू ज़ेड हेल्थ केयर अस्मि उसके दाएं गाल पर बनते-बिगड़ते गड्ढे को देखते हुए बोली।

"तुम्हारा नाम क्या है?" लड़का ज़रा सा खीझा।

"ओह... अस्मि" वो चेहरे पर जमा बूंदों को हथेली के पिछले हिस्से से पोंछने लगी।

"क्या करती हो? रात भर यहां रह पाओगी? दादी मां की देखभाल करनी है। परसों गिर पड़ीं थीं आंगन में। मेरी पोस्टिंग बाहर है।"

पानी के साथ सवालों की बौछार में अस्मि वहीं खड़ी भीगती रह जाती कि अंदर से किसी के बुलाने की आवाज़ आयी।

लड़का बात बीच में ही रोक कर तेज़ी से पलटा और अंदर चला गया, तो अस्मि भी उसके पीछे-पीछे चली गई।

"कौन है क्षितिज?" लिविंग रूम के दीवान पर, पैरों में प्लास्टर बांधे लेटी हुई उसकी दादी ने सिर उठा कर पूछा।

'ह्म्म्म, तो क्षितिज नाम है इसका...' अस्मि ऐसे ख़ुश हुई जैसे किसी बड़े राज़ से पर्दा फाश हुआ हो।

लड़के ने अपनी दादी की नीचे गिरी वॉकिंग स्टिक उठा कर उनके सिरहाने से टिका दी और बोला, "आप अकेले उठने की कोशिश मत किया करिए दादी... प्लीज़!" उसके लहज़े में हल्की नाराज़गी उतर आई थी।

दादी ने उसकी बात को अनसुना किया और बोलीं, "ये कौन है?"

क्षितिज अस्मि की तरफ़ पलटा, "ओह हां! दादी, ये... ये," वो अस्मि का मुंह देखने लगा।

अस्मि ने हिचकते हुए दो क़दम आगे बढ़ाए और बोली, "मैं अस्मि। आपकी अटेंडेंट, हेल्थ केयर एजेंसी से।"

दादी ने बड़े ध्यान से उसकी तरफ़ देखा।

गेहुआं रंग, छोटे-छोटे बेतरतीब बाल, तीखी नाक और लंबी पतली उंगलियां।

"आर्टिस्टिक हैंड्स," दादी बुदबुदाई!

"दादी यू नीड हैल्पिंग हैंड्स," क्षितिज ने टोका।

अस्मि थोड़ा दादी के क़रीब सरक गई। दादी ने आगे बढ़ कर उसके गाल थपथपा दिए।

अस्मि को पार्टटाइम जॉब मिल गई थी।

अगली शाम अपने कॉलेज के बैग के अलावा एक और छोटा बैग लिए अस्मि क्षितिज के घर पहुंच गई।

करीने से सजे उस घर में क्षितिज और उसकी दादी के सिवा कोई नहीं था। एक दो दिनों में ही अस्मि ये जान गई कि उन दोनों की ज़िंदगी में एक-दूसरे के सिवा कोई है ही नहीं और अब शायद उन्हें किसी की ज़रूरत थी भी नहीं।

तीन दिन बाद क्षितिज को अपनी जॉब जॉइन करने निकलना था।

उस पूरी शाम और रात क्षितिज अस्मि को समझाता रहा कि क्या करना है, कैसे करना है और क्या नहीं करना है। दवाओं की और नसीहतों की फ़ेहरिस्त पकड़ाई।

और अस्मि? वो तो बस देखती रही उसकी आवाज़ का रौब, उसका गंभीर चेहरा, जो सिर्फ़ दादी के आगे ही पिघलता था और उसकी बादाम की गिरी जैसी आंखें।

सिर्फ़ पढ़ना और अपना करियर बनाने का सपना लेकर क़स्बे से आई, उस लड़की की ज़िंदगी में एक नया मोड़ आया था। उसे पहला-पहला प्यार होने लगा था।

अस्मि की ज़िंदगी का ये सबसे ख़ूबसूरत पार्टटाइम जॉब था। दादी की देखभाल... क्षितिज की दादी की देखभाल।

और देखभाल भी कितनी आसान सी। उनका हाथ पकड़ कर वॉशरूम तक ले जाना, शाम को दादी मां के साथ बग़ीचे में थोड़ा टहलना, जब दिल चाहे बालों को सुलझा कर चोटी बना देना और सबसे अच्छा तो उनको किताबें पढ़ कर सुनाना था। नहीं सुंदरकांड या भगवतगीता नहीं बल्कि कहानियां, उपन्यास, साहित्य की किताबें।

दादी को चस्का था पढ़ने का।

रोज़ नया लेखक, नई किताब! यानी ऊपर वाले ने अच्छी जोड़ी बना दी थी।

अस्मि ने पता नहीं कब दादी का विश्वास जीत लिया। शायद बुज़ुर्गों की आंखें आसानी से पढ़ लेती हैं, सही-ग़लत इसलिए दादी भी हफ़्ते भर में ही अस्मि के बहुत क़रीब आ गईं। देर रात तक दोनों सहेलियों की तरह बातें करतीं। जब दादी का कुछ पढ़ने का मन नहीं होता, तब वो अस्मि को क्षितिज के बारे में बताने लगतीं। पुराने एल्बम दिखातीं, कि कैसे वो शुरू से स्पोर्ट्स में अव्वल था, कैसे उसको बचपन से पुलिस ऑफ़िसर बनना था और कैसे अब उसकी नौकरी लगते ही लोग उसकी शादी की बातें करने लगे थे।

अस्मि सुनती रहती। 'क्षितिज ये, क्षितिज वो...'

उसे लगता कि दादी बस बोलती जाएं और वो उसके बारे में सब कुछ जान जाए।

वो कॉलेज से सीधा भागती-दौड़ती ड्यूटी पर पहुंच जाती। शाम से कब सुबह हो जाती उसे पता ही नहीं लगता। सुबह फिर कॉलेज की तरफ़ दौड़।

भाग रही थी ज़िन्दगी, पर सफ़र बड़ा सुहाना लग रहा था। इकतरफ़ा इश्क़ ने अस्मि को पंख दे दिए थे।

दूसरा वीकेंड आने वाला था।

"शनिवार सुबह क्षितिज आएगा तो तू अपने घर चली जाना। थोड़ा आराम कर लेना," दादी ने अस्मि के बाल सहला कर कहा, तो अस्मि को लगा कि कह दे, 'नहीं करना मुझे आराम, नहीं जाना घर।' पर कह न सकी और सुस्त सी आवाज़ में जवाब दिया, "ठीक है दादी"

रात दादी को दवाइयों का आख़री डोज़ देकर अस्मि उनके सिरहाने बैठ गई।

"दादी बताइए, आज क्या पढ़ें?"

"आज तू मनोहर श्याम जोशी का *कसप* पढ़ दे। और सुन... शुरू से नहीं, देख... बुक मार्क लगा होगा कहीं। बस वही पन्ना पढ़।"

"दादी? रोमांटिक नॉवेल?" अस्मि ने उनकी तरफ़ देख कर आंखें मटकाईं और बुकशेल्फ़ से किताब निकाल लाई।

अस्मि पढ़ने लगी—कहानी की नायिका बेबी और नायक डी डी की प्रेम कहानी! अस्मि पहले भी कई बार पढ़ चुकी थी, पर इस बार वो कुछ अलग महसूस कर रही थी। उसकी आवाज़ धीमी होने लगी तो दादी ने चपत लगाई। "अरे लड़की ज़ोर से पढ़, ज़रा ऊंचा सुनती हूं आजकल।"

अस्मि ज़ोर से पढ़ने लगी। पेज नंबर 25 की पहली लाइन, "और उसे लगा, प्यार एक उदास चीज़ है! और बहुत प्यारी सी चीज़ है उदासी।"

"ये उदासी की क्या बातें हो रही हैं?" अचानक क्षितिज की आवाज़ से अस्मि चौंक कर सीधी होकर बैठ गई। उसके हाथ से किताब नीचे गिर गई, लेकिन फ़िल्मों की तरह क्षितिज ने उसे झुक कर उठाया नहीं।

“अरे? तू कब आ गया? न गाड़ी की आवाज़ आई न दरवाज़े की आहट? तू पुलिस वाला है कि चोर?” दादी ने हंसते हुए क्षितिज को गले लगा लिया।

अस्मि ध्यान से उसे देख रही थी और वो अपनी दादी के झुर्रीदार गालों को चूम कर, उनकी हथेलियां सहला कर पता नहीं क्या-क्या कहे जा रहा था।

और अस्मि रीझ रही थी।

उसके मन में फूटे नए-नए प्यार के अंकुर में हरे-हरे पत्ते निकल आए थे। लेकिन क्षितिज... वो तो बेख़बर था और अस्मि नहीं जानती थी कि उसको कभी ख़बर होगी भी या नहीं!

अस्मि के घर में आज शांति थी। न जाने कितने दिनों बाद इस वीकेंड न ग़ज़लें बजीं न उसका रूम अरेंज करने का मन हुआ और न पौधों की गुड़ाई की। किताबें भी अपनी शेल्फ़ में पड़ी उसके दुलार को तरसती रहीं।

अस्मि कसमसाती रही कि काश वो क्षितिज के होते हुए वहां रह पाती। काश दादी से और क़िस्से सुनती उसके बचपन के... कि कैसे उसके मां-बाप की एक्सीडेंट में मौत के बाद दोनों ने एक-दूसरे के आंसू पोंछे, कैसे वो ज़िंदगी को दोबारा ट्रैक पर लाए। काश वो दादी के साथ क्षितिज को भी अपने बारे में कुछ बताती... कि किस तरह ज़मीन बेचकर उसके पापा ने उसे यहां पढ़ने भेजा है... और वो अपने सारे शौक़ मार कर हमेशा बस किताबें ख़रीदा करती है। या उसे ग़ज़लें सुनना कितना पसंद है।

प्यार भी न बड़ा डिमांडिंग होता है। वो शेर है ना फ़ैज़ साहब का:

नहीं निगाह में मंज़िल तो जुस्तुजू ही सही
नहीं विसाल मयस्सर तो आरज़ू ही सही

सोमवार की शाम जब अस्मि वापस ड्यूटी पर यानी क्षितिज के घर पहुंची तो वहां नीम शांति थी। न बाहर सरकारी गाड़ी खड़ी थी न भीतर क्षितिज

था। बस तेज़ बारिश थी... और दादी अपने सिरहाने में कुछ किताबें इकट्ठा किए हुए उसका इंतज़ार कर रही थीं। अस्मि यहां-वहां नज़रें घुमा कर देखने लगी कि शायद क्षितिज दिख जाए या कोई सुबूत... कि कल वो यहां था।

"आओ अस्मि आज देर कर दी?" दादी ने अस्मि को अपने बग़ल में बैठने का इशारा किया।

"सॉरी दादी, बारिश तेज़ थी।"

मैं आपके बालों में तेल लगाऊं? अस्मि ने लाड़ जताया।

दादी हंस दीं और उसके हाथ में एक नई किताब पकड़ा दी... नया बुकमार्क।

अस्मि पढ़ने लगी... निर्मल वर्मा की *लवर्स* का एक पन्ना।

"उसे ठीक समय पर आना अच्छा लगता है, न कुछ पहले, न कुछ बाद में, इसलिए मैं अक्सर ठीक समय से पहले आ जाता हूं। मुझे प्रतीक्षा करना, देर तक प्रतीक्षा करते रहना अच्छा लगता है।"

अस्मि का गला रुंधने लगा...

बेचारी लड़की वाक़ई इश्क़ में थी क्योंकि ऐसे में हर बात दिल में गहरे उतरती है, चुभती है। बातों में छिपे अर्थ नज़र आने लगते हैं।

और फिर यहां तो इंतज़ार का ज़िक्र था।

कमरे की चुप्पी दादी के मोबाइल की तेज़ रिंगटोन से टूटी।

अस्मि ने देखा दादी की आंख लग गई है। हल्के ख़र्राटों की आवाज़ आने लगी थी। उसने लपक कर फ़ोन उठा लिया।

वो कुछ कहती उसके पहले वहां से क्षितिज की आवाज़ आई, "हेल्लो"।

अस्मि को लगा जैसे उसका इंतज़ार ख़त्म हुआ... ढाई अक्षर प्रेम की तरह ये ढाई अक्षर उसको भीतर तक गुदगुदा गए।

"दादी कहां है?"

अस्मि हड़बड़ाई, "वो... वो तो सो गई हैं, जगाऊं?

"नहीं-नहीं... उनसे कहना मैं कल आ रहा हूं, पूरे हफ़्ते वहीं ट्रेनिंग है! और फ़ोन डिस्कनेक्ट हो गया।

हम वही सपने देखते हैं जिसकी ख़्वाहिश होती है, तितली रंगों के या पंछी उड़ान के सपने शायद ही देखते हों?

उस रोज़ अस्मि ने सारी रात क्षितिज को सपने में देखा।

अगले दिन अस्मि की नींद देर से खुली। खिड़की से बाहर देखा तो तेज़ बारिश हो रही थी, अच्छा शगुन है।

अस्मि को मां की कही बात याद आ गई। उनके हिसाब से बारिश का होना एक शुभ संकेत है—ए ब्लेसिंग फ्रॉम एबव।

अस्मि उठ कर दादी के पास पहंच गई। वो खानसामे को क्षितिज की पसंद के पकवान बनाने का आदेश दे रही थीं, यानी उसने दादी को सुबह फ़ोन कर दिया होगा।

अस्मि ने कॉलेज का प्लान रद्द कर दिया... वजह इश्क़ नहीं... बारिश! ऐसा उसने दादी को समझाया। बादल भी कितने तेज़ गरज रहे थे।

अस्मि की यहां, यानी दादी के अटेंडेंट के तौर पर बारह घंटे की ड्यूटी थी। शाम से सुबह तक... पर आज अस्मि ओवरटाइम के मूड में थी।

दोपहर को ठीक बारह बजे क्षितिज घर पहुंच गया। कड़क क्रीज़ वाली ख़ाकी यूनिफ़ॉर्म और कंधों पर चमचमाते सितारे... पर उनकी चमक अस्मि की आंखों में चमकते सितारों के आगे फ़ीकी ही रही। बस ग़म इस बात का रहा कि क्षितिज अनजान था... अगर जानता तो ये न कहता, "अगर तुम बारिश की वजह से यहां रुकी हो तो तुम्हें ड्राईवर छोड़ आएगा?"

ख़ैर ... अगला एक सप्ताह अस्मि की ज़िंदगी में ऐसे आया जैसे दिसंबर के महीने में गुलाब! मानों इसे आना ही था... दादी, उसके और क्षितिज के बीच का पुल थीं। रात को अस्मि कहानियां पढ़ती तो क्षितिज भी अपने लैपटॉप पर काम करता हुआ सुनता रहता, कभी किसी वाक्य पर उसकी तरफ़ देख भी लेता। हां... वो कहता बहुत कम था... फिर भी उसका पूछा एक सवाल, "पोस्ट ग्रेजुएशन के बाद तुम्हारे क्या प्लान्स हैं?" अस्मि के

पेट में अब तक तितलियां बन फड़फड़ा रहे थे... अस्मि के एकतरफ़ा इश्क़ ने उसको बावरा बना दिया था। वो सुबह अख़बार में अपने से पहले क्षितिज का राशिफल पढ़ती और उसको चाय पकड़ाते हुए यूं ही पूछ लेती, "तुम्हारा पसंदीदा रंग कौन सा है?"

अस्मि अपना वॉर्डरॉब पूरा का पूरा नीला कर देना चाहती थी।

कभी आते-जाते उसको अनजाने ही छू जाना अस्मि की अब तक की सबसे गाढ़ी कमाई थी...

सात दिन बीत गए... क्षितिज के जाने का वक़्त क़रीब आ रहा था। ट्रेनिंग के आख़री दिन वो जाते-जाते दादी से कह गया कि आज शाम को एक मेहमान ने आना है... दादी खानसामे को ज़रा टाइट कर देना... बल्कि आप ही मेन्यू तय कर देना ना प्लीज़।

अस्मि कॉलेज की तैयारी करते हुए सुन रही थी।

'कौन होगा मेहमान? ज़रूर कोई थानेदारनी होगी... हुंह... मुझे क्या...'

शाम को अस्मि कॉलेज से लौटी तो पूरी भीग चुकी थी... छाता आज फिर भूल गई थी। वो दरवाज़े पर रुकी अपना दुपट्टा निचोड़ने लगी। चप्पल वहीं उतार कर दीवार से टिका दी।

क्षितिज की आवाज़ बाहर तक आ रही थी। 'इतनी ज़ोर से हंसता है ये? पहले तो नहीं सुना? आने वाला मेहमान ज़रूर कोई मसखरा होगा।"

अस्मि अंदर पहुंची तो उसकी नज़र सामने बैठी मेहमान पर पड़ी... जो... जो क्षितिज के चेहरे पर छाई ख़ुशी की वजह थी!

धानी रंग की साड़ी पहने, कानों में रंग-बिरंगे मोतियों वाले झुमके... 'कौन है ये?' अस्मि वहीं खड़ी रह गई। किसी और का ख़ूबसूरत होना उसे पहले कभी इतना नहीं खला था।

"अस्मि...वहां क्यों खड़ी है?"

दादी की आवाज़ सुन कर अस्मि उनके क़रीब चली गई। दादी ने उसका परिचय कराया, "ये अस्मि है... मेरी तीमारदारी के लिए आई थी,

पर अब हमारे घर का हिस्सा बन गई है। कहानियां सुनाती है मुझे। और अस्मि, ये हैं क्षितिज की कलीग—प्रिया। दोनों साथ पोस्टेड हैं।"

"हेलो" अस्मि ने हल्का सा सिर हिलाया... 'हूं... पुलिस ऑफ़िसर की दोस्त पुलिस ऑफ़िसर...'

अस्मि के भीतर कुछ जल कर ख़ाक हो गया था। अपना वजूद उसे बहुत छोटा दिखाई दे रहा था। उसका मन किया कि वहां से भाग जाए... वाक़ई... कहां क्षितिज और ये उसकी कलीग... और कहां मैं? अस्मि बुदबुदाई... इतनी तेज़ की पास कोई खड़ा होता तो शायद सुन लेता।

कमरे में लॉ एंड ऑर्डर की बातें होने लगीं... पुराने दिनों की बातें।

अस्मि उदास होने लगी। ये लोग कहानियों की बातें क्यों नहीं करते? उसका वहां बिलकुल मन नहीं लग रहा था... जैसा तूफ़ानी मौसम बाहर था वैसा ही उसके भीतर भी।

डिनर के बाद क्षितिज की कलीग चली गई। वो उन्हें बाहर छोड़ने गया। बड़ी देर तक वापस नहीं आया। कितना लंबा वक़्त था वो।

अस्मि सोचती रही... 'हाथ तो ज़रूर मिलाया होगा... क्या पता गले भी लगे हों।' वो पता नहीं क्या-क्या सोचती रही।

रात के दस बजने लगे थे। अस्मि दादी के लिए सरसों का तेल गर्म करके ले आई।

"आज आपने बहुत एक्ज़र्शन किया है दादी।"

दादी ने आंखें बंद कर लीं और बोलीं, "पहले जल्दी से वो पीले कवर वाली किताब ले आ... देखना बुकमार्क भी लगा है।"

अस्मि ने किताब खोली, "ऐसी थी सुधा, और ऐसा था चंदर।"

वो उछल पड़ी... दादी ...*गुनाहों का देवता?* जब स्कूल में थी तब पढ़ी थी... एंड इट्स स्टिल माय फ़ेवरेट।

अस्मि की आंखें चमक गईं। सामने बैठा क्षितिज हंस दिया, कुछ तंज़िया सी हंसी।

अस्मि की चमक झप्प से ग़ायब हो गई, जैसे बल्ब फ्यूज़ हुआ हो।

"हां भई, इनकी फ़ेवरेट तो 'क्राइम एंड पनिशमेंट' होगी।"

अस्मि ने किताब में नज़रें गड़ा लीं पर उसका मन आज पढ़ने में नहीं लग रहा था। बार-बार ज़बान अटक रही थी, उसका गला भी रुंधा जा रहा था। वो किताब रख कर वहां से उठ गई।

दादी सो चुकी थीं। अस्मि दादी के कमरे से सटे अपने कमरे में आ गई।

आज उसको अपने छोटे से दस बाय दस के कमरे की बड़ी याद आई। वो मनीप्लांट, ड्रीमकैचर और छोटे-छोटे बल्बों की झालर भी।

'बस अब कल से नहीं आऊंगी।' उसने मन ही मन तय किया। मुश्किल था अब यहां रह पाना।

बाहर लिविंग रूम से बुकशेल्फ़ खंगालने की आवाज़ आ रही थी। क्षितिज भी सोया नहीं था। वो शायद अपनी पसंद की कोई किताब ढूंढ़ रहा था। थोड़ी देर में खटर-पटर शांत हो गई।

अस्मि की आंखों से नींद ग़ायब थी... उसे तो सुबह का इंतज़ार था।

अस्मि दीवार की तरफ़ करवट करके लेट गई, तभी दरवाज़े पर हल्की दस्तक हुई। वो पलटी तो क्षितिज खड़ा था।

उसके हाथ में एक किताब थी।

अस्मि उठकर बैठ गई।

वो उसके क़रीब बैठ गया। एकदम क़रीब और किताब उसके हाथ में पकड़ा दी... बुकमार्क लगा हुआ था।

अस्मि ने कवर पर नाम देखा—*उसने कहा था* चंद्रधर शर्मा गुलेरी

उसने बुकमार्क्ड पन्ना खोला। लिखा था—

"लड़के ने मुस्कुराकर पूछा, 'तेरी कुड़माई हो गई?' इस पर लड़की कुछ आंखें चढ़ा कर 'धत्' कह कर दौड़ गई, और लड़का उसका मुंह देखता रह गया।"

अस्मि हैरान... क्षितिज का मुंह देख रही थी।

वो ज़रा सा अस्मि की तरफ़ और झुका, मुस्कुराया और उसके गालों को उंगलियों से हल्का सा छू कर बोला, "तेरी कुड़माई हो गई?"

***

11

उदास आंखों वाली लड़की

ये शहर की सबसे ख़ूबसूरत जगह थी।

यहां का सांस्कृतिक केंद्र—भारत भवन और अभी दिन का सबसे सुंदर पहर था।

एक तरफ़ तालाब में अस्त होता सूरज और दूसरी तरफ़ धीरे-धीरे जगमग करता पूरा भोपाल शहर।

मैं सीढ़ियों पर बैठा बादलों में उभरते-मिटते रंग देख रहा था।

रंग... जो मेरे जीवन का उतना ही ज़रूरी हिस्सा थे, जितना दो वक़्त का खाना या ताज़ी हवा।

और मैं ज़रूरी हिस्सा था इस जगह, इस आर्ट गैलरी का।

अगर कलाप्रेमियों और फैन्स की मानें तो मेरा यहां होना, या मेरी पेंटिंग्स की यहां प्रदर्शनी लगना इस जगह की शान में इज़ाफा करता था।

मैं सिर्फ़ अपना परिचय दे रहा हूं... इसे मेरा ग़ुरूर मत समझिएगा।

मैं तो ख़ुद को अदना सा पेंटर मानता हूं जो आमतौर पर केरल के राजा रवि वर्मा की तरह पोर्ट्रेट बनाया करता है और उनका एक प्रतिशत भी कभी छू पाऊं ये मेरा सपना है।

"अखिलेश जी... आपकी खोज पूरी हुई?"

नीचे से सीढ़ियां चढ़ता हुआ एक सिर मुझे नज़र आया और साथ ही ये सवाल।

मेरा दोस्त था सौरभ। उसका यहां एक थिएटर ग्रुप था। मेरी तरह होशंगाबाद का लड़का, जो ढेरों उम्मीद लिए नर्मदा के बहते पानी के किनारों को छोड़ कर यहां ताल-तलैयों के शहर में बस गया था।

"बताइए तो? कोई मिली?" उसने फिर पूछा।

मैंने ना में सिर हिला दिया।

कोई आठ-दस दिन से मैं अपने पोर्ट्रेट के लिए मॉडल ढूंढ़ रहा था।

पर एक चेहरा ऐसा नहीं मिला जो मेरे रंगों, मेरे ब्रश से मारे गए स्ट्रोक्स के साथ पूरा न्याय कर सके।

आठ महीने बाद मेरी एक्सिबिशन है और मुझे कई कैनवस तैयार करने हैं।

"पता नहीं यार कैसे होगा।" मैंने ज़रा सा खिसक कर सीढ़ी पर सौरभ के लिए जगह बनाई।

उसने जेब से एक बटर पेपर में लिपटी पुड़िया मुझे थमा दी।

"वाह... बनारसी वाले का पान। मेरी हर ज़रूरत, हर तलब का तुम्हें पता है... नहीं?"

मीठे गुलुकंद का रस मेरी ज़बान पर उतरने लगा।

थोड़ी देर बाद मैं फिर अकेला था।

अब तो आसमान भी स्याह था। रंगों को ताकने जैसा अब कुछ नज़र नहीं आ रहा था।

मैं उठ कर बाहर चल दिया। ये शहर का शांत इलाका था।

सामने सड़क पर इक्का-दुक्का गाड़ियां ही जा रही थीं।

मैंने एक ऑटो को हाथ देकर रोका।

"चौक बाज़ार ले चलो भाई..." कहते हुए मैं बैठ गया।

वक़्त काटने के लिए भीड़ में घुस जाने से आसान तरीक़ा और कोई नहीं होता। मेरे लिए तो ये एक दिलचस्प एक्सरसाइज़ थी। तरह-तरह के चेहरे देखता, उनके हाव-भाव, पहनावा, साज-सिंगार सब नोटिस करता। कौन जाने कब किसकी नाक और कब किसकी ठोड़ी मेरी किसी पेंटिंग में जगह पा जाए।

तभी मेरी नज़र सामने एक ज़री-गोटे-किनारी वाली दुकान में कुछ ख़रीदती एक लड़की पर अटक गई।

वो एक हाथ से अपने सिर का दुपट्टा पकड़ रही थी और दूसरे हाथ से इशारा करती जा रही थी... "ये... ये वाली देना पांच मीटर... और वो... तीन मीटर... और वो भी... वो फिरोज़ी वाली... वो पूरी दे दो... जितनी भी है।"

मेरी आंखों में पैलेट के सारे रंग तैर गए... 'मिल गई... यही चेहरा तो चाहिए था मुझे।'

चौक, यानी भोपाल के सराफा बाज़ार की संकरी तंग गलियों में एक क़तार में कई-कई एक जैसी दुकानें। जैसे शायद हर शहर के पुराने इलाक़े में होती हैं... दिल्ली, आगरा, उदयपुर, इंदौर... सारे ऊपरी तौर पर एक जैसे ही तो दिखाई देते हैं। हां फ़र्क़ होता है उन गलियों में ख़रीद-फ़रोख़्त कर रहे चेहरों में... दुकानदारों में, वहां मिल रहे सामानों में।

सुनहरे गोटे वाली फिरोज़ी लेस ख़रीदती उस लड़की पर मेरी नज़र अटकी हुई थी। धुली हुई सी रंगत... चौड़ा माथा, नाज़ुक लंबी पतली उंगलियां और उसने अभी तक मेरी तरफ़ देखा तक नहीं था... पर मैं शर्तिया कह सकता था कि उसकी आंखें बहुत अच्छी होंगी... अच्छी यानी जो मेरे जैसे एक पेंटर को, एक कलाकार को अपनी तरफ़ खींच लें।

"ज़रा सी जगह देंगे..."

एक महीन आवाज़ से मैं चौंका। झटके से अलग होकर उसे रास्ता दिया।

वो कब मेरे सामने से होकर निकल गई और मैं देखता रह गया। अब उसकी पीठ मेरी तरफ़ थी।

सिर पर ढके, सितारों वाले दुपट्टे से नीचे झांकती एक लंबी चोटी झूल रही थी।

"सुनिए..."

मैंने आवाज़ दी।

पर वो तेज़ी से आगे चल दी।

मुझे उसी दुकान में लटके एक दुपट्टे में टंके शीशे में अपनी शक्ल नज़र आई।

जींस पर सफ़ेद मुचली शर्ट, मुड़ी आस्तीने, हफ़्तों की बढ़ी खिचड़ी दाढ़ी और... और कुछ ऐसा ख़ास नहीं कि कोई अनजान लड़की मेरी आवाज़ पर पलटती।

मैं उसके पीछे-पीछे जाने लगा।

कहीं भीड़ में घुल न जाए ये शहद सी लड़की। मैं घबराया। उसके दुपट्टे का रंग याद कर लिया... फालसाई रंग।

कोई पांच-सात मिनट तक चल कर, कभी दाएं कभी बाएं मुड़ते हुए मैं एक बंद दरवाज़े के सामने था, जिसके अंदर अभी-अभी वो लड़की घुसी थी।

मैं कुछ देर बाहर खड़ा रहा। मैंने चारों तरफ़ नज़र दौड़ाई। एक क़तार में वैसे ही कई दरवाज़े थे... ज़्यादातर बंद, क्योंकि उनके आंगन सीधे गली में खुलते थे।

ये घर शायद नवाबों के ज़माने की हवेली का एक हिस्सा रहा होगा। टुकड़ों-टुकड़ों में अलग-अलग लोगों को बिकता गया, पुरानी शानों-शौक़त पर काई जमाता हुआ एक जर्जर सा दरवाज़ा।

मैंने धीरे से घर की सांकल खड़का दी।

दरवाज़ा उसी लड़की ने खोला।

मुझे देखते ही उसने दुपट्टे से सिर ढांक लिया।

मैं मुस्कुरा दिया... कितनी ख़ूबसूरत थी वो... परफ़ेक्ट मॉडल !

मैंने अपना दायां हाथ माथे को छू कर सलाम अर्ज़ किया।

वो सवालिया निगाहें लिए मुझे देखती रही।

कोई बीस-बाईस साल की लड़की।

जिसने शायद मासूमियत की दहलीज़ को अभी-अभी पार किया था।

"घर में कोई बड़ा है? मैंने हिचकते हुए पूछा?"

किसी आर्टिस्ट के लिए मॉडल बनने की इजाज़त कोई परिवार

आसानी से नहीं देगा, ये मैं जानता था, लेकिन मैं ख़ाली हाथ नहीं लौटूंगा ये मैंने अभी-अभी अपने आप से वादा कर लिया था।

ये लड़की तो मेरी नज़र में अटक चुकी थी।

जी मुझे मंज़ूर है।

मेरे सामने बैठी लड़की ने हाथ में पकड़े हुए शनील के बटुए में सितारे टांकते हुए जवाब दिया।

उसके कहे शब्दों ने मेरे मन के आसमान में भी तारे टांक दिए थे।

मुझे लगा 'मान जाना', ये कहना कि मुझे मंज़ूर है, शायद दुनिया का सबसे मीठा संवाद होता है।

मैं उसे कुछ पैसे, टोकन मनी या एडवांस जो भी कहूं देना चाहता था पर कुर्ते की जेब में कुछ दो-चार सौ रुपए के सिवा कुछ नहीं था।

मैंने उसको अपना पता लिख कर दे दिया और फ़ोन नंबर भी।

बदले में उसने भी अपना नंबर बताया, 8-6-0-2-2...

मैं अपने मोबाइल में सेव करने लगा।

'समीरा' वो बिना मेरी तरफ़ देखे बोली।

मैंने एक नज़र उस पर डाली और नाम टाइप कर दिया।

"मेरे कॉल का इंतज़ार करना," कह कर मैं बाहर निकल गया।

समीरा... मैं उसकी शक्ल, उसकी पूरी देह को इमेजिन करने लगा। मुझे अपनी आने वाली एग्ज़िबिशन से उम्मीदें बढ़ गईं।

समीरा को मेरी मॉडल बनने के लिए तैयार करने में मुझे ज़्यादा वक़्त नहीं लगा था।

वो बिन मां-बाप की अकेली लड़की थी। घर के दूसरे हिस्से में रहने वाले उसके मौसा-मौसी के अलावा कोई ऐसा क़रीबी नहीं था, जिसके प्रति उसकी जवाबदेही हो।

मैंने भी उसके घर के हालात देख कर झट से पैसे का ज़िक्र कर दिया था। उसकी आंखें चमक गई थीं।

उसने मेरे बारे में कुछ ज़्यादा नहीं पूछा।

मैंने जितना बताया बस उतना ही सुन लिया—

"मैं एक पेंटर हूं... फेमस पेंटर" मैंने फ़ीकी सी हंसी के साथ कहा... क्योंकि जानता था उसे इस बात से कोई फ़र्क़ नहीं पड़ने वाला था।

"तुमको मेरे सामने घंटों किसी कुर्सी पर बिना हिले बैठे रहना होगा, या खड़े रहना होगा किसी दरवाज़े की चौखट पर टिक कर... यानी तुम्हें मेरी लाइव मॉडल बनना होगा।"

"जी... बस इतना ही?"

उसने हैरान होकर पूछा था।

हैरान शायद इसलिए कि उसको पैसे ज़्यादा लगे होंगे... ख़ैर मैंने हैरानी की वजह पूछी नहीं।

इतना ज़रूर पूछा कि पढ़ी-लिखी लगती हो... कुछ काम करती हो?

"जी ये ज़रदोज़ी के काम वाले बटुए बनाती हूं, विदेशों तक जाते हैं..."

उसने गर्व से गर्दन उठाई और फिर बारीक़ सूई में सुनहरी पोत पिरोने लगी।

"इन्ट्रस्टिंग" मैंने मुस्कुरा कर कहा और बाहर निकल आया।

मैं चौक बाज़ार से चलता हुआ श्यामला हिल्स के अपने अपार्टमेंट तक पहुंच गया... तीन किलोमीटर चलकर मैं थक चुका था।

अपने स्टूडियो में पहुंचकर भी मेरे दिमाग़ से समीरा नहीं निकल रही थी। मैं अपनी इस खोज पर बहुत उत्साहित था... ख़ुश था और जल्द से जल्द काम शुरू करना चाहता था।

मैंने अपने ईज़ल की नर्म लकड़ी पर उंगली फिराई। अब इसमें लगे कैनवस पर कई दिनों तक सिर्फ़ समीरा होगी... अपने अलग-अलग रूप में।

कोई दो-तीन दिन बाद समीरा मेरे स्टूडियो में थी।

मेरे भीतर उसका एक चित्र बन रहा था।

मैंने उसे अपने सामने एक स्टूल पर बैठा दिया और पैलेट पर रंग बिखेर लिए।

फिर उसकी तरफ़ देखा।

वो एकदम सपाट चेहरा लिए बैठी थी... आंखें भी बिलकुल बेनूर।

होंठ ऐसे जैसे कभी मुस्कुराए न हों।

अचानक मुझे अपने ही निर्णय पर अफ़सोस होने लगा।

एग्ज़िबिशन सर पर थी और इतनी मुश्किल से खोजी गई ये मॉडल मुझे अब ज़रा भी रास नहीं आ रही थी।

मैं बहुत देर तक पैलेट में ब्रश घुमाता रहा। अलग-अलग रंग की ढेरियां लगा कर उन्हें मिलाता रहा।

समीरा मेरे सामने स्टूल पर बैठी मुझे ताक रही थी।

मैं अपने कैनवस को ऊंचा-नीचा करके देर तक एडजस्ट करता रहा, लेकिन कैनवस को हिलाने से समीरा के ठहरे चेहरे पर कोई लहर उठे ऐसा थोड़े हो सकता था।

वो मुझे बुत बनी देखती रही।

मैं खीझ गया।

"थोड़ा सा फील करो समीरा, महसूस करो कि उदास हो।

और इस तरह अकड़कर मत बैठो, छोड़ दो अपने आप को..." मैं थोड़ा तल्ख़ी से बोला।

समीरा वैसी ही बैठी रही।

मुझे लगा शायद मैं हड़बड़ी कर रहा हूं। छोटी सी हवेली में रहने वाली लड़की जो शायद उन तंग गलियों से कभी बाहर नहीं निकली हो, जिसके घर में अपना कहने को कोई हो नहीं वो क्या समझेगी कि मैं कैसे एक्सप्रेशन चाहता हूं... या सही पॉश्चर क्या होता है।

मैंने पैलेट रखा और भीतर चाय बनाने चला गया।

दो कप चाय बनाकर लौटा तो वो अपने साथ लाए बैग में से गहरे गुलाबी रंग का शनील निकाल कर उसमें सितारें जड़ रही थी।

मैंने मुस्कुराकर पूछा, "तुम्हें बहुत शौक़ है इस ज़रदोज़ी के काम का? यानी तुम भी आर्टिस्ट ही हो मन से।"

समीरा ने धागे को अपने दांत से काटकर तोड़ा और सिरे को मरोड़ कर गठान डालने लगी।

"पंद्रह तारीख़ को बीस बटुए बनाकर भेजने हैं वरना पैसे नहीं मिलेंगे।"

"क्या मैं फिर बैठ जाऊं स्टूल पर?" उसने अपना सामान वापस बैग में ठूंसते हुए पूछा।

मैं चुप रह गया।

ये काम उसका शौक़ नहीं। वो कोई कलाकार नहीं, उसका मक़सद सिर्फ़ पैसा है।

'अब कहां से लाऊंगा इसमें फ़ीलिंग्स?'

मैं अपना मूड ख़राब नहीं करना चाहता था, पर मन थोड़ा खट्टा हुआ जा रहा था।

मैंने पढ़ा था कि राजा रवि वर्मा किसी मुसलमान तवायफ़ को मॉडल बनाकर हिंदू देवी-देवताओं की पेंटिंग्स बना देते थे। या घाट पर पानी भरती पनिहारिन को किसी आधुनिक लड़की का रूप दे दिया करते।

फिर मैं क्यों इसके हाव-भाव में उलझ रहा था।

"क्या हुआ? मैं बैठूं ना स्टूल पर?" उसने फिर सहमते हुए पूछा।

मैंने उसकी तरफ़ ग़ौर से देखा।

बेहद सुंदर... चेहरे के नक़्श ऐसे जैसे किसी ने छैनी लेकर तराशे हों।

लेकिन मेरी ये मॉडल मुझे बेजान मूर्ति सी लग रही थी।

मन हुआ उसे चले जाने को कहूं।

कह दूं कि वो मेरी मॉडल बनने के क़ाबिल नहीं, पर कह नहीं सका।

पता नहीं क्या था उसमें, जो मैं उसे रोके रहना चाहता था।

पेंटिंग एग्ज़िबिशन को कम समय बाक़ी था। कुछ पोर्ट्रेट्स तैयार हो चुके थे। मैं जल्द से जल्द काम पूरा करना चाहता था। स्पॉन्सर्स ने बड़ी रक़म दी थी।

समीरा के साथ काम करते हुए मुझे कई दिन हो गए थे।

भले मैं उसके सपाट चेहरे और बिना एहसासों वाले रवैये से परेशान

हो जाता था, लेकिन उसकी बहुत सी बातें मुझे हैरान कर देती थीं।

कभी वो मेरे किसी फ़ोन कॉल की वजह से आए ब्रेक में कमरे के कोने में नमाज़ पढ़ने लगती, तो कभी अपने बैग में से एक पुराना पर्स निकालकर पैसे गिनने लगती।

मुझे लगा उसे बहुत ज़रूरत है पैसे की... एक रोज़ मैंने उससे पूछ लिया था, "तुम्हें अच्छा लग रहा है यूं मॉडल बनना? अगर कहोगी तो मेरे और भी कई पेंटर दोस्त हैं उनसे सिफ़ारिश कर सकता हूं?"

वो चुप रही... फिर ना में सिर हिला दिया।

मैं फिर उसके चेहरे, उसकी आंखों में कोई एहसास तलाशता रहा... पर नहीं... वो तो ऐसी झील थी जिस पर काई की महीन परत जमी हो, जिसे देखकर लगे कि घास का मैदान है। लगे ही नहीं कि उसमें पानी हो सकता है, कुछ गीलापन।

पता नहीं क्यों मैं कंकर मारना चाहता था उसमें।

अपनी मॉडल्स से आर्टिस्ट का आकर्षण कोई नई बात नहीं थी, लेकिन मैं समीरा को पूरी तरह पसंद न करके भी उसकी तरफ़ झुक रहा था।

मैं उसके चेहरे को अटपटे रंगों से भरने लगा था। होंठों को जामुनी के मनचाहे शेड दे डालता या आंखों को अजीब सा भूरा बना देता और भूरे बालों को गहरा काला।

वो मेरी पेंटिंग देख कर कभी रिएक्ट नहीं करती थी।

किसी बात पर कोई सवाल या आपत्ति नहीं। मैं कभी उसकी ठोड़ी को हल्का सा अपनी तर्जनी उंगली से ऊपर कर देता, या उसके कंधे को छू कर पीछे करता या बालों की किसी लट को कानों के पीछे दबा देता, तब भी नहीं।

मैं कभी-कभी चाय की प्याली उसे पकड़ाते हुए पूछता भी कि तुम्हें कोई दुख है?

वो ना में सिर हिला देती। सच ही कहती होगी... क्योंकि उसकी आंखों में उदासी भी कहां थी।

मुझे लगता कैसी लड़की है ये... बेमुरव्वत।

मुझे अपनी आख़री कुछ पेंटिंग्स बनानी थी... मैं समीरा को कभी मोटी सी मोतियों वाली नथ और चांद बिंदी लगाकर मराठी औरत का रूप दे डालता, तो कभी टेम्पल जूलरी पहना कर दक्षिण भारतीय बना देता। सुंदर वो हर रूप में लगती पर बस एक कमी मुझे हर तस्वीर में खटकती रहती।

कई बार ख़्याल आया कि समीरा को अब आने के लिए मना कर दूं, और कोई ऐसा चेहरा खोज लाऊं जो कमाल कर दे, जो बोलता हो... जो प्यार महसूस करता हो... जो उदासियां ज़ाहिर करता हो।

लेकिन कह नहीं सका।

उन दिनों मेरे ब्रश और पैलेट में बिखरे सारे रंग मेरे लिए उदास दिन रंगने लगे थे कि एक शाम समीरा समय से पहले चली आई।

मैंने स्टूडियो का दरवाज़ा खोला तो वो सामने खड़ी थी... चेहरे पर हल्की सी मुस्कराहट और आंखों में।

क्या था वो? उदासी? प्यार?

मैं उसे देखता रह गया।

आज मेरे सामने एक परफ़ेक्ट मॉडल खड़ी थी।

"समीरा... जानती हो तुम्हारे नाम का क्या मायने है?" मैंने उसे अंदर आने का इशारा करते हुए पूछा। उसने हर बात की तरह इस बात पर भी ना में सिर हिलाया। "समीरा यानी शाम की बातचीत की साथी—अ कम्पैनियन इन इवनिंग कन्वर्सेशन," मैंने मुस्कुराते हुए कहा तो वो भी मुस्कुरा दी।

"सुबह क्यों नहीं आई?"

मैंने स्टूल उसकी तरफ़ खिसकाते हुए पूछा। "और आज तुम कुछ अलग सी भी लग रही हो?"

मैंने ध्यान दिया कि आज उसने रोज़ की तरह सादा दुपट्टा नहीं ओढ़ा है... आज उसके दुपट्टों में दूर-दूर सितारे टंके हैं।

वो कुछ देर चुप रही... उसकी आंखें डबडबा आईं फिर बोली—

"आज मेरा दोस्त दुबई चला गया।"

मैं चौंका?

"दोस्त? तुम्हारा कोई दोस्त भी है?"

"है ना... बचपन से... बग़ल वाले घर में रहता है।

हम दोनों मिल कर उसकी टिकट के पैसे इकट्ठा कर रहे थे।"

"फिर?" मैंने पूछा।

"फिर क्या? वो चला गया आज... और अब मुझे काम करने की ज़रूरत नहीं है।"

मेरी हैरानी बढ़ने लगी थी।

"तुम उसकी टिकट ख़रीदने के लिए पैसे कमा रही थीं? और वो... मेरा मतलब तुम्हें लगता है वो कमाकर वापस लौट आएगा?"

"नहीं, नहीं... वो मुझे भी ले जाएगा... आएगा बहुत जल्द।" समीरा की आंखों में ठहरी नमी बरस पड़ी।

मैं अपने सामने बैठी लड़की का चेहरा देख रहा था।

उस सपाट से दिखने वाले चेहरे पर आज मुझे दुनिया के हर रंग, हर एहसास नज़र आ रहे थे, उदासी, प्यार, उम्मीद, डर... सब कुछ और मैं सोचता रहा कि ये लड़की पैसे के लिए काम कर रही है।

मुझे चाय की तेज़ तलब महसूस हुई। मैं वहां से उठकर भीतर चला गया। पानी में चाय की पत्ती को खौलते देखता रहा... बुलबुलों के साथ ऊपर नीचे होती पत्तियां पानी में अपना रंग छोड़ रही थीं।

मुझे समझ नहीं आ रहा था कि मैं समीरा की ज़िंदगी का सच जान कर ख़ुश हूं या नहीं।

मैं दो कप चाय लेकर बाहर आया तो वो हमेशा की तरह सूई हाथ में पकड़े हुए सितारे नहीं टांक रही थी।

वो मेरी ताज़ा पेंटिंग के सामने खड़ी अपनी ही शक्ल देख रही थी।

"कैसी है?" मैं उसके क़रीब जाकर खड़ा हो गया।

वो मुस्कुरा दी।

"कभी उसकी पेंटिंग भी बनाइएगा... फ़िरोज़ की... मेरे दोस्त की..." उसने हिचकते हुए कहा।

"तुमने कभी मिलवाया नहीं उससे?" मैंने हल्का सा शिकायती लहजे में कहा।

"कैसे मिलवाती? वो नहीं जानता... वो मुझे इस तरह काम थोड़ी करने देता... ये मॉडल... ये सब..." वो थोड़ा हिचकते हुए बोली।

मैं बुरी तरह चौंक गया। मैंने ग़ौर से समीरा का चेहरा देखा और बिना कुछ कहे वहां से हट गया। कुछ कहने जैसा था ही क्या।

मैं जल्दी-जल्दी नया कोरा कैनवस निकालने लगा।

पैलेट में ताज़े रंग इकट्ठा किए।

क्या पता आज मैं अपनी ज़िंदगी की सबसे ख़ूबसूरत तस्वीर बना सकूं।

***

12

फ़्लैट नंबर 705

लेमनग्रास की ख़ुशबू, मद्धम से थोड़ा सा तेज़ आवाज़ में बजता कोई मनपसंद गाना... जो मेरे मूड के मुताबिक़ ग़ज़ल से लेकर कर्नाटक म्यूज़िक तक, फोक से लेकर पुराने हिंदी फ़िल्मी गाने तक कुछ भी हो सकता था। यहां तक कि मुझे वेस्टर्न क्लासिकल और जैज़ से भी परहेज़ नहीं। मुझे परहेज़ था तो बस ख़ामोशी से।

ख़ामोशी मेरे दो कमरे वाले अपार्टमेंट की नहीं थी, बल्कि जो मेरे भीतर बारिश के पानी की तरह पैठने लगी थी। अकेले रहने का यानी शादी न करने का फ़ैसला मेरा अपना ही था, पर अब कभी-कभी किसी से कुछ कहने-सुनने की तलब महसूस होने लगी थी, और ऐसे में ये सुर-तान छेड़ती आवाज़ें बड़ा सुकून देती थीं।

जब बयालीस की उम्र में आकर ज़िंदगी कुछ ऊंघने लगी थी... ढलती दोपहरों जैसी, तब मैंने इन आवाज़ों के ठंडे छींटे मारे और सब कुछ ठीक हो गया।

जीवन में कोई नकारात्मकता नहीं, ये ख़ुद से वादा कर रखा था।

मैंने टीवी चालू किया और सेंसेक्स देखने लगी।

म्यूज़िक के बाद शेयर ट्रेडिंग मेरा दूसरा शौक़ था। शायद एक बैंकर होने की वजह से? या हिसाब-किताब की शौक़ीन होने के कारण... पता नहीं, लेकिन शाम का बहुत सा वक़्त मेरा एनएसई, बीएसई पर आंखें गड़ाए निकल जाता।

दिमाग़ अपने गुणा-भाग कर रहा था और नज़र सेंसेक्स पर गड़ी थी कि कॉल बेल बजी। मैंने घड़ी देखी, आठ बज रहे थे। 'इस वक़्त कौन आया?'

मैंने पेन मुंह में दबाए हुए दरवाज़ा खोला तो सामने एक लड़का खड़ा था... लड़का कोई तीस-एक साल का होगा...

उसके हाथ में एक मोबाइल था जिसमें चार्जर जुड़ा था और जिसकी कॉर्ड उसने अपने गले में लटका रखी थी।

वो मुझे देखकर मुस्कुराया फिर ज़रा सा पीछे झुक कर मेरे फ़्लैट के दरवाज़े पर लगी नेमप्लेट की तरफ़ झांका और अपना हाथ आगे बढ़ाकर बोला, "हाय रागिनी, आई एम आयुष।"

मैंने अपना हाथ नहीं बढ़ाया। 'कौन आयुष? और ये मुझे इतने धड़ल्ले से मेरे नाम से कैसे पुकार रहा है।'

"आयुष-फ़्लैट नंबर 705" उसने उंगली पीछे वाले फ़्लैट के अधखुले दरवाज़े की तरफ़ दिखाई।

"कल रात ही शिफ़्ट हुआ हूं और आज सुबह कुछ शॉर्ट सर्किट हुआ और तबसे नो पॉवर सप्लाई तो क्या मैं अपना मोबाइल आपके घर चार्जिंग पर लगा दूं?"

ये अनजान लड़का जिसके मुलायम से हल्के भूरे बाल उसकी पेशानी पर झूल रहे थे, ज़रा सी बढ़ी हुई दाढ़ी थी और जिसने घुटनों तक लटकी पैंट पहन रखी थी और टी शर्ट पर सितार बजाते पंडित रविशंकर थे।

नहीं जानती थी कि उनकी तस्वीरों वाली टीशर्ट भी कोई पहनता होगा, वो भी इस उम्र का लड़का... और ये अजीब लड़का मेरे घर घुसने के लिए बेताब दिख रहा था। मैंने उसका रास्ता रोकते हुए हाथ बढ़ा कर मोबाइल ले लिया। उसने एक पल को मेरे चेहरे पर नज़र ठहराई और फिर घर का मुआयना करने लगा।"

दीवार पर लटके बड़े से टीवी स्क्रीन पर नज़र ठहराई और नाटकीय ढंग से अपनी एक आईब्रो उचकाई।

"स्टॉक एक्सचेंज?"

"पैशन ऑर प्रोफ़ेशन?"

मैं बस मुस्कुरा दी। समझ नहीं सकी कि इसमें इतना हैरान होने वाली क्या बात है।

"ह्म्म्म इंट्रस्टिंग, आपसे जमेगी मेरी...।" कहते हुए वो मुस्कुराया और अपने फ़्लैट की तरफ़ चल दिया। दरवाज़े पर पहुंचकर वो रुका, पलटा और बोला, "आई लाइक इंटेलीजेंट वीमेन... हम मिलते रहेंगे।"

मोनालीज़ा अपार्टमेंट की सातवीं मंज़िल के कोरिडोर में तेज़ फड़फड़ाती हवा के बीच कहीं मेरे भीतर कुछ ठहरा हुआ था... जलकुंभियों से भरी झील जैसा।

ये लड़का क्या कह गया था? 'मिलते रहेंगे? क्यों भला?

'एक तो वो कोई मेरा दोस्त बनने लायक़ था नहीं। मैं उससे शायद दस-पंद्रह साल बड़ी थी और फिर हम एक-दूसरे को जानते तक नहीं... और कॉन्फ़िडेंस देखो! मिलते रहेंगे... हुंह... जैसे ये उसे ही तय करना था।

'ये ओवर फ्रेंडली लोग मुझे वैसे भी ज़रा अच्छे नहीं लगते, पहली बार मिले और आई लाइक यू!!

'जबकि मेरी तो शुरू से आदत रही है कि एकदम से किसी को क़रीब नहीं आने देती, न किसी पर आसानी से भरोसा करती हूं। पहले लोगों को परखती हूं, समझती हूं... जैसे वो कोई शेयर मार्केट की डील हो। अपना इंवेस्टमेंट सतर्क होकर करने की आदत है मेरी।'

आयुष के घर... यानी फ़्लैट नंबर 705 के दरवाज़े अब भी आधे खुले थे। अंदर से आवाज़ आ रही थी...पंडित रविशंकर का एल्बम ही बज रहा था। मेरा भी मनपसंद, राग बागेश्वरी।

बड़ी अच्छी फ़ीलिंग थी ये—कोई अपना नहीं पर अपने जैसा आस-पास होना

मैं इस अपार्टमेंट में पिछले कई सालों से थी। सातवीं मंज़िल के इस सर्किल में चार घर थे। एक मेरा, एक मेरे बग़ल में, जो हमेशा से बंद पड़ा है। शायद किसी एनआरआई का है।

और दो घर सामने।

जिनमें से एक में ये लड़का रहने आया है। दूसरे में पिछले दो साल से एक पच्चीस-छब्बीस साल की एक लड़की रहती है, जिससे आज तक मेरी कभी कोई बात नहीं हुई... क्योंकि वो हमेशा जल्दी में रहती है।

लिफ़्ट में कभी टकराए भी तो मुस्कुराने के अलावा हम दोनों ने ही कोई और दिलचस्पी नहीं दिखाई थी।

मैं वापस आकर टीवी स्क्रीन पर आंखें गड़ाकर नीचे घूमती पट्टी को पढ़ने लगी।

तभी फिर कॉल बेल बजी और वो लड़का आयुष फिर मेरे दरवाज़े पर था।

"मोबाइल?"

"चार्ज हो गया होगा शायद अब थोड़ा-बहुत?"

मैंने प्लग से उसका मोबाइल निकालकर पकड़ा दिया।"

"थैंक्स! 35%..." उसने स्क्रीन पर देखते हुए कहा। "बर्गर तो ऑर्डर कर ही सकता हूं अब।"

"कुछ ज़रूरत हो तो कह देना।" मैंने तहज़ीब दिखाते हुए कहा, तो वो ज़रा देर ठिठका, मेरी तरफ़ ग़ौर से देखा फिर मुस्कुराकर चल दिया।

अगली सुबह, फिर उसकी अगली सुबह... फिर दोपहर... और फिर शाम... आयुष को किसी न किसी चीज़ की ज़रूरत पड़ती ही रही। कभी न्यूज़पेपर, कभी अदरक, कभी ख़ाली एन्वेलप, तो कभी अपना सितार साफ़ करने के लिए थिनर... कभी सिरदर्द की गोली।

वो जब-तब चला आता और हम वहीं कोरिडोर में, जहां चार फ़्लैट्स के दरवाज़े खुलते थे, वहीं खड़े थोड़ी देर बात करते और वो चला जाता।

मेरे घर का सूनापन अब म्यूज़िक प्लेयर की जगह कॉल बेल से भरने लगा था।

आयुष को आए महीना बीतने लगा था और हम दोस्त बन चुके थे। तीस साल का एक अधीर लड़का जो ज़िंदगी के पानी में छई-छपाक करता भीग रहा था और शांत ठहरे किनारों पर बैठी बयालिस की मैं।

कुछ चीज़ें या लोग जो हमारे आसपास रहते हैं उनसे हमारा जुड़ाव होने लगता है। कब, कैसे, क्यों इन दलीलों से परे और हमें एहसास ही नहीं होता। कैसे हरी घास एक से दूसरे में पनपती हुई सारा मैदान ढंक लेती है। कैसे दफ़्तर आते-जाते बस में दूर बैठे किसी शख़्स को देखकर हम मुस्कुराने लगते हैं।

मुझे आयुष अच्छा लगने लगा था... एक ऐसा दोस्त जिसके साथ मैं उसकी तरह ही हो जाती थी। तीस साल की एक लापरवाह सी औरत... जिसे डाइनिंग टेबल थोड़ी देर बेतरतीबी सी पड़ी हो तो कोई फ़र्क़ नहीं पड़ता, जो अनदेखा कर देती है अगर किचन का सिंक बर्तनों से भरा हो या किसी कमरे के लाइट पंखे फ़िज़ूल में चल रहे हों।

मैं बड़े सब्र से उसके जाने के बाद अख़बार समेटकर रखने लगी थी। पहले तो चिढ़ जाती थी... "पन्ने अलग-अलग करके पेपर क्यों पढ़ते हो तुम? अख़बार कैसा ढीला, पसीजा हुआ दिखाई देता है।"

मेरी बात को वो हवा में उड़ा देता, "भैरवी तुम बोरिंग औरत हो... रोती बहुत हो।"

"भैरवी? एक्स्क्यूज़ मी... मेरा नाम रागिनी है।"

मैं उससे ये भी कहना चाहती थी कि तुम मुझे यूं नाम से क्यों पुकारते हो? जानते भी हो उम्र में कितनी बड़ी हूं? पर मैंने ऐसा कभी कहा नहीं।

उसका नाम लेना मुझे उसके दोस्त की कैटगरी में रखता था और ये बात मुझे अच्छी लग रही थी।

"ये लीजिए, पास्ता, इन वाइट सॉस, विथ बेसिल। ऐसा शानदार खानसामा आपने देखा नहीं होगा..." वो एक शाम मेरे दरवाज़े पर बड़ी सी ट्रे लिए खड़ा था।

उसने ऐप्रन पहन रखा था और सिर पर सफ़ेद शेफ वाली टोपी।

मुझे हंसी आ गई। "हां ऐसा शानदार खानसामा वाक़ई नहीं देखा।" मैंने उसके हाथ से ट्रे ले ली।

जब तक मैं पास्ता टेस्ट कर रही थी वो दो कप में कॉफ़ी फेंटने लगा।

जब तक उसने कॉफ़ी फेंटी मैंने दूध गर्म कर दिया, जब मैं टेबल क्लियर कर रही थी, तब वो कॉफ़ी के दोनों मग लेकर बालकनी में पहुंच गया था और कमरे में रविशंकर और अनुष्का की जुगलबंदी गूंज रही थी।

कॉफ़ी ख़त्म होते-होते दस बजने को आए।

आयुष जाने लगा।

मैं दरवाज़ा बंद करने उसके पीछे चली आई।

"थैंक यू फ़ॉर द लवली इवनिंग" मैंने उसके घर से आए बर्तनों को एक बैग में रख कर उसे पकड़ाते हुए कहा।

वो बैग हाथ में लिए मुझे देखता रहा। फिर अचानक मुड़कर उसने धीरे से मेरे गालों को चूम लिया और मैं वहीं बुत बनी फ़्लैट नंबर 705 के बंद दरवाज़े को देर तक ताकती रह गई...

"सोना कितना फिसला, चांदी कितनी लुढ़की और रुपया कितना उछला, डॉलर का क्या रेट रहा?

तुम्हें ये सब भी पता रहता होगा? क्यों?"

अगले दिन शाम को मैं बैंक से लौट कर कॉफ़ी पी रही थी। म्यूज़िक प्लेयर पर राग यमन की बंदिश बज रही थी... धीर-गंभीर सा राग।

चला आया था आयुष, रोज़ की तरह अपना कप हाथ में पकड़े हुए। कोई हर्बल ड्रिंक या नेचुरल टी या ब्लैक कॉफ़ी... ऐसा ही कुछ।

मैंने उसके सवाल का कोई जवाब नहीं दिया।

पिछली रात का उसका वो स्पर्श अब भी हमारे बीच तैर रहा था... जैसे अंतरिक्ष में लटकी कोई चीज़ हो।

वो मेरे पास आकर खड़ा हो गया। इतने पास कि कंधे पर सिर टिकाने का लालच हो आए।

'क्या चाहता है ये लड़का? पूछ लूं क्या? क्या पूछूं?' कि कल तुमने मुझे... ओफ़्फ़ो... नहीं। कहीं वो मेरा मज़ाक न बना दे। देखा है मैंने सोशल साइट्स पर, आज कल के लड़के-लड़कियां किस तरह एक-दूसरे के गले में बांहें डाले तस्वीरें खिंचाते हैं, हाथ थामते हैं।

हां शायद मैं बेवजह तूल दे रही थी। क्या एक स्पर्श से सारे समीकरण बदल जाते हैं? नहीं... मुझे सहज रहना होगा। कम से कम सहज हूं इसका दिखावा तो कर सकती हूं...।

"शेयर मार्किट बहुत डाउन चल रही है... सेंसेक्स नीचे फिसल आया है।"

मैंने पास पड़े अख़बार को उठाते हुए कहा।

आयुष ज़ोर-ज़ोर से हंसने लगा।

"आप कमाल हो... एक तरफ़ ये कठिन शेयर बाज़ार और दूसरी तरफ़ राग-रागिनियां... क्या अजीब कॉम्बिनेशन है!"

"क्या? इसमें अजीब क्या है," मैंने भौहें उचका कर उसे देखा, जैसे वो उचकाता है एक तरफ़ की, कथक डांसर की तरह।

"नहीं... शायद अजीब नहीं, यूनीक, इट्स परफ़ेक्ट... यू आर परफ़ेक्ट" आयुष की आवाज़ अचानक संजीदा होने लगी। ज़रा सी भर्राहट महसूस की मैंने।

मैं वहां से उठ गई और अंदर लिविंग रूम में आकर टीवी ऑन कर दिया, कोई न्यूज़ चैनल।

तरह-तरह की आवाज़ें आने लगीं, अब हम दोनों वहां अकेले नहीं थे। शुक्र है... मैंने राहत की सांस ली।

"आपका वीकेंड का क्या प्लान है? चलें कहीं लॉन्ग ड्राइव पर... या देखते हैं शहर में कहीं कोई कॉन्सर्ट हो... या कोई आर्ट एक्सिबिशन?" आयुष अख़बार पलटते हुए बोला।

"ह्म्म्म... देखती हूं," मैंने अलसाते हुए कहा।

"क्या हुआ? ठीक तो हो?" आयुष ने मेरे माथे पर हाथ रखा।

"थक गई हूं... मेरी उम्र तक आओगे तब समझोगे," मैंने ज़बरदस्ती उम्र का ज़िक्र छेड़ा।

पर उसने शायद ध्यान नहीं दिया और बोला, "थकान नहीं बोरियत। अकेले रहने, ऊबने से ज़्यादा हमें कुछ नहीं थकाता।"

मुझे तेज़ ग़ुस्सा आया... मैंने तुनक कर कहा, "मैं नहीं होती बोर... ना ही ऊबी हूं अपनी ज़िंदगी से और ये अकेलापन मेरी मजबूरी नहीं है। मेरी चॉइस है ये समझे।"

आयुष मेरी तरफ़ ध्यान से देखता रहा और सामने वाले सोफ़े से उठ कर मेरे पास आ गया।

उसने मेरी कलाई पकड़ कर मेरा हाथ अपने हाथ में रख लिया और फिर वो मेरी तरफ़ झुकने लगा... मैं कुछ कहती या करती उसके पहले उसका कहा सुनकर मैं सन्न रह गई—

"आई लाइक यू... लाइक यू अ लॉट... या शायद उससे भी ज़्यादा..."

"स्टॉप!! स्टॉप दिस नॉनसेंस..."

मैं उछल कर खड़ी हो गई... "गेट आउट..." मैं तेज़ आवाज़ में बोली।

वो वहीं खड़ा रहा।

मैंने अपने को संभाला, "जाओ आयुष... अपने हमउम्र लोगों के साथ मिलो... और आइन्दा यहां मत आना।"

"उम्र? ये वजह है? रागिनी?" आयुष थोड़ा झल्लाकर बोला।

"जस्ट लीव" मैं अपनी उंगली दरवाज़े की तरफ़ करके आयुष को एकटक देखने लगी।

वो भी उसी तरह बिना पलक झपकाए मुझे देखता रहा।

फिर एक क़दम आगे बढ़ा कर पास आया और बोला, "डरपोक... लूज़र..."

मैं चुप रही। आज पहली बार मेरा हार मान लेने का मन हुआ था।

गुड मॉर्निंग... गुड मॉर्निंग।

हल्के संगीत के साथ गुड मॉर्निंग की आवाज़।

मैंने बिना आंख खोले अपने सिरहाने रखी अलार्म क्लॉक को हाथ मारकर बंद कर दिया। मेरे कॉलेज के दिनों की ये घड़ी अब भी मुझे गुड मॉर्निंग कह कर उठाती थी, इसलिए मोबाइल फोंस के होते हुए भी मैं अब तक अलार्म इसी में सेट करती थी।

बहुत अच्छा लगता है किसी का सुबह-सुबह उठाया जाना और ये आवाज़ मुझे किसी के क़रीब होने का एहसास कराती थी। मैंने हथेलियां आपस में रगड़ कर आंखों पर धर दीं।

कुछ देर वैसी ही बैठी पिछली रात के बारे में सोचती रही। जो याद आ रहा है वो सब हुआ था ना?

हां-हां हुआ था... मेरी नींद अब पूरी तरह खुल गई थी।

मैं उठ कर किचन में चली आई... रात के बर्तन पड़े थे।

दो कॉफ़ी मग्स, दो गिलास, दो मुचड़े पेपर नैपकिन्स, दो एंटासिड के ख़ाली रैपर्स।

मुझे आयुष की कही बात याद आ गई—इट टेक्स टू टु टैंगो।

मैंने एक बड़े से कप में कॉफ़ी बनाई और बालकनी में आ गई।

रोज़ की तरह आज कोई सीडी नहीं चलाई। क्या ज़रूरत है... राग भैरवी के बिना क्या सुबह नहीं होगी?

सातवीं मंज़िल की ऊंचाई से नीचे सब कुछ बेहद छोटा दिखाई दे रहा था... अस्पष्ट! पार्क में खेलते बच्चे, वाकिंग स्टिक लेकर टहलते बुज़ुर्ग, पार्किंग लॉट की गाड़ियां, पेड़, पौधे, फाउंटेन।

लेकिन जो मेरे इतना क़रीब था क्या मैं उसको देख पा रही थी? नहीं। बहुत पास की चीज़ भी हम कहां देख पाते हैं?

पिछली रात आयुष को चले जाने का कह कर मैं ख़ुद से उलझती रही थी।

फिर उसके जाने के बाद मुझे अफ़सोस क्यों हो रहा था? जब उसका मुझे पसंद करने का कन्फ़ेशन मुझे रास नहीं आया तो दिक्कत क्या थी?

मुझे लगा मेरे दिल और दिमाग़ के बीच के वाद-विवाद में जो भी जीते, हार तो मेरी ही होनी है।

मैंने फ़ोन उठा कर अपने कॉलेज के ग्रुप में मैसेज डाल दिया—

"कहीं बाहर चलें किसी शॉर्ट ट्रिप पर?"

आधे घंटे के अंदर खटाखट मैसेज आने लगे और एक लॉन्ग वीकेंड ट्रिप प्लान हो गया।

महेश्वर की ट्रिप।

नर्मदा की सहस्त्रधारा में दिन भर पानी में पड़े रहना और जी भरकर गाना और खाना।

सब फ़ाइनल होते ही मैं तैयार होने लगी।

किसी-किसी आहट पर धोखा हुआ कि कॉल बेल बजी। पर नहीं, भ्रम था मेरा।

मैं डस्टबिन रखने बाहर गई तो देखा आयुष के फ़्लैट का दरवाज़ा बंद था। आजकल के दरवाज़ों में तो बाहर ताला भी नहीं लटकता। ये भी नहीं पता लगता कि ताला बाहर से लगा है या भीतर से।

क्या फ़र्क़ पड़ता है। मैंने अपने फ़्लैट का दरवाज़ा तो उसके लिए बंद कर दिया था।

आने वाले कई दिन तक आयुष नज़र नहीं आया।

मेरे फ़्लैट का दरवाज़ा भी बैंक जाते समय और फिर बैंक से घर आते समय ही खुलता, हां हर बार मेरी नज़र फ़्लैट नंबर 705 पर ज़रूर चली जाती। पीतल के मोटे अक्षरों से लिखा नंबर।

आयुष के दरवाज़े पर कोई नेम प्लेट नहीं थी।

मैंने अपने घर के बाहर लटकी नेम प्लेट पर नज़र डाली—रागिनी शर्मा

जिसको देखकर आयुष कभी भैरवी शर्मा कहता, कभी आसावरी, कभी भूपाली तो कभी धनश्री।

मेरे दिन बदल गए थे। पहले की तरह हो गए थे। नहीं, पूरी तरह पहले जैसे नहीं।

आयुष का जाना अपने कुछ निशान छोड़ गया था।

मैं अपने आपसे सवाल करती कि जब मैंने आयुष को उम्र का वास्ता देकर मुझसे न मिलने पर मजबूर कर दिया तो ख़ुद को क्यों नहीं कर पा रही हूं?

वाक़ई छोटा है वो बहुत... बारह-पंद्रह साल छोटा।

मेरी मां और बड़े भैया में इतना ही तो फ़र्क़ है... सोलह-सत्रह की थीं मां जब भाई हुआ।

मेरा सिर भन्नाने लगा। पता नहीं कब मेरा मन उस लड़के में एक दोस्त से ज़्यादा कुछ देखने लगा था? नहीं जानती... वाक़ई नहीं। क्या उसके चले जाने के बाद? या उसके रहते ही... ये भी नहीं पता।

मैं अपने आपको दूसरे कामों में उलझाने लगी। डे ट्रेडिंग करने लगी। यानी शेयर मार्किट में रोज़ की ख़रीदी-बिक्री... दिमाग को कैलकुलेशंस में उलझाए रखने का बहाना था, फिर भी मन सेंध मार कर उदासियों को भीतर बुला लेता।

लिफ़्ट से ऊपर-नीचे जाते हुए ये चाहना करने लगता कि काश लिफ़्ट का दरवाज़ा खुले और वहां आयुष मिल जाए, अपने माथे पर गिर आए बालों को समेटता हुआ, हौले-हौले कुछ सरगम गुनगुनाता हुआ।

और मुझे देख कर कहे, "हैल्लो मियां की तोड़ी... सुर में तो हो?"

फिर कहे, "किसी भी राग का नाम रख दो... तुम पर सूट करता है..."

ये क्या हो रहा था मुझे?

इतने साल अकेले रहने का फ़ैसला डगमगाने क्यों लगा? वो भी इस लड़के के लिए!

और अगर ये मुझे अच्छा लग भी रहा था तो फिर मैं दूर क्यों भागी?

किसका डर था मुझे? लोगों का? परिवार का? अपनी ही तय की गई सीमाओं के पार निकलने का? अपने बनाए नियमों के टूट जाने का?

उफ्फ्फ... बड़ा तकलीफ़देय था सब और गड्डमड्ड सा।

एक महीना होने को आया।

आयुष ने एक बार भी दोबारा आने की कोशिश नहीं की थी।

और ये बात मुझे अखर रही थी। मन अफ़सोस मनाने लगा था कि उस रोज़ उसे क्यों कहा चले जाने को?

एक और वीकेंड सामने था।

मैंने बिना देखे कोई सीडी लगा दी... काश आवाज़ किसी की शक्ल ले सकती, स्पर्श बन जाती।

टीवी स्क्रीन पर बिज़नेस चैनल चल रहा था। सेंसेक्स की तरह मेरा मन भी बैठा जा रहा था।

साइड टेबल पर रखे इंस्टेंट कॉफ़ी और हर्बल टी के सैशे देख कर एक तलब सी उठने लगी। अब तक अपनी शर्तों पर जीने के बाद अब क्यों मैं ये बेड़ियां पहनने लगी हूं? क्यों ख़ुद तक आती ख़ुशियों को कटघरे में खड़ा कर रही हूं?

क्यों कतराने लगी हूं आयुष की दोस्ती से?

मैंने सिर झटक दिया और अपना लैपटॉप खोलकर बैठ गई। शहर में कुछ ख़ास तो होगा आज। कोई शो... कोई कॉन्सर्ट?

थोड़ी देर सर्फ़िंग के बाद मैंने तय किया कि शाम रवीन्द्र भवन के ऑडिटोरियम में बांसुरी वादन सुनने जाऊंगी।

ऑनलाइन बुकिंग ऑप्शन थे।

मैंने क्लिक किया और बुक कर दिए... दो टिकट्स और मैसेज आयुष को फॉरवर्ड कर दिया।

मैंने ख़ुद को इतना ख़ुश इतना आज़ाद पहले कभी महसूस नहीं किया था। आयुष शायद सही कहता था, शेयर मार्किट के गणित ज़िंदगी में नहीं चलते।

मैं लैपटॉप बंद करके तैयार होने लगी।

मोबाइल उठाकर चेक किया। मेरा मैसेज आयुष पढ़ चुका था, पर उसका कोई जवाब नहीं था। मैंने तय किया कि अकेले ही चली जाऊंगी।

तभी घर की कॉल बेल बजी। पता नहीं कितने दिनों बाद।

मैं मुस्कुरा दी।

ये लड़का भी ना, कॉल बेल तक सुर में बजाता है।

***

13

एक लड़की नदी सी

चारों तरफ़ सूखे पत्तों की खुरदुरी चादर बिछी थी। कहीं मटमैला भूरा सा शेड, कहीं सुर्ख़ और कहीं हल्दी जैसा पीला और कहीं नारंगी। कितने रंग बिखरे थे ज़मीन पर। मुझे लगा रेवा होती तो कहती, 'ज़िंदगी लंबी हो ये तो लाज़मी है ही पर अगर फ़ना होना हो तो यूं इन पत्तों की तरह, रंग बिखेरते हुए, पूरी ख़ूबसूरती से।'

मैंने पास पड़ा एक पत्ता उठाया और किताब में रख लिया, क्योंकि रेवा होती तो वो यही करती।

ऐसे ना जाने कितने सूखे पत्ते उसकी किताबों के बीच दबे होंगे। हर जगह की याद में एक पत्ता। हर पत्ते की एक कहानी, हर कहानी से जुड़ा एक दुख या सुख। सब सहेज लेती है वो।

यहां फ़ैले इन पत्तों के बीच मेरी भी कुछ यादें दबी हैं, कुछ सुख बिखरे हैं।

साल, पाइन, ओक, बुरांश और काफल के पेड़ों से भरा ये जंगलनुमा बग़ीचा मुझे दो कारणों से बहुत प्रिय था। एक तो ये कुदरती रंग और दूसरी रेवा, जिसके साथ मैंने अपनी ज़िंदगी का सबसे ख़ूबसूरत समय बिताया है। रेवा को देखते ही कोई भी समझ जाए कि लड़कियों के नाम नदियों पर क्यों रखे जाते हैं। रेवा को मैं मैदानी नदी कहता हूं, एकदम शांत। कोई पास बैठकर पानी में झांके तो तलहटी तक दिख जाए।

वो मेरी इस कविताई तुलना पर हंस पड़ती और कहती, "सब भ्रम है।" रेवा पर अविश्वास संभव नहीं था सो मैं विश्वास कर लेता और मान लेता कि सब भ्रम है। पर सच क्या है? बस इसी सवाल के कारण मैं रेवा से प्यार कर बैठा था। गहरा प्यार, एकदम नज़्मों कहानियों वाला प्यार।

जब मैंने नैनीताल के इस बोर्डिंग स्कूल में नौकरी के लिए अप्लाई किया तो सबने ख़ूब मना किया था। मां ने, दोस्तों ने और एक्स बॉस ने भी। मुंबई में इतने साल रहने के बाद वहां एडजस्ट करने में होने वाली तकलीफ़ों की लंबी फ़ेहरिस्त मेरे पास पहुंचा दी गई थी। मैं भी पूरी तरह श्योर नहीं था लेकिन वो अजीब सा दौर था मेरी ज़िंदगी का। कॉर्पोरेट में दस साल, बारह-बारह घंटे की नौकरी करने के बाद थक गया था। ख़ुद को हर दिन साबित करके-करते थक गया था। पर कोई कितना भी थक जाए, पैंतीस साल उम्र का वो पड़ाव तो नहीं होता जब वापस लौटने का मन करे? और सेवन डिजिट सैलरी छोड़कर कौन पहाड़ों के वीरानों में बने स्कूल में मास्टर की नौकरी करने जाता है?

जाते ही होंगे मेरे जैसे बावरे या रेवा, जो बिल्कुल मेरे जैसी नहीं है।

रेवा एक आर्टिस्ट है। कैनवस पर रंग उकेरने में उसे महारथ हासिल है। यहां इस स्कूल में उसे आर्ट टीचर का ओहदा मिला हुआ था, सारे स्टाफ़ और स्टूडेंट्स की फ़ेवरेट टीचर। वो यहां कई सालों से है। मैंने जब जॉइन किया तो स्टाफ़ रूम में उसको देखते ही लगा कि यही वो लड़की है जिससे मेरा मिलना डेस्टाइनड था, तय था, जैसे कहीं आसमानों में लिखा हुआ हो।

काले हाई नेक स्वेटर पहने, गर्दन पर लिपटे रंग-बिरंगे ऊनी मफ़लर से खेलती वो सामने पड़ी आर्ट बुक में कुछ उकेर रही थी। टेबल पर पेंसिलें बिखरी थीं—एचबी, 2 एचबी, 6 एचबी... कई तरह के काले और ग्रे रंगों से वो कोई फूल बना रही थी। बिना रंगों का फूल—ये मेरे लिए दिलचस्प था।

"हाय, आई एम सारांश। एमए अकाउंट्स और एमबीए इन अकाउंटिंग, फ्रॉम आयआयएम कोलकाता। यहां बच्चों को पढ़ाने आया हूं।" मैंने एक बार में अपना सारा परिचय दे दिया।

उसने चेहरा ऊपर उठाया और मुस्कुराई, "विद सच हेफ्टी क्वालीफ़िकेशन्स?"

मैंने मुस्कराकर हाथ बढ़ाया और उसने थाम लिया।

मैं वहीं एक कुर्सी खींचकर बैठ गया। उसने नहीं पूछा कि यहां क्यों बैठे। बल्कि उसने अपना सवाल दोहराया। "इतनी बड़ी-बड़ी डिग्रियां लेकर किसी कॉर्पोरेट में जाना था ना, यहां कैसे?"

मैंने कुछ देर सोचा फिर कहा, "इस बात का जवाब थोड़ा लंबा होगा। कभी फ़ुरसत से कॉफ़ी पीते हुए, या नैनी झील में बोटिंग करते हुए या... या किसी ट्रेक पर बताऊंगा।"

वो कुछ नहीं बोली, बस मुस्कुराई और स्टाफ़ रूम से बाहर निकलते-निकलते बोली, "फ़िर मिलेंगे।"

किसी रिश्ते के आगे बढ़ने के लिए शायद सबसे उम्मीद भरे शब्द यही होते होंगे, "फिर मिलेंगे।"

मुझे एक भूला-बिसरा गीत याद आया—*आप यूं ही अगर हमसे मिलते रहे देखिए एक दिन प्यार हो जाएगा...।*

बस! हम फिर मिले। और दोस्त हो गए।

दोस्त होना उसने चाहा था। मैं तो पहली मुलाक़ात से ही उसको चाहना चाह रहा था। पर मुझे कोई जल्दी नहीं थी। तेज़ रफ़्तार से भागती मैट्रो सिटी से, दड़बे की तरह बने ऑफ़िस क्यूबिकल से निकल कर यहां आया ही इसलिए था कि मुझे अब किसी बात की जल्दी नहीं हो। मैं आराम से इंतज़ार करने लगा कि वो हमारी इस दोस्ती वाले रिश्ते के कुछ और पायदान चढ़े और प्यार तक पहुंच जाए। किसी अनजान शख़्स को जानने का फिर उसे दोस्त बनाने का और फिर एक-दूसरे के इश्क़ में रंग जाने का सफ़र भी तो प्यारा होता है।

उस पहली मुलाक़ात के बाद की कुछ और मुलाक़ातों के बाद हम स्टाफ़ रूम में एक टेबल पर शिफ़्ट हो गए और फिर जब भी फ़्री पीरियड मिलता तब हम बातें करने लगते। और जब फ़्री पीरियड नहीं मिलता तो फ़्री पीरियड का इंतज़ार करते।

जैसा कि हर रिश्ते में होता है, पहले हम एक-दूसरे के सिवा सबकी बातें करते थे। स्कूल की, टीचर्स की, क्लास के बच्चों की, शहर की, मौसम की, पहाड़ों पर उगने वाले पेड़ों की, फूलों की, देश के हालात की और विदेश की भी।

मुझे लगता है किसी रिश्ते के बनने में और शायद बिगड़ने में भी, आपस में की गई ढेर सारी बातों का बड़ा हाथ रहता है।

वो एक शेर है ना कि—

बात करने से बात बढ़ती है

रोज़ बातें किया करो हमसे

वो शायद मेरी हमउम्र होगी या दो साल छोटी या शायद बड़ी भी हो सकती है, पता नहीं। वो सब कुछ जानती है, हर विषय पर उसकी अपनी राय है।

इंटेलिजेंट है रेवा। और मुझे इसलिए भी बेहद पसंद है। इसके अलावा भी कई सारे कारण थे उसे पसंद करने के। सारे नहीं, कुछ तो बता ही सकता हूं—जैसे उसके कंधे तक झूलते बाल, उसकी काजल भरी हुई आंखें, उसकी मुस्कुराहट, उसकी खरखराती हुई आवाज़, जो ग़ज़ल गायकी के लिए एकदम परफ़ेक्ट हो सकती है, ये अलग बात है कि वो गाती नहीं।

मुझे लगने लगा था कि मैं भी उसे पसंद आने लगा हूं। हो सकता है वो भी ऐसे ही दो-चार चीज़ें मेरे बारे में गिना ही दे। पता नहीं क्या गिनाए? शायद उसे मेरा नाम पसंद हो—सारांश। क्योंकि जब वो मुझे मेरे नाम से बुलाती है तो वो बहुत अच्छा सुनाई देता है।

या शायद ये तो पक्का बताएगी कि उसे मेरा पेड़ों के नाम जानना पसंद है। बग़ीचे हों या जंगल, वो अचानक रुककर पूछती, "ये कौन सा पेड़ है?"

"मैगनोलिया" मैं गहरे हरे पत्तों और सफ़ेद बड़े-बड़े फूलों के उस पेड़ के नीचे रुककर कहता तो वो हैरान होकर मुझे एकटक देखती। फिर ढेर सारे सवाल करती, "तुम कोई बॉटानिस्ट हो? सब जानते हो? वो भी मुंबई में रहकर? कैसे भला?"

मैं मुस्कुराकर कहता, "सब नहीं, कुछ कुछ।"

उस रोज़ मैगनोलिया के पेड़ के नीचे ही उसने अचानक कहा, "मैं यहां यानी नैनीताल, इस स्कूल में आई तब सिर्फ़ 25 साल की थी। ज़िंदगी से डरी हुई।"

मैंने टोका, "डरी हुई? क्यों?"

उसकी आंखों में अचानक एक स्याह बादल उतर आया, माथे पर बारीक़ सी शिकन और हलक़ में ज़रा सी हरकत हुई पर वो कुछ बोली नहीं।

मैंने भी नहीं कुरेदा। कहीं अनजाने ही उसको हर्ट करने का ख़तरा कैसे मोल लेता। और किसी के अतीत में झांकने का अधिकार हमें शायद तब मिलता है जब हम उसके वर्तमान में पूरी तरह शामिल हों। और अभी तो मैं बस कयास ही लगा रहा था।

हालांकि अब वो बिल्कुल डरी हुई या परेशान नहीं लगती है। बस, कभी-कभी खो जाती है। बेवक़्त ही चुप्पी लगा जाती है।

मुझे नैनीताल के उस स्कूल में काम करते कोई आठ महीने होने को आए थे पर इतने दिनों तक उससे कोई मिलने नहीं आया। मां-पापा उसके थे नहीं पर मुझे लगा कोई तो होगा उसका अपना?

उस शाम वो अपने हॉस्टल रूम जल्दी चली गई। फिर रात को उसका एक मैसेज आया।

"कल झील तक चलें? कैम्पस से निकले अरसा हुआ।"

अगली शाम हम झील के किनारे थे। वीकेंड ना हो तो नैनीताल में वैसी भीड़ नहीं होती। कोई घंटा भर हम यहां-वहां घूमते रहे। नैना देवी मंदिर की आरती सुनी, तिब्बती मार्केट में भटकते रहे। उसने तरह-तरह की अरोमा कैन्डल्स ख़रीदीं। मैंने पहाड़ी लोगों के हाथ के बने मफ़लर ख़रीदे। शायद किसी मौक़े पर रेवा को ही गिफ़्ट कर दूंगा। क्या कोई ऐसा मौक़ा आएगा? मैं कई दिन सोचता रहा था।

"बोटिंग करें? पानी देखकर के मुझे तलब हो उठती है।" मैंने उससे कहा, और फिर दस मिनट बाद हमारी बोट झील में थी। रेवा तो थी ही

नदी। हम पैडल मारते हुए बीच झील में पहुंच गए। न जाने कहां से ढेर सारे बादल आ गए थे। पहाड़ों के बीच जैसे फंस गए हों। पानी के ऊपर धुंधलका छाने लगा था। मेरे और रेवा के कंधे आपस में ज़रा सा टकरा रहे थे। मैंने उसकी ओर देखा। वो दूर कहीं पहाड़ों में देख रही थी। कैसी उदास आंखें थीं उसकी। दुख के काजल वाली आंखें।

मुझे लगा उसकी आंखों को चूमे बिना ही चखा है मैंने कोरों पर जमे नमक को।

मैं ज़रा सा उसकी ओर झुका और उसके सर्द गालों पर हौले से अपने होंठ रख दिए।

वो कांप गई। नहीं जानता सर्द हवा का असर था या मेरा उसे छूना।

मैंने उसकी हथेलियां थाम लीं। वो दस्ताने पहने थी।

मैंने खींचकर एक उतार दिया और उसकी उंगलियां अपनी उंगलियों में कस लीं। वो ख़ामोश थी अब भी।

हम दोनों ने पैडल मारना छोड़ दिया था। बोट पानी की लहर में यहां-वहां डोल रही थी।

"रेवा, अगर मैं कहूं कि मुझे तुम अच्छी लगती हो, कि मुझे तुमसे... आई मीन अगर कहूं कि आई लव यू... एंड विल यू मैरी मी? तुम्हारे साथ सारी उम्र गुज़ारना चाहता हूं रेवा। यहीं नैनीताल के इस बोर्डिंग स्कूल के कैम्पस में तुम्हें और अपने आपको बूढ़ा होते देखना चाहता हूं, या... यहां से निकल कर तुम्हारे साथ ख़ूब घूमना चाहता हूं? रेगिस्तान से समंदरों तक की लंबी-लंबी यात्राएं करना चाहता हूं। कुछ भी करूं, कहीं भी जाऊं, बस तुम्हारा साथ हो। लगातार बातें करते हुए तुम और मैं।"

रेवा की हथेलियों में पसीना छूट गया। उसने अपना हाथ छुड़ा लिया और बोट में पैडल मारने लगी।

मैं हैरान था। मुझे यक़ीन था कि वो मुझे पसंद करती है। फिर? शायद मैंने जल्दी की?

पर अगर प्यार हो ही जाए तो उसका इज़हार करने के लिए वक़्त की कोई पाबंदी है? और कोई कैसे समझे कि अब सही वक़्त है? मैं कैसे समझता?

उस शाम कब हमारी बोट किनारे लगी, कब हम कैम्पस तक लौटे, कब और कैसे एक दूसरे को विदा कहा और मैं कब अपने कॉटेज में पहुंचा कुछ याद नहीं। मुझे याद रही तो बस रेवा की ख़ामोशी और उसकी आंखें जो मेरी तरफ़ देखने से भी इंकार कर रही थीं।

मैंने रेवा से दोबारा सवाल किया था, थोड़ा फेर बदल करके, "मैं तुम्हें अच्छा नहीं लगता? या ये कहना चाहती हो, 'सारांश, मैंने तुम्हारे लिए 'वैसे' नहीं सोचा, तुम अच्छे दोस्त हो... अच्छे इंसान हो... वग़ैरह?' प्लीज़, रेवा, आई एम नॉट गोइंग टू टेक ऑल दैट रबिश।"

रेवा कुछ नहीं बोली, एक शब्द भी नहीं।

मुझे अब समझ में आया कि रेवा तलहटी तक साफ़ दिखने वाली नदी नहीं थी, वो सच कहती थी, भ्रम था सब...।

आज उस बात को एक हफ़्ता गुज़र गया है। मैंने जैसे उन सात दिनों में सदियां बिता दी थीं। दो दिन तो रेवा ने क्लासेस भी नहीं ली। उसके बाद स्टाफ़ रूम में दिखी भी तो मुझे लगा ये वो रेवा नहीं है, जिसे मैंने चाहा था और जिसे प्रपोज़ किया था। मन अकड़ गया, ठीक है, अगर वो मुझे नहीं चाहती, मेरा साथ नहीं चाहती तो ना सही।

मैंने भी कमरे के दूसरे छोर वाली टेबल पकड़ ली। ऐसी टेबल जहां से रेवा दिखाई नहीं देती थी। हालांकि ऐसा करके मैं ख़ुश नहीं था। मैं बड़ी तकलीफ़ में था। दो दिन और हुए तो लगा ये पहाड़, ये पेड़, ये स्कूल सब छोड़छाड़ कर भाग जाऊं। मुंबई की भागदौड़ में फिर रम जाऊं। मैंने तय किया कि रेज़िग्नैशन दे ही दूंगा। सेशन ख़त्म होते ही या शायद कल ही।

रेवा का दूर जाना मुझे भीतर तक ख़ाली कर गया था। नहीं जानता था कि उसकी 'ना' मुझ पर ये असर करेगी। पर ये जान गया था कि वो 'कभी

नहीं मिलेगी' ये बात मानने में मुझे लंबा वक़्त लगने वाला था। ये तो मेरी बात हुई पर रेवा? उसको क्या मैं समझ ही नहीं सका था? ज़रा भी?

"सारांश, क्या हम शाम को मिल सकते हैं?" रेवा मेरी टेबल के सामने खड़ी थी।

उसने एक पल को आंखें मिलाईं और नीचे देखने लगी। मैंने कोई जवाब नहीं दिया तो वो फिर बोली, "बस एक बार। उसी मैगनोलिया के पेड़ के नीचे।"

मैंने सर हिला दिया था बस। मुझे हुलस के हां कहना था, ख़ुश हो जाना था, उम्मीद से लबलबा जाना था। पर मैं बेअसर था। उस नदी जैसी लड़की के मन की तलहटी छू आने का मेरा मोह भंग हो चुका था।

शाम ढलने लगी है। मैं मैगनोलिया के ऊंचे घने दरख्त के नीचे बनी बेंच पर बैठा सूखे पत्तों पर कविताई बातें कर रहा हूं, रेवा के साथ बिताए दिनों को याद करते हुए उसका इंतज़ार कर रहा हूं। याद कर रहा हूं कि कैसे कॉपीज़ चेक करते हुए वो चश्मा पहन लेती थी और उसकी नाक पर निशान उभर आता था। मैंने एक दफ़ा हल्के से छू दिया था उस निशान को, हौले से रगड़ दी थी अपनी उंगली।

मैंने हथेली को पलटकर देखा, कि मेरे साथ कहीं चला आया हो वो निशान।

नहीं था, कोई निशान नहीं। खाली थी मेरी हथेली।

"हे, आई एम सॉरी, मुझे देर हो गई आने में।" रेवा मेरे सामने खड़ी थी, हाथ में लाइब्रेरी से इशू की गई दो किताबें लिए, ढीली सी कार्गो पैन्ट और काला स्वेटर डाले हुए। उसने क्रोशिया की टोपी पहन रखी थी, जिसमें से उसके कान ज़रा-ज़रा से दिख रहे थे और गाल ठंड के मारे लाल हो रखे थे।

दिल चाहा चूम लूं उसे और कहूं कि ये सज़ा है देर से आने की। क्या उसे सज़ा लगेगा मेरा यूं क़रीब आ जाना?

"आई सेड, आई एम सॉरी," मुझे चुप देखकर उसने दोहराया।

"नहीं नहीं इट्स ओके, मुझे अच्छा लगता है पेड़ों के बीच, तुम जानती ही हो।" मैंने थोड़ा लापरवाह अंदाज़ में जवाब दिया।

वो बेंच पर मेरे पास बैठ गई। नहीं पास नहीं, थोड़ा दूर होकर बैठी। दो पल की चुप्पी रही होगी, फिर वो बोली, "सारांश, मेरी शादी हो चुकी है।"

"व्हाट?" मैं एक झटके से उठकर खड़ा हो गया। पेड़ से चिड़ियां उड़ीं और कुछ पत्ते ज़मीन पर गिर गए।

मुझे लगा एक पत्ता उठाकर किसी किताब में सहेज लूं, इस दिन की याद में।

मैंने देखा, रेवा ने एक पत्ता उठाकर किताब में रख लिया था। चलो, याद तो रखना चाहती है अपनी मनमर्ज़ियां।

"प्लीज़ बैठ जाओ, सुनों मेरी बात," रेवा ने मेरी कलाई थाम ली। मैं चुपचाप वापस बेंच में बैठ गया, उसके बहुत क़रीब।

वो बताने लगी दस साल पुरानी बात। जब उसकी बुआ ने उसको कनाडा के किसी एनआरआई से ब्याह दिया था। और वो दो महीने बाद चला गया था ये उम्मीद देकर कि वीसा बनवाकर ले जाएगा।

वो नहीं आया। दो साल बीते, बुआ भी नहीं रहीं, कुछ सालों में मां भी चली गई। वो बताती रही अपने इंकार की वजह।

"सारांश आई एम स्टिल मैरिड टू हिम आई एम हिज़ लीगली वेडेड वाइफ़।"

मैं भीतर तक कांप गया। उसका मेरा ना होना ही अभी दिल ने मंजूर नहीं किया था और वो किसी और के होने की बात कह रही थी। मैंने रेवा को नज़र भरकर देखा।

वो मुझे आज फिर नदी जैसी ही लगी, पर शांत मैदानी नहीं बल्कि पहाड़ी नदी, जिसके बहाव बड़े-बड़े पहाड़ काट डालते हैं। मैं उठकर चल दिया। मुझे कुछ कहने के लिए वक़्त चाहिए था। पर क्या कहूं? कितने ही दिन लगा लूं, कितना ही समय ले लूं, कहूंगा क्या?

आने वाले दिन बड़े बोझिल थे। स्टाफ़ रूम के दोनों छोर पर बैठे हम टूटे सिरे जोड़ने की कोशिश करते और नाकाम होते। हमारे बीच चुप्पियों की मोटी दीवार तन गई थी। काश के कोई रोशनदान ही होता।

बिना रेवा से बात किए, बिना उसे देखे, बिना उसे चाहे, मैं क्या करता। वो आजकल मुझे किताबें सजेस्ट नहीं करती थी, मैं वापस इकोनॉमिक्स का लेक्चरर बनने लगा था।

मुंबई से भाग कर आया था सुकून की तलाश में और यहां आकर तो ज़िंदगी ही खो गई थी जैसे। पता नहीं कब से किसी ने मुझसे ये नहीं पूछा था कि अच्छा बताओ ये कौन सा पेड़ है? पता नहीं कब से मैं बग़ीचे की तरफ़ नहीं गया था।

ये क्या हो रहा था मुझे। इतनी मोहब्बत? और अगर इतनी मोहब्बत थी तो फिर ये दूरी?

मैं उलझने लगा—वो मैरिड है, स्टिल मैरिड टू समवन—इतने साल हुए, क्या कभी लौट आएगा वो? और आया तो? क्लेम करेगा? वो कोई जागीर है क्या उसकी? रेवा का शादीशुदा होना क्या इतनी बड़ी बात है? शायद नहीं, बिल्कुल भी नहीं।

मुझे लगा इसे सुलझाना होगा। मैंने अपने लॉयर दोस्त को फ़ोन लगाया। हर बात उसे बताई। वो सुनता रहा। फिर उसने कानूनी पेचीदगियां बताईं। रास्ते भी सुझाए कि क्या किया जा सकता है। रेवा अपने पति से तलाक़ ले सकती है। उसे नोटिस भेज सकती है, और अगर वो नहीं मिला तब भी तलाक़ लिया जा सकता है। लेकिन पहले ये तो जान लूं कि वो क्या चाहती है?

पिछली मुलाक़ात के बाद उसने मिलने की कोई कोशिश नहीं की थी। एक बार भी मेरी और उसकी नज़रें नहीं मिलीं, हम कॉरिडोर में आमने-सामने नहीं हुए। क्या वो मुझसे बच रही है?

मैं शायद बीमार पड़ जाऊंगा अगर ऐसे ही सोचता रहा। मुझे उससे सीधे बात करनी होगी, और मैं क्लास बीच में छोड़कर स्टाफ़ रूम में चला आया। रूस्टर देखा था मैंने। उसका फ़्री पीरियड था।

"तुम तलाक़ का नोटिस क्यों नहीं भेजती उसे?"

सवाल करते ही मैं डर गया। रेवा मुक्त होना चाहती है ना? कहीं उसे इंतज़ार तो नहीं उस शख़्स का जिसके साथ उसने सात फेरे लिए थे, वचन उठाए थे।

"कब तक ऐसे बंधी रहोगी?" मैंने सीधा सवाल किया तो उसने मेरी तरफ़ देखा और बोली, "उसका कुछ अता-पता ही नहीं। शायद किसी और कंट्री में शिफ़्ट हो गया हो और क्या फ़र्क़ पड़ता है, अब इतने साल बीत गए। जब शादीशुदा होने का कोई एहसास नहीं तो तलाक़ लेकर क्या हासिल होना है सारांश।" कहते हुए उसका गला भर्रा गया।

मैंने उसकी हथेली अपने हाथों में थाम ली। उसने छुड़ाई नहीं। ना जाने कितनी देर हम वैसे ही बैठे रहे। बिना कुछ पूछे, बिना कुछ सुने मैं समझ गया कि अब हम अलग होने से तो रहे।

"तुम्हारे साथ सारी उम्र गुज़ारना चाहता हूं रेवा और तुमने अभी कहा ना, कि क्या फ़र्क़ पड़ता है कि उस आदमी से तुम्हारी शादी हुई, नहीं हुई, तलाक़ हुआ, नहीं हुआ। वैसे ही क्या फ़र्क़ पड़ता है अगर तुमने मुझसे शादी की या ना की! हम साथ तो रह सकते हैं। रिश्ते काग़ज़ों पर ही तय हों ये कोई ज़रूरी तो नहीं ना?"

रेवा ने सर मेरे कंधे पर टिका लिया। मुझे लगा जैसे उसने सामने बिखरी एचबी, 2 एचबी, 4 एचबी पेंसिल उठाकर एक कोरे काग़ज़ पर हां लिख दिया हो।

***

SLOW IMPRINT

स्लो इंप्रिंट एक हिस्सा है नीलेश मिसरा द्वारा स्थापित "द स्लो मूवमेंट" का, एक अभियान जिसकी कोशिश है कि साफ़-सुथरे कॉन्टेंट, उत्पादों और अनुभवों के माध्यम से अपने सदस्यों को ठहराव, सहजता और मन की शांति दे। नीलेश मिसरा की रेडियो और डिजिटल माध्यमों पर सुनाई गई कहानियाँ, गाँव कनेक्शन के ज़रिये गाँव से सरोकार बढ़ाना, स्लो बाज़ार के माध्यम से ग्रामीण उत्पादों को शहरी लोगों तक पहुँचाना, स्लो म्यूज़िक के ज़रिये लोक संगीत और लेखन-प्रमुख संगीत को आगे बढ़ाना, इस प्रयास का हिस्सा हैं।

स्लो इंप्रिंट किताबों की एक शृंखला है जो फ़िक्शन और नॉन-फ़िक्शन साहित्य आप तक पहुँचाएगी। इसमें काल्पनिक कहानियाँ, गीत-कविताएँ, साक्षात्कार, यात्रा वृतांत और बाल-साहित्य शामिल होंगे।

नीलेश मिसरा की दुनिया से जुड़ने के लिए स्कैन करें
नीचे दिया गया QR कोड

स्लो इंप्रिंट की अन्य किताबें